庫

砂塵の掟

オッドアイ

渡辺裕之

中央公論新社

目次

フェーズ0：夏至夏風　7
フェーズ1：招　喚　11
フェーズ2：NCIS　48
フェーズ3：チーム始動　83
フェーズ4：紛争地へ　116
フェーズ5：タリバン　150
フェーズ6：脱　出　183
フェーズ7：砂塵の掟　205
フェーズ8：第三の男　243
フェーズ9：弾薬庫地区　279
フェーズ10：原生林の死体　314
フェーズ11：正義の代償　357
フェーズ12：K島にて　377

登場人物紹介

【警視庁と防衛省中央特務隊の混合捜査チーム“特別強行捜査班”】

朝倉俊暉……………K島の駐在勤務を経て、警視庁捜査一課の刑事に復帰後、“特別強行捜査班”リーダー

国松良樹……………元自衛隊中央警務隊所属、陸曹長

後藤田昌義…………自衛隊中央警務隊隊長、一等陸佐を経て“特別強行捜査班”班長

中村篤人……………元自衛隊中央警務隊所属、一等陸曹

桂木修………………警視庁捜査一課課長を経て“特別強行捜査班”班長

佐野晋平……………元警視庁捜査一課十二係

野口大輔……………元高島平警察署刑事組織犯罪対策課

戸田直樹……………元サイバー犯罪対策課

寺脇京介……………朝倉の助っ人として雇われた傭兵

ヘルマン・ハインズ……海軍犯罪捜査局（NCIS）特別捜査官

砂塵の掟

オッドアイ

フェーズ０：夏至夏風

二〇一八年六月二十日、沖縄県全域に南からの強風が吹き、昨日まで上空に居座っていた厚い雲が掻《か》き消《け》されて青空が広がった。

この時期に吹く強い南風を沖縄では〝夏至夏風〟と書き、梅雨明《つゆあ》けを知らせる季節風として地域ごとに〝カーチーベー〟あるいは、〝カーチバイ〟と呼ばれている。

翌日の午前八時三十五分、普天間《ふてんま》飛行場の東側を通る国道３３０号線を、白と緑にカラーリングされたゴミ収集車が走っていた。

「カーチーベー、吹いたさあ」

ハンドルを握る照屋《てるや》が気怠《けだる》そうに言った。

「昨日、吹いたらしいさあ。気が付かなかったけどね」

助手席の真ん中に座る島袋《しまぶくろ》が溜息《ためいき》を吐《つ》いた。ゴミ収集車には、運転手の他に作業員が二名乗り込むことになっている、助手席の窓側のドアにもたれ掛かっている金城《きんじょう》が大きな欠伸《あくび》をした。

「ばんない、暑くなるさあ」

照屋はそれが言いたかったらしい。

ばんないとはこの場合、「どんどん」という意味である。

この数日、沖縄本島の南部に位置する宜野湾《ぎのわん》市で、最低気温は二十七度まで上がった。沖縄県民だからといって誰しも暑さに慣れているとは限らない。季節の変わり目に体がついていけないのは、どこの地方も同じだ。

「ばんない、やる気失《う》せるさあ」

島袋は照屋の口真似《くちまね》をした。

「だからよ～」

左端に座る金城は「そうだ」と相槌《あいづち》を打った。今日は燃えるゴミの回収日である。作業を始める前に三人でたわいもない会話をするのは、モチベーションを上げるためだ。

照屋は宜野湾記念病院を数百メートル過ぎたところで左折し、三階建てのマンションの前で停車した。島袋と金城は車を降りて、ゴミ集積場から収集車の後部電動式パッカーに次々とゴミ袋を投げ込んで行く。

作業を続けながら収集車は路地の奥へと進み、やがて美しい一戸建ての白い家が並ぶエリアに入った。米軍将校向けの住宅街である。どの家も米軍の要求を満たすべく家の裏には広い芝生の庭があり、車が二、三台は停められる駐車場もある点で共通していた。だが、ゴミ出しは、大きなゴミ箱が道路際まで出されている家もあれば、ゴミ袋を無造作に積んである家もあり、実に様々である。

「あいえなー」

収集車を先導するために車の前に出た島袋が、驚きの声を上げた。

ステンレス製のゴミ箱の底に麻袋が捨てられているのだ。燃えるゴミは市が指定したゴミ袋でなければ、回収できないことになっている。

「なんくるないさあ。置いておけばいいさあ」

肩を竦《すく》めた金城は、パッカーにゴミ袋を投げ込んだ。

「だからね〜。あい？」

首を傾《かし》げた島袋は、麻袋を縛ってある紐《ひも》を解《ほど》いた。麻袋の下が汚れていたのだ。ゴミ袋を使用せずに丈夫な麻袋を使うのは、園芸で使った土や石でも入れてあるからに違いない。中を確かめて市の環境対策課に報告し、この家の持ち主に注意してもらうつもりである。

相手が米兵だと分かっているため、直接抗議などしない。現場の人間が抗議して聞くような相手ではないし、言ったところで得することはないのだ。

「ぎゃっ！」

島袋は悲鳴を上げて、尻もちをついた。

「どうしたぬ？」

金城が作業の手を止めた。

「でーじ（大変だ）！　でーじ！」

島袋は叫びながら、袋を指差した。

「何《な》んで、しかむ（驚く）？」

金城は恐る恐る島袋が封を開けた麻袋を蹴った。

横倒しになった麻袋から、ごろりと黒いものが転がる。

「あっい……」

転がった生首を見た金城が気を失った。

フェーズ1：招　喚

1

六月二十四日、午前五時四十分、芦ノ湖《あしのこ》。

うっすらと湖面に浮かんだ霧が、湖に幻想的なアクセントを加えている。

シルバーグレーの瞳を持つ異相の男が、湖岸の桟橋近くで湖面を眺めていた。

朝倉俊暉《あさくらしゅんき》、四十三歳、自衛官時代の事故で頭部を負傷し、左目に後遺症が残った——左右の目の色が違うオッドアイ（虹彩《こうさい》異色症）になってしまったのだ。これは眼球中の虹彩と呼ばれる組織に含まれるメラニン色素が減少したことが原因だ。現在は、警視庁と防衛省中央警務隊の混合捜査チーム〝特別強行捜査班〟のリーダーである。

〝特別強行捜査班〟は、昨年の七月、防衛省の武器調達に関わる事件の捜査で編制されたチームで、事件を解決した実績を買われて正式に発足した。チームの内訳は、警視庁捜査一課から佐野晋平《さのしんぺい》、高島平《たかしまだいら》警察署から野口大輔《のぐちだいすけ》、サイバー犯罪対策課に所属していた戸《と》田直樹《だなおき》、それに中央警務隊からは国松良樹《くにまつよしき》と中村篤人《なかむらあつと》の五人。いずれも優秀な捜査官で現在も発足当時とメンバーに変わりはない。少数精鋭という証拠にチーム発足以来休みなく活動を続け、わずか一年足らずで三件の事件を解決している。

近年、防衛問題に直結するような自衛隊絡みの事件は、警務隊だけで対処することが困難になっている。また、警察組織も自衛隊が関係する事件の捜査は権限が限定されるため、これまで防衛省が関わる機密捜査に実績のあった朝倉がチームリーダーとして抜擢《ばってき》された。もっとも、事故で退官したとはいえ、自衛隊最強の特殊部隊である特殊作戦群に所属していた戦闘力と、警視庁捜査一課でも敏腕刑事として活躍していたという実績を買われてのことである。

また、書類上、チーム自体は防衛省と警察機関の上部組織である警察庁の二つに同時に所属していた。というのも、中央警務隊員が司法警察職員という国家公務員であるのに対して、警察官は地方公務員であるため、組織内での不均衡が生じないように、〝特別強行捜査班〟が正式に発足した際、朝倉ら警視庁のメンバーは警察庁に出向する形で国家公務員になっていた。班内の格差など所属するメンバーは誰も気にしないことであるが、あくまで上層部の政治的な理由である。

「そろそろ霧も晴れそうだ。ボートは出せるだろう？」

傍《そば》に立つ国松が、苛立《いらだ》ち気味に尋ねてきた。早く釣りをしたくてうずうずしているのだろう。芦ノ湖では日の出の一時間前から日没の一時間後まで釣りができるが、先ほどまで湖面の視界は数メートルもなく、ボートを出せる状態ではなかったのだ。

「そうだな。用意だけするか」

朝倉は右手を軽く、前に振った。北の湖岸に建つレストランに併設されたボート小屋で入漁料を支払い、釣り船として使う船外機付きレンタルボートを三十分も前から借りてある。

「ボートの用意をします」

ボート小屋の脇に立っていた中村が合図に気付き、荷物を担いで桟橋に向かった。

朝倉らは前日の夕方に箱根《はこね》の温泉ホテルに泊まり、夜明け前の五時には芦ノ湖に到着していた。それから四十分近く湖岸でひたすら霧が晴れるのを待っているのだ。芦ノ湖では、もちろんオカッパリ（湖岸から釣りをする）もできるが、霧が出てはそれもできない。

この三ヶ月間、民間企業が関わる陸上自衛官の機密漏洩《ろうえい》事件の捜査をしていたが、一昨日の夜、関係者の一斉逮捕が行われ、捜査は終了していた。そのため、久しぶりの休日に、三人の共通の趣味である釣りを楽しもうということになったのだ。

朝倉は桟橋の先端に係留してあるボートに国松を先に乗せると、舫《もやい》ロープを解いて船首に乗り込んだ。

「行こうか。スピードは出すなよ」

朝倉は振り返って言うと、棒で桟橋を押してボートを離岸させた。

「アイアイサー！」

船尾に乗り込んでいた中村が船外機のスターターグリップを勢いよく引いて、エンジンを始動させ、舵《かじ》に付いているアクセルを開いて、ボートを発進させた。

一昨年、島民になりすました中国の工作員が関係する虫《むし》が島《しま》の事件で、中村は船舶免許を所持していなかったために捜査に支障を来《きた》した。その後、彼は忙しい捜査の合間を縫って一級船舶免許を取得している。

湖岸を離れたボートはスピードを増して湖を南下して行く。中村は芦ノ湖のポイントを心得ているのだ。

「言っただろう、スピードを落とせ！」

顔に水飛沫《みずしぶき》を受けた朝倉は舌打ちした。船首に座っているだけに、水飛沫をまともに受けてしまうのだ。視界が開けたとはいえ、まだ霧は湖面に残っているため、スピードを上げるべきではない。

「すみません。気が逸《はや》ってしまって」

苦笑した中村はスピードを緩めて、ボートを岸に近付けた。

「まずは、あの岸辺を狙《ねら》おう」

胡座《あぐら》を掻いて悠然としていた国松が、早くも竿《さお》を握っている。

「慌てるな。獲物は逃げない」

と言いつつ、負けじと朝倉も釣竿を握り、湖岸に向かって座り直した。

ジャケットのスマートフォンが、呼び出し音を鳴らした。捜査中はいつもマナーモードにしているが、休日は解除している。

「朝倉です」

スマートフォンの画面で着信の相手を確認し、電話に出た。

――休日なのにすまない。

電話の相手は、中央警務隊の隊長である後藤田《ごとうだ》である。〝特別強行捜査班〟のチームのトップである班長には警視庁捜査一課長の桂木修《かつらぎおさむ》と中央警務隊の後藤田の二人が就任していた。だが、二人が同時にトップというのは、指揮系統に混乱が生じるため、事件ごとにトップが交代する。だが、後藤田は近々定年により、退官になる。

「とんでもございません」

口ぶりからして、緊急事態なのだろう。

――大きな事件が終了したばかりですまないが、〝特別強行捜査班〟の出番だ。

「了解しました。ただちにチームを招喚します」

朝倉は溜息を殺して、返事をした。

――いや、とりあえず、君だけ先に現地に行って事態を収拾してくれ。迎えはすでにそっちに向かわせた。詳しい話は移動中に改めて説明する。

後藤田の通話は切られた。

チーム全員のスマートフォン情報は本部に登録されているので、朝倉のGPS信号を調べたのだろう。後藤田は位置情報で朝倉が釣りをしに来たことは分かっているはずだ。

「中村、呼び出しが掛かった。桟橋まで戻ってくれ」

朝倉は釣竿を船底に置いた。

「了解」

肩を竦めた中村が、舵を切ってボートをUターンさせた。先ほどの電話の様子で、察したのだろう。

ボートは間もなく桟橋に着けられた。

「ありがとう。君らは、ポイントに戻ってくれ」

自分の釣り道具を担いで、朝倉はボートから降りた。

「何を言っているんだか」

国松もボートを降りようとしている。

「呼ばれたのは、俺だけだ」

朝倉が苦笑した。

「私たちだけで、楽しむことはできないだろう」

　桟橋に足を掛けた国松が振り返って中村をじろりと見た。

「えっ、えっ、……そうですよね」

　一瞬目を泳がせた中村だが、渋々桟橋に移り、舫ロープを杭《くい》に結んだ。

「二人とも考え過ぎだ。どうしてもと言うのなら、駐車場まで見送ってくれ。それでいい」

　朝倉は、駐車場に置いてある自分の車に向かった。相変わらず、一九九八年式のパジェロに乗っている。二十年も前の車だが、未《いま》だによく走る。

　朝倉はパジェロのバックドアを開け、釣り道具だけ仕舞い、着替えなど入れたバッグを肩に担いでドアを閉めた。

　と、そのとき背後にブレーキ音がした。

「なっ！」

　振り返った朝倉が両眼を見開いた。

　二台の陸自の73式小型トラックが、目の前に停まったのだ。正式名称は〝1／2tトラック〟だが、未だに〝73式〟と呼ばれている。

「朝倉一等陸尉、お迎えに参りました」

　車から降りてきた自衛官が敬礼した。

　朝倉は過去の特殊な捜査で、警察官でありながら自衛官としての階級を復活された唯一無二の存在である。言い換えれば地方公務員にして、国家公務員でもあるという特殊な身分だった。彼が警察組織と自衛隊の橋渡しをし、〝特別強行捜査班〟が生まれるきっかけになったと言っても過言ではない。

「ご苦労」

右眉《みぎまゆ》をぴくりと上げた朝倉は、敬礼を返すと〝73式〟の後部座席に乗り込んだ。

2

午前十一時四十分、朝倉は航空自衛隊の輸送機C130の機上であった。

釣りをしようとした矢先、朝倉をチーム班長である後藤田が手配した陸自の73式小型トラックが芦ノ湖まで迎えにきた。航空自衛隊の横田《よこた》基地まで送られ、午前九時に離陸したC130に乗ったのだ。

〝特別強行捜査班〟の特徴の一つは、移動に民間機を使わずに自衛隊の輸送機が使えるという点だろう。輸送機なのでチャーターする必要もなく、経費も使わずに済み、面倒な搭乗手続きも不要なのだが、目的地への便が少ないことと貨物室の折り畳み椅子《いす》の座り心地が極めて悪いことが難点であった。

輸送機の目的地は沖縄だ。宜野湾市で起きた死体遺棄事件で呼び出されたのである。自衛隊機を使うため、現地の警務隊からの依頼だと思っていたが、沖縄県警から要請があったようだ。

〝特別強行捜査班〟は、昨年発足したばかりだが、その活動は高く評価されており、警察庁を通じ、全国の都道府県警察本部に自衛隊あるいは駐留米軍に関わる事件で協力を求めるように告知されていた。そのため、最近では全国から問い合わせが来るようになっている。

今回、米軍住宅の前で麻袋に入れられた生首が発見され、地元の宜野湾警察署が地区内に鑑識と初動班を送り込もうとした。だが、米軍の保安中隊が捜査を妨害し、捜査権を米軍側に奪われたようだ。生首が置かれていたのは、高級米軍住宅だったことから、将校が犯罪に関わっている可能性を考えた米軍が、日本の警察の捜査が入ることを恐れたのだろう。

沖縄では米兵による凶悪事件が、過去何度も起きており、そのたびに米軍の基地問題にまで発展している。米軍が事件を独占して捜査することで、事件そのものを闇に葬る可能性もあり、危機感を募らせた沖縄県警は、〝特別強行捜査班〟に助けを求めたらしい。ただし、彼らが朝倉らに求めているのは、あくまでも捜査権の奪回であり、捜査そのものは県警で行いたいと要請してきたようだ。

江戸時代、琉球《りゅうきゅう》王国だった沖縄は明治時代に日本に併合され、第二次世界大戦後、米国の管理下に置かれて一九七二年の沖縄返還を経て今日に至る。この長い歴史の中で、常に日本の犠牲になってきたという意識が県民には根強くあるのだ。そのため今でも中央政府に対する反発が強い。

沖縄で捜査をしたこともある朝倉は、その辺の事情にも詳しいため、後藤田はチームを派遣せずに朝倉だけ送り込んだようだ。

また、朝倉の送迎を行った73式小型トラックは、芦ノ湖に近い板妻《いたづま》駐屯地の普通科連隊から派遣されている。警務隊を使わなかったのは、時間を惜しんでのことだとは分かっているが、沖縄県警からの要請を受けたことで、後藤田ではなく、防衛省の上層部が過敏に反応したのだろう。

近年、普天間基地の移転と辺野古《へのこ》の埋め立て工事は、セットになって沖縄を揺るがす大問題となっている。今回の事件で自分の活躍いかんによって政府は沖縄に貸しを作るつもりではないか、と朝倉は推測しているのだ。

「腹減ったな」

横田基地には離陸二十分前に到着したため、輸送機まで駆け込んでなんとか間に合った。前日宿泊したホテルは、早朝にチェックアウトしたために芦ノ湖の南端にある元箱根のコンビニエンスストアでサンドイッチとおにぎりを買って車の中で食べている。だが、すでに六時間近く経過しているため、腹の虫が鳴いていた。

発足からまだ一年経《た》っていないが、輸送機には捜査で十回近く乗っていた。予算と時間が許すなら民間機に乗りたいところだが、捜査実績を残しても、渋い予算に限られた捜査陣という内容は、当分変わりそうにない。もっとも、〝特別強行捜査班〟が必要とされる事件が頻発するのも問題がある。人員を増やせない理由はそこにあった。

――当機はこれより着陸態勢に入る。乗員は着陸に備えよ。

スピーカーから機長の短いアナウンスが流れてきた。

朝倉以外に貨物室に乗っているのは若い航空自衛官が二十名だけで、ほぼ全員がスマートフォンにイヤホンやヘッドホンを付けて音楽を聴いている。訓練中でないので、移動は自由時間なのだ。エンジン音がうるさいため、誰しも音量を上げて聞いているはずで、機長のアナウンスも聞こえていないだろう。朝倉も現役時代は、カセットテープを使うソニーのウォークマンで音楽を聴き、退屈な移動中の気を紛らしたものだ。

離陸して三時間半後、機首が下げられた。折り畳み椅子は壁面から出ているため、民間機と違って離着陸は、右か左に体が傾く。

ドンと景気よく音を立てて着陸すると、すぐにC130は停止し、再びゆっくりと動き出した。なかなか腕のいい機長なのだろう。民間機と違って、機敏な操縦をしている。

貨物室の後部ハッチが開き始める。途端に滑走路の熱気が機内に侵入してきた。外気温は三十二度だが、熱せられた滑走路はさらに三、四度は高いはずだ。曇り空だが、初夏の芦ノ湖からいきなり真夏の那覇《なは》国際空港に到着したのだ。

朝倉はハッチ側に座っていたために一番に貨物室を出た。C130は、航空自衛隊の格納庫のすぐ近くに停められている。那覇国際空港は、民間機はもちろん、航空自衛隊と米空軍が共有しており、空自の航空機は着陸後、すぐに占有スペースへ退避しなければならない。

格納庫脇に停められていた警務隊のパトカー仕様の73式小型トラック傍に立っていた警務官が、駆け寄ってきた。

「朝倉一尉でありますか？」

目の前で立ち止まった警務官が、敬礼して尋ねてきた。

袖口《そでぐち》の階級章は一等空曹になっている。担当は亀岡《かめおか》一等空曹と聞いていたが、部下ではなく、本人が直接出迎えてくれたらしい。C130から降りてきた航空自衛官以外の乗客は朝倉しかいないが、朝倉がカジュアルな格好をしているので怪しんでいるのかもしれない。釣竿を持っていた方が、納得のいく格好である。

「ご苦労、亀岡一曹だね」

頷《うなず》いた朝倉は、軽い敬礼で返した。

「お迎えに参りました」

頭を下げた亀岡は、無人の73式小型トラックの助手席のドアを開けた。彼が自ら運転してきたのだ。後部座席は意外と狭いので、気を遣ったのだろう。

朝倉は助手席に座った。

「めんそーれー」

亀岡は車を出しながら「いらっしゃいませ」と沖縄の方言で丁寧に言った。なかなか気の利いた男だ。亀岡自身は沖縄出身ではないが、朝倉の気持ちを切り替えさせ、ここが沖縄であることを認識させようとしたらしい。米軍基地が多い沖縄では、他の駐屯地と違う苦労が多いのだろう。

「はいさい」

朝倉はにやりと笑って答えた。

3

午後〇時三十分、朝倉は沖縄県警察本部に到着した。

亀岡は、県警本部前で朝倉を降ろしたのち基地に戻った。

一階の受付で来意を告げた朝倉は、応接室に通された。来る途中で食事を摂《と》ることも考えたが、朝倉を迎えるためだけにやってきた亀岡の時間を使うことが憚《はばか》られて遠慮したのだ。おかげで腹の虫は騒いでいるが、このまま昼飯は抜くつもりだ。体が大きいだけに人一倍食欲はあるが、自衛官時代にサバイバル訓練を受け、数日間水だけという経験を何度もしている。それだけに飢餓《きが》に耐える自信は今でもある。

応接室は十四畳ほどで、黒革の長いソファーが、木製のテーブルを挟んで左右に置かれ、部屋の奥には一人掛けのソファーが配置されていた。朝倉は右側の長いソファーに座っている。

ドアが開き、オールバックの五十歳前後の男に続き、四十歳前後の二人の男が入ってきた。全員私服である。

立ち上がった朝倉は、さりげなく伊達眼鏡《だてめがね》を掛け、三人の男たちを笑顔で迎えた。オッドアイは少々インパクトが強いため、普段は目元が目立たないように度が入っていない眼鏡を掛けるようにしている。相手が悪党なら別だが、初対面の人間にはなるべく雰囲気を和らげることを心がけているのだ。

「ようこそ、朝倉警部。警部でよろしいんですよね？」

年配の男が、名刺を出しながら尋ねてきた。朝倉が同時に自衛官としての階級を持っていることを、告知されているため、戸惑《とまど》っているのだろう。

「もちろん結構です。特別強行捜査班の朝倉です。よろしくお願いします」

苦笑した朝倉は名刺を受け取ると、両手で課長と役職が記載された自分の名刺を出した。特別強行捜査班は独立した組織で、朝倉は現場のトップなので課長という役職になっている。

「すみません。あなたが自衛官の肩書きも持たれていると聞いていたので、念のためお尋ねしました。刑事部長の新里《あらさと》です。米軍住宅死体遺棄事件の担当者を紹介します。彼は捜査一課の宮城《みやぎ》主任です。英語が堪能なので、いつも米兵の取り締まりや米軍との折衝を担当しています。それから、こちらは宜野湾署刑事部の砂川《すながわ》係長です。二人とも有能な捜査官です」

新里は二人の刑事を自分の前に立たせて紹介した。沖縄県警では専門の部署はないが、米軍とのトラブルに対処するために英語が堪能な人材を揃《そろ》えている。

「宮城です。よろしくお願いします」

宮城は名刺を出して、朝倉の顔を見ながら頭を下げた。隙《すき》のない態度は、琉球空手でもしているのかもしれない。だが、朝倉のオッドアイに気が付いたらしく、はっと表情を変えた。

「宜野湾署の砂川です。お世話になります」

砂川はよく日に焼けた顔を強張《こわば》らせていた。

二人は県警本部と所轄の現場責任者に違いない。

「朝倉です。よろしくお願いします」

二人とも名刺交換して、朝倉は深々と頭を下げた。朝倉はこれまで、都内だけでなく、他府県にも行くことがあり、営業マンのように名刺交換し、頭を下げることがいかに大事か身をもって体験している。この手続きをしっかりとこなさないと、地元の警察署の協力は得られないのだ。そういう意味では、警察よりも階級が物を言う自衛隊の方がやりやすいかもしれない。

「どうぞ、お掛けください」

新里は奥の一人掛けのソファーに座ると、朝倉らにソファーを勧めた。

朝倉は右側、宮城と砂川は左側のソファーに腰を下ろす。

「まず、事件の状況をご説明ください」

朝倉は対面の宮城と砂川を交互に見て言った。事件の概要は電話で後藤田から聞いてはいるが、先入観をなくす意味でも、頭の中をさらの状態にして聞くべきだろう。

「現場の状況は、私からご説明します」

宜野湾警察署の砂川が、一礼して説明をはじめた。

三日前の木曜日午前八時四十分、ごみ収集の委託業者が、米軍将校用の高級住宅のゴミ箱の底に置かれていた麻袋から男性の生首を発見した。すぐさま一一〇番通報され、十分後、宜野湾警察署の初動班と鑑識が現場に急行する。

だが、その三十分後、ＭＰのパトカーが現場に現れ、警察の捜査の中止を要請してきた。理由は麻袋が置かれていた場所が、住宅の敷地内のため、捜査権は米国にあるというものであった。米軍住宅だからといって、敷地内は治外法権というわけではない。だが、MPは日本側に捜査権がないと主張して譲らなかったようだ。

米兵の抗議に窮した砂川係長は、県警本部に応援を要請し、一課の宮城主任が現場に急行する。この時点でMPが四人に対し日本側の捜査関係者十七人で、数の上では日本側が圧倒的に有利であった。

そこで、形勢不利とみたMPも応援を呼び、パトカーが三台で十二人、総勢十六人ものMPが集結し、現場は、日米のパトカーで道が塞がれ、一触即発の状態になったらしい。

「人数ではこっちがまだ多かったんですが、いかんせん連中は体格がいいもんで、実際は、形勢が逆転していました。しかも、最後に海軍犯罪捜査局（NCIS）が現場に現れ、我々に退去を命じてきました。憲兵であるMPと違って、捜査権を持つプロが現れたので、我々としても立場が弱くなりました。しかも、米軍司令部から県警本部に捜査から正式に撤退するように要請があったため、我々は止《や》むを得ず撤収しました」

途中で宮城が話を繋《つな》いだ。現場へ応援に駆けつけただけに、悔しげな表情をしている。

「宜野湾市の死体遺棄事件の捜査は、現在NCISが行っているんですね？」

話が一段落したようなので、朝倉は確認してみた。

「そうなんですが、じつは昨夜、宜野湾市の別の米軍住宅でまた生首が発見されたのです。三日前の事件では確かに生首はぎりぎり敷地内にあったのですが、今度は住宅の前の道路にあったのです。当然、我々は捜査に乗り出したのですが、海軍犯罪捜査局は前回と同一犯による犯行で、捜査権は米国にある、との一点張りで、我々の捜査介入を拒んでいます」

宮城は大きな溜息を漏らした。

「遺棄された死体の状態は、同じだったんですか？」

「はい、まったく同じで、血の滴る生首が麻袋に詰められていました」

宮城は渋い表情で頷いた。

同一犯の犯行と思われるのなら、ＮＣＩＳでも他の捜査機関に捜査を任せるようなことはしないだろう。立場が逆なら県警も同じことをするはずだ。

「厳しいですね」

朝倉は腕組みをした。

「なんとか、なりませんか？　このまま凶悪事件を米国任せにすれば、先が思いやられる」

新里は上目遣いで朝倉を見た。県警は腰抜けだと県民に非難を受けてしまうのだろう。それだけならまだしも、米軍の味方だと思われるのが、彼らにとっては大きな痛手となる。

「ＮＣＩＳには知り合いもいますので、問い合わせてみましょう」

朝倉は腕時計をちらりと見てスマートフォンを出し、電話を掛けた。時刻は、午後一時になっている。

「ハロー、俊暉・朝倉だ。久しぶりだな。寝ていたか？」

　いきなり英語で会話をはじめた。

　──珍しいな、俊暉。書斎でバーボンを飲んでいたところだ。

　NCISの特別捜査官ヘルマン・ハインズである。五年前の連続殺人事件で捜査協力をしてから何度か仕事を一緒に行い、今では友人として付き合っている。彼は出世したために、NCISの幹部になっているらしい。複数のチームを束ねる管理職のため、最近では現場に出ることはほとんどないと聞いている。

　彼はNCISの本部があるバージニア州クワンティコに近い、アキアハーバーに住んでいた。朝倉も一度だけ遊びに行ったことがあるが、地下に書斎があり、そこで本を読みながらバーボンを飲むのが、ハインズの仕事後の過ごし方である。

　バージニア州はマイナス十三時間の時差があるため、現地時間は零時過ぎのはずだ。

「休んでいるところをすまないが、相談に乗ってくれ。沖縄で起きた死体遺棄事件を知っているか？」

　──いや、まだ認識していない。NCISが絡んでいるのか？

「そうだ。三日前と昨日に米軍住宅で生首が発見された。捜査はNCISがしている。だが、強引に捜査権を奪ったとして、県警と揉《も》めているんだ」

——血腥《ちなまぐさ》い事件だな。君も知っていると思うが、米軍住宅で起きた事件なら当然NCISが捜査する。悪いが、地元警察にそれをちゃんと説明してくれ。

「いや、二件のうち、片方の生首は公道に転がっていた。それを県警は問題視している。米軍は事件を闇に葬るのじゃないかと、心配しているんだ。それに、あまり強引な捜査をすれば、県民感情が悪くなるぞ」

——確かに、それは言えるな。すまないが朝一番で事情を確かめて、こちらから電話する。時差を考慮して八時間後に返事をするのでどうだ。

「分かった。またな」

朝倉が電話を切ると、新里ら三人は豆鉄砲を食らったような顔をしていた。流暢《りゅうちょう》な英語に驚いているらしい。

「今、NCIS本部の幹部に電話をしたんですが、向こうは夜中なので、事件のことを調べた上で連絡をもらえるようにしました。それまで回答は待ってください」

「なっ、なんと、NCIS本部の幹部と知り合いなんですか？」

我に返った新里が口を開いた。

「まあ、たまたま知り合いがいただけですよ」

朝倉は右手を振って笑って見せた。

4

午後一時四十分。沖縄県警察本部から出た一台のパトカーが、県庁南口交差点を左折し、ハーバービュー通りに入った。

ハンドルを握るのは宜野湾署刑事部の砂川、助手席には県警捜査一課の宮城、朝倉は後部座席に座っている。

「朝倉課長。質問して、よろしいですか？」

宮城がバックミラー越しに尋ねてきた。彼は朝倉が渡した名刺の肩書きを付けたのだ。

「課長は勘弁してもらえませんか。名前だけでいいですよ」

朝倉は苦笑がてら答えた。仲間も課長とは呼ばないし、まして他部署の警察官から呼ばれると歯が浮いたような気持ちになる。宮城は、まだ朝倉の存在に戸惑っているのだろう。

「それじゃあ、朝倉、さん。立ち入ったことをお聞きしますが、NCISの幹部とどうやって知り合ったのですか？」

さん付けで問題ないのだが、宮城はぎこちなく言った。

「詳細は教えられないのですが、何度かNCISと合同捜査をしました。連携して捜査をし、犯人を逮捕したこともあります。お互い貸し借りはありませんが、捜査協力を求めることはできるはずです」

朝倉は控えめに言った。犯人の逮捕だけでなく、ハインズの命を救ったこともある。借りもあるが、貸しの方がはるかに多いのだ。だが、ハインズと知り合うきっかけになった五年前に起きた自衛官殺害事件は、NCISとの合同捜査であることすら事件調書に記載されていない。

「NCISって、海軍犯罪捜査局ですよね。それって日本で起きた事件なんですか？」

宮城は日本に駐在する海軍や海兵隊が関係する事件で、朝倉がNCISと合同捜査をしたのかと疑っているのだ。勘のいい男である。日米が合同捜査するような事件が、度々あるはずはない。あるとすれば、米軍基地が集中している沖縄である。地元で捜査をしたのなら、彼は把握しているはずだと思っているのだろう。実際、朝倉はハインズと沖縄で合同捜査をしているが、すべて極秘に行われているので、県警が知り得るはずがないのだ。

「突っ込んで聞かないでもらえますか。米国に義理立てするつもりもありませんが、NCISとの捜査は公《おおやけ》にできないんですよ」

朝倉は首を左右に振った。NCISとの捜査は日米両国政府の思惑で、闇に葬られている。

「そうですよね」

宮城はまだ不満そうな顔をしながらも、とりあえず頷いて見せた。

二十分後、三人を乗せたパトカーは、宜野湾市の米軍住宅の前で停まった。

後部座席から降りた朝倉は、黄色い〝KEEP OUT!〟の規制線のテープの前に立ち、周囲を見渡した。三日前に生首が発見された家の前である。敷地内に入れないようにテープが張り巡らしてあるだけで、MPが監視しているわけではなさそうだ。

家の前の道路幅は車がぎりぎり対面通行できる程度である。この道路に日米合わせて九台のパトカーが停車したというのだから、かなりの騒ぎになったはずだ。全国放送レベルのニュースになってもおかしくはないのだが、日米両政府がマスコミを抑え込んだのだろう。

生首が発見された当時使われていたと思われるステンレス製のゴミ箱は、ガレージの壁際に片付けられているために近くで見ることはできない。それに血液の跡も綺麗《きれい》に洗い流されており、現場は全体的に洗浄されているようだ。いまさら調べても何か出てくるものでもない。

「この家の住人が誰か、分かりましたか？」

朝倉は遅れて車から降りてきた宮城と砂川に尋ねた。

「それが、米軍に問い合わせてもプライバシーの問題だから教えられないと一蹴《いっしゅう》されました」

宮城が肩を竦めて見せた。今回も米軍との交渉では彼が窓口になっているのだろう。

「被害者も参考人も分からないとなれば、現段階では動きようがありませんね」

二つの生首が出たということは、連続殺人の可能性が高い。大きな捜査本部が立ち上げられても不思議ではないのだ。県警が捜査を急ぐ気持ちも分かる。また、犯人が米兵の場合、捜査の遅れで逃亡されることも考えられるので、彼らは焦っているのだ。

「それにしても、ここの住民を参考人として確保すれば、何か分かるはずですが」

砂川は腕組みをして住宅の玄関を見ている。

「何の理由があるにせよ、米軍将校を一時的にも拘束できるはずがないじゃないですか」

宮城は苛立ち気味に言った。正論である。日本の警察機関は将校に限らず米兵を現行犯以外で拘束することはできない。そもそも、参考人として呼ぶことすら、米軍司令部が許さないはずだ。日頃から米軍と折衝している彼は、それを嫌というほど知っているのだろう。

「だからよー」

苦々しい表情になった砂川は、宮城を睨《にら》みつけた。彼も無駄だと分かっていても、言ってみただけなのだろう。だが、あからさまに否定されて頭にきたようだ。一見のんびりしているようでも沖縄県民は熱血漢が多く、意外と喧嘩《けんか》っ早《ぱや》いのだ。

日本における米軍兵などの裁判権については、一九六〇年に日米で結ばれた〝新安保条約（日本国とアメリカ合衆国との間の相互協力及び安全保障条約）〟の第六条に基づく行政協定により決められている。いわゆる〝日米地位協定〟だ。そこでは「合衆国の軍法に服するすべての者に対して、また米軍基地内において、合衆国の法令のすべての刑事及び懲戒の裁判権を日本国において行使する権利を有する」と規定されている。

具体的には、日本国内で犯罪を犯した米兵は米軍法で裁かれる。しかも、米軍は第一次的裁判権を有するのだ。つまり、米軍の警察権は、日本の警察機関よりもすべてが優先される。この協定を知る多くの日本人は不平等と主張しているが、米国に追随する政府は協定を変更するための協議を行おうともしない。

ちなみに日本と同じく第二次世界大戦で敗戦国となったドイツとイタリアは、戦勝国と同じ権利を有するが、日本は〝新安保条約〟の締結以来、改定されていない。そのため、日本は米国よりも低い地位に甘んじており、植民地と呼ばれてもしかたがないのだ。

「まあまあ、落ち着いてください」

朝倉は険悪なムードの二人に割って入った。米軍相手のことだけに二人とも感情的になっているのだろう。

「ぬー！」

「ぬー！」

宮城と砂川が同時に眉間《みけん》に皺《しわ》を寄せて朝倉に迫ってきた。「ぬー！」は、沖縄では「何！」というような意味で、喧嘩言葉だ。今度は怒りの矛先が沖縄県民でない朝倉に、向いたらしい。

「俺たちがいがみ合ってどうするんだ。現場が混乱したら、捜査は進まない。それじゃ、米軍を喜ばせるだけだぞ！」

朝倉は眼鏡を取って、二人を睨み返した。途端に左目が怪しく光り、鬼のような形相に一変する。

「ひっ……」

宮城と砂川は両眼を見開き、たじろいだ。一課にいる時、よく組織犯罪対策部から冗談半分で誘いがきた。朝倉の異相は、ヤクザをも震え上がらせるものだからだ。

「次の現場を見に行きませんか」

眼鏡を掛け直した朝倉は、二人に笑顔をみせた。

5

那覇国際通り、午後九時四十分。

一銀《いちぎん》通りにある〝琉球第一ホテル〟から朝倉は徒歩で国際通りに出た。

夜になっても相変わらずの曇り空である。日が暮れてから四度ほど気温は下がったが、まだ二十七度もあり、湿度が高いため蒸し暑く感じる。

日曜日なので観光客だけでなく地元民も繰り出しているらしく、人通りが多い。土産物《みやげもの》屋に群がる観光客を掻き分け、三階建ての小さなビルの一階にあるショットバー〝バディー〟に入った。陸自の空挺団《くうていだん》時代からの友人である北川朗人《きたがわあきと》の店で、沖縄に来るたびに顔を出している。カウンター十二席、二人掛けのテーブル席が七卓あるが、ほぼ満席状態だ。カウンターには、若いバーテンダーが三人入っている。一番奥の男は顔見知りで、下地《しもじ》というバーテンダーのチーフだ。

「朝倉さん、どうぞ」

下地が手を振って自分の前の席を示した。

「久しぶりだな」

朝倉は空いているカウンターチェアに座った。一時間ほど前、北川に「店を訪ねる」とメールを送ってある。

「オーナーは、もうすぐ来ますよ」

下地は腕時計で時間を確認して答えた。

「分かっている。喉《のど》が渇いたから、早めに来たんだ。生ビールをくれ」

北川と午後十時に店で会う約束をしている。

朝倉は宜野湾市の二箇所の現場を宮城と砂川の三人で見て回った後、県警本部で行われていた捜査会議に参加していた。ちなみに二箇所目は、最初の住宅から百メートルほど離れた場所であったが、二つ目の現場もクリーニングされており、調べるまでもなかった。

捜査会議と言っても、朝倉と宮城と砂川の三人の他に那覇本部長の高良《たから》、刑事部長の新里を加えた五人である。捜査資料は、現場の写真だけだ。どちらの現場も宜野湾警察署の初動班と鑑識が入っている。だが、鑑識が採取した指紋は、捜査権と一緒にNCISに引き渡した。手元に残されたのは、現場写真だけなのだ。そのため、実質的な会議は三十分ほどで、後の一時間半は〝特別強行捜査班〟の説明に終わった。

会議が終わって宮城から食事に誘われたが、宿泊先も決まっていないからと断っている。捜査は長期化が予想される。彼らと食事する機会はいくらでもあるはずだ。断った理由は、一人になりたいからではない。突然の招喚で釣り用の着替え以外に服や下着を用意しておらず、買い物の必要があったからだ。特に下着は、捜査が本格化すれば、風呂に入る暇もなくなる可能性もあるため、大量に買い込んでおいた。自宅に帰れない以上、洗濯できないからである。

「お待たせしました」

下地が生ビールのジョッキを目の前のカウンターに載せた。

「待ってました」

朝倉はジョッキを傾けた。よく冷えたビールが、音を立てて喉を勢いよく通り過ぎる。だが、爽快《そうかい》な気分は一瞬で消え去り、空腹な胃に流れ込んだビールが暴れ、胃痛を覚えた。

昼飯を抜いたままで、北川と一緒に食事する約束をしていたので晩飯もまだ摂っていないのだ。

「そんなに喉が渇いていたんですか？」

勢いよくジョッキを空にした朝倉が腹を押さえているのを見て、下地が呆《あき》れている。

「腹が減っていることを今思い出したんだ」

空のジョッキを下地に返した朝倉が苦笑した。

「あっ、オーナーが見えましたよ」

下地の視線を追うと、出入口で北川が手を振っていた。

席を立った朝倉は、店の外に出た北川に従った。彼も忙しくて、まだ夕食を摂っていないそうだ。つい先ほどまで、国際通りに近い繁華街にある支店で働いていたらしい。三ヶ月前に開業したばかりだが、繁盛しているようだ。

「何を食いたい？」

振り返った北川は笑顔で尋ねた。

「がっつり食べたい」

それで通じるはずだ。二食分を一気に取り戻すなら、肉の塊を食うことだ。

「この辺りのステーキ屋は、観光客で混んでいるから少し離れたところに行こう」

北川はタクシーを停めて乗り込んだ。

「賛成だ」

朝倉も後部座席に収まった。

「ひょっとして、宜野湾市の件か？」

北川はさりげなく聞いてきた。

「どうして、知っている？」

宜野湾市の二件の事件は、マスコミには流れていない。本来、一般市民である北川が知るはずがないのだ。

「マスコミを抑えても、噂《うわさ》は流れる。宜野湾署の刑事部の知り合いの知り合いを知っているんだ」

北川は鼻先で笑った。

沖縄県警察本部で行われた捜査会議では、事件を知る職員に緘口令《かんこうれい》を敷いているそうだが、無駄だったらしい。

「そういうことだ」

朝倉は渋々答えた。野暮な質問をしたものだ。

北川は創設期の特戦群の同期である。特戦群の隊員は、戦闘力だけでなく、敵地での情報収拾の訓練も受けている。知り合いからのまた聞きと言っていたが、警察関係者から直接聞いたのかもしれない。

「難しい問題だが、なんとか日本に捜査権を戻したいものだ。マスコミは抑えているようだが、いずれ噂は広まり、反米運動に拍車が掛かる。〝うちなーんちゅ〟は米軍が嫌いだからな」

北川は冷めた表情で言った。怒りを抑えているのかもしれない。彼は生粋《きっすい》の沖縄県民、〝うちなーんちゅ〟なのだ。

「がんばるさ」

朝倉は北川の肩を叩《たた》いて笑った。

6

午後十一時、朝倉と北川は、那覇市西にあるステーキハウスから出て来た。

国際通りにある北川の店からは、車で十分ほどの距離にある。繁華街からは外れているが、老舗《しにせ》の有名店で、リーズナブルでうまいステーキが食べられた。

「食ったなあ」

朝倉は歩きながら、ステーキで膨《ふく》れた腹を右手で叩いた。三百グラム近いサーロインステーキを二枚食べた。もう一枚食べられたが、あまりにも空腹だったので逆に控えたのだ。飢餓状態での食べ過ぎは、胃に負担を与える。もっとも、その程度の量で壊れるような柔《やわ》ではないが、食い過ぎると、眠くなるからだ。

「あいかわらずの大食漢だな」

北川は呆れ顔で言った。

「育ち盛りだからな」

朝倉は肩を竦めて答えた。

ポケットのスマートフォンが、呼び出し音を鳴らした。

「俺だ」

朝倉は電話に出た。ハインズからだ。NCIS本部に出勤したらしい。

――沖縄の二件の事件について、現地のNCIS捜査官が捜査していることを確認した。捜査資料に目を通したが、現段階で日本の警察機関と合同捜査するのは難しいだろう。沖縄の米軍司令部にも打診するが、あまり期待しないでくれ。

「捜査は進んでいるのか？」

――詳しいことは言えないが、支局はお手上げらしい。

おそらく、犯人どころか被害者も割り出せていないのだろう。

「そうか。すまなかった。また連絡してくれ」

溜息を吐き出した朝倉は、通話を終えてスマートフォンをポケットに収めた。

「大変そうだな。気晴らしに、ホテルに戻る前にもう一杯やらないか？」

北川は右手を口元に上げて見せた。二人ともステーキを食いながら生ビールをジョッキで二杯飲んでいる。朝倉もそうだが、北川もこの程度の量のアルコールで酔うことはない。飲み足りないのだろう。

「飲みたいのは山々だが、これから現場に行こうと思っている」

北川と飲めば、朝までのコースになるのは目に見えていた。明日の朝一番で沖縄警察本部で捜査会議が開かれる。ハインズからの回答を元に、方針を打ち合わせるのだ。アルコールが残ることはないだろうが、寝不足では支障がでる。

「現場って、宜野湾市のか？」

「そういうことだ。タクシーを拾って行くよ」

生首を米軍住宅に置いた犯人は、住民に見られないように夜中に行動したはずだ。二つの現場を夜に見ることで、昼間とは違うものを発見することができるかもしれない。

「那覇からタクシーで行くのは簡単だが、その逆は難しい。車で行こう。付き合うよ」

「警官である俺の前でそういうことを言うか？」

二人とも酔ってはいないが、アルコールの血中濃度は上がっているだろう。間違いなく飲酒運転になる。

「俺が運転するとは言ってないぞ。代行を頼めばいいんだ」

「なるほど」

朝倉は苦笑した。沖縄では車で飲食店に行って、帰りは運転代行業者に頼むのは珍しいことではない。また、タクシーを頼むよりなぜか安いので、利用する住民は多いのだ。北川はスマートフォンの短縮ボタンで電話を掛けた。いつも使っている運転代行業者がいるのだろう。

ステーキ店の駐車場で待っていると、十分ほどで業者のシルバーの乗用車が現れた。時間からして、連絡を受けてすぐに出て来たようだ。適当という意味も持つ〝テーゲー主義〟の沖縄では珍しいことである。

二人は代行業者の車に乗った。

「お車はご自宅に向かわせました」

運転手は車を発進させると、バックミラー越しに言った。北川の車は、国際通りの店の近くの駐車場に停めてあり、業者は店に寄って車のキーを預かったらしい。いつものことなので、彼らも慣れているようだ。

「ありがとう。すまないが、ちょっと付き合ってくれ」

北川は宜野湾市の住所を言って車を向かわせた。

二十数分後、代行の車は宜野湾市の米軍住宅街に到着した。零時を過ぎている。二人は静まり返った住宅街に降りた。四日前に起きた死体遺棄事件の現場である。

「さすがに米軍の高級住宅街だな。静か過ぎて気味が悪いぞ」

傍らに立った北川はのんびりと言った。

「ああ、そうだな」

朝倉は周囲を見渡した後、ゆっくりと普天間基地がある北に向かって歩き出した。数十メートル歩いて次の交差点を左に曲がり、三十メートルほど先の第二の現場である二階建て住宅の前で立ち止まった。家の横に植えてあるヤシの木がライトアップされ、涼しげである。この建物も第一現場と同じく、上級将校の家なのだろう。

家の様子を窺《うかが》っていると、西の方角から車のヘッドライトが近付いて来た。幹線から外れた住宅街だけに、住民の車に違いない。狭い道なので朝倉は道の端に寄った。

フォードの4WDであるエクスプローラーだ。

「うん？」

エクスプローラーを見送った朝倉は、右眉を吊り上げた。車の前後のナンバープレートがどちらも泥で汚れ、読み取れないのだ。

朝倉は走って車を追いかけた。

車は三叉路《さんさろ》を右に曲がる。国道330号線に出るのだろう。

懸命に走る朝倉を見て、北川が首を捻《ひね》っている。エクスプローラーは彼の脇を抜けて、走り去り、緩いカーブを曲がって視界から消えた。

「車に乗れ！」

朝倉は走りながら大声で怒鳴った。

「分かった」

北川は代行車の運転手を急《せ》かして助手席に乗り込んだ。

「車を出せ！　さっきの車を追うんだ！」

朝倉は後部座席に飛び乗った。

「はぁーや！」

運転手は「まさか」と言いつつ、米軍住宅の駐車場にバックさせると、急ハンドルを切って車をUターンさせた。プロだけに運転には長《た》けているようだ。

「止まれ！」

助手席の北川が叫んだ。

エクスプローラーが、国道の手前で停まっているのだ。

「ここにいてくれ。見て来る」

朝倉は車を降りると、運転席に向かって慎重に近付く。ポケットには、特別強行捜査班のバッジを携帯している。警察官としての権限で、不審車への職務質問ができるのだ。武器は、拳銃どころか警棒も所持していない。警務官としての権限で拳銃は常時携帯できるが、急な招喚だったために持ち込んではいないのだ。

運転席のドアが開いた。

銃口が覗《のぞ》く。
咄嗟《とっさ》に横に飛んだ。
銃撃！
エクスプローラーが、急発進した。
立ち上がった朝倉は、代行車に戻った。
「くそっ！」
朝倉は、前輪を蹴《け》った。タイヤが撃ち抜かれていたのだ。

フェーズ2：NCIS

1

翌朝、朝倉は沖縄警察本部の会議室で缶コーヒーを飲んでいた。

チェックインしたホテルには午前四時半に戻り、シャワーを浴びて着替えた後、二時間ほど仮眠している。

昨夜、宜野湾市の事件現場で発砲された朝倉は、すぐさま宜野湾警察署の砂川に連絡し、初動班と鑑識を呼んだ。分署の鑑識作業に付き合っていたため、帰りが遅くなったのだ。

北川と運転代行業者は、その場で警察官に事情を聞かれた後、タクシーで帰った。というのも業者の車は証拠品としてレッカー車で宜野湾警察署の駐車場に運ばれ、改めて鑑識が調べることになっていたからだ。

だが、事件はそれだけではなかった。発砲現場周辺のパトロールをしていた所轄の警察官が、生首遺棄事件の第二の現場から三十メートル西に位置する米軍住宅で新たな生首を発見したのだ。代行車のタイヤを撃ち抜いた犯人が置いていった可能性が極めて高い。

死体遺棄に関しては、米軍との取り決めで新たに見つかった場合は、NCISに通報するように要請を受けている。そのため、宜野湾警察署では現場を撮影するだけで保全に努め、駆けつけて来たNCIS捜査官に現場を引き渡していた。

会議室には朝倉の他に、県警一課の宮城が近くの椅子に座っている。

ドアが開き、刑事部長の新里が現れた。

「宜野湾署で、昨夜の発砲事件の捜査本部を立ち上げることになった」

新里は嬉《うれ》しそうに言った。沖縄警察本部長と打合せをして、許可が下りたようだ。米軍と捜査権を争う現場の近くなので、判断に時間が掛かったのかもしれない。捜査本部を立ち上げてから米軍に捜査権を奪われては、面目丸潰《まるつぶ》れである。そのため、慎重になっているのだろう。

「それで、朝倉さんのアリバイは、どうなりましたか？」

宮城は上目遣いで尋ねた。

「朝倉さんは一人で宜野湾市の事件現場の調査をしていた。いささか無理はあるが、そこに朝倉さんを迎えに来た北川さんが代行車で現れ、犯人から銃撃を受けたというわけです。二人には改めて捜査員を派遣し、証言を得ますが、今私が言ったように少々証言を変えてもらうつもりです」

新里は朝倉に顔を向けて説明した。事件現場に朝倉と北川と代行業者の三人が最初から居合わせたことになると、朝倉は事件の当事者になってしまう。どこの捜査機関でも事件の当事者は、捜査から外れることが常識である。それを宮城は懸念していたのだ。

「検察はそれで納得しますか？」

朝倉は苦笑を浮かべて尋ねた。被害者といえど、偽証すれば裁判に影響する。

「納得してもらった。発砲されれば、誰しもパニックになる。記憶が曖昧《あいまい》でも不思議ではない。それに被害者の証言は、この場合、さほど重要性はないからね」

犯人さえ逮捕すれば、問題ないということだ。

「なるほど、了解しました。これで、米軍と交渉することができますね。お願いした件は、大丈夫でしたか？」

朝倉は発砲事件に対する沖縄県警の捜査態勢を固めることで、捜査に行き詰まっている米軍側を交渉のテーブルにつかせようと思っている。ＮＣＩＳの沖縄支局では、捜査が進まないため、本部に応援要請が出されたとハインズから聞いていた。絶対的な人員不足に陥っているらしい。

県警からも人員を導入すれば、捜査は大きく展開するはずだ。まずは沖縄の米軍司令部を交えてＮＣＩＳと県警本部の幹部との間で、死体遺棄事件の捜査権について再度協議をしてもらうことにしていた。

「それは、難しいと本部長に改めて言われてしまったよ。今朝一番で、米軍側に打診したらしいが、あっさりと拒否されたようだ」

新里は首を左右に振って見せた。

「捜査権を持っている米軍も今さら共同捜査というのは、格好が付かないですからね。正攻法じゃ、やはりだめですか」

ダメ元で、本部長から沖縄のNCIS支局長に打診してもらったのだ。

「話し合いの場も設けられないとなると、どうしたものか？」

宮城が朝倉の顔を見て首を捻った。

「私に任せてもらえますか？」

朝倉は新里と宮城を順に見た後、質問で答えた。

「方法はどうされますか？」

新里は朝倉の前に椅子を置いて座ると、声を潜めた。正攻法でだめなら裏から手を回すのでは、と勘繰っているのだろう。もちろんそのつもりだが、口にできるものではない。

「NCISの幹部に助言を求めるつもりです。現段階では、警察との合同捜査は難しいと言われましたが、何か抜け道はないか考えてみます」

「どうやら、君に一任するほかなさそうだね」

新里は右手で額を押さえた。発砲事件の捜査本部を立ち上げたものの、捜査は進みそうにないと思っているのだろう。

犯人は朝倉が銃撃を避けると、すぐさま運転代行業者の車の前輪を撃ち抜き、追跡不能にした。もっとも、朝倉を殺すつもりだったら、続けて銃撃すればよかったはずだ。単純に追跡を防ぐために発砲したのだろう。狙撃の腕は確かで、プロの犯行に違いない。状況を聞いた新里もそう判断し、捜査の行く末を案じているようだ。

「今日一日、時間をいただけますか？」

「どうぞ。ご自由に」

新里はすでに捜査を諦《あきら》めたかのように肩を竦めてみせた。

「それでは、失礼します」

席を立った朝倉は、一礼すると会議室を出た。

「朝倉さん、待ってください」

宮城が追いかけて来た。

「どうしたんですか？」

本庁の玄関近くで、朝倉は足を止めた。

「我々が、あまりにも無力で悔しいんです。何かお手伝いできることはありませんか？」

宮城はそう言うと振り返って会議室のある廊下の奥を見た。新里が朝倉にあっさりと引導を渡したので、面白くないのだろう。

「私もどこまでできるか分かりません。とりあえず、今日一日、時間をください」

これから先のことで、彼らの手助けは不要なのだ。

「……ですが」

まだ不満げな顔をしている。諦めが悪いのではなく、本当に悔しく思っているのだろう。

「捜査を進めたい気持ちは、私も同じです。信じてください」

朝倉は宮城の肩を軽く叩き、頷いて見せた。

2

トヨタ・アクアのハンドルを握る朝倉は、国道58号線を北に向かっていた。

沖縄警察本部での捜査会議を終えた後、国際通り沿いのレンタカー店で車を借りている。沖縄で活動するには、車は必須である。

県道81号線の交差点を過ぎて百メートルほど先の三叉路を右に曲がった。その先にある歩道橋を潜《くぐ》って五十メートルほど進むと検問所があり、数台の車が順番を待っている。在日米軍海兵隊の中枢基地であるキャンプ・フォスター（瑞慶覧《ずけらん》）に到着したのだ。沖縄市、宜野湾市、北谷町《ちゃたんちょう》、北中城村《きたなかぐすくそん》にまたがる巨大な基地には、海兵隊の指令部とＮＣＩＳの沖縄支局があった。

並んでいた列の先頭になり、検問ボックスの前に出た。

「IDを拝見します」

基地の警備員が、表情もなく身分証明書の提示を求めて来た。米軍に雇用された警備員で、銃を携帯している。

朝倉は無言で身分証を渡した。警察手帳と同じ縦長の二つ折りになっており、広げると上に顔写真入りの身分証が収められ、下にはゴールドのバッジが貼り付けてある。

バッジのデザインは警察と警務隊の折衷案《せっちゅうあん》で、上部にスペシャル・ポリスと英語で記載され、中央には陸上自衛隊が使う桜と翼のエンブレム、下部には、防衛省と警察庁という文字が二段で漢字表記されていた。特別強行捜査班の英語表記をどうするか問題になったが、直訳するよりは英語圏で通じるように単純にスペシャル・ポリスと決まったのだ。少々、気恥ずかしいが、適切な英語がないので、我慢するほかない。

「ミスター・朝倉、NCIS支局長との面会ですね」

手持ちのボードを確認した警備員は、朝倉のバッジとともに特別許可証というカードが入った首掛けのカードホルダーを渡してきた。五年前にこの基地を訪れた時もそうだったが、今回もハインズに仲介を頼んで入場許可を得ている。

一般人が米軍基地に入るには、駐屯米軍兵か基地関係者の知人にエスコートしてもらうために所定の場所まで迎えに来てもらう必要があった。それを省いて入場するには、事前に基地内部で入場許可の書類を提出する必要がある。

朝倉は日米合同捜査に向けて、まずは捜査の陣頭指揮を執るNCISの沖縄支局長に直《じか》談判《だんぱん》しに来た。これまで日本側の捜査機関との打合せを拒絶していたが、ハインズからの口添えがあったため、面会を許されたのだ。

「ありがとう」

朝倉は首に許可証を掛けると、車を走らせた。

第5ゲートからグラウンドや公園の脇を抜け、一キロ近く進んで五階建てビルの前にある駐車場に車を停めた。基地内の政府機関ビルで、NCIS支局が入っている。

車から降りた朝倉は、政府機関ビルの玄関を抜けて受付の前に立った。ジーパンにポロシャツ、夏物のジャケットを着ている。ジャケットは、那覇で購入したものだ。

「日本のスペシャル・ポリスの俊暉・朝倉です。NCIS支局長のミスター・マダックスと約束しています」

「お伺いしています。少々、お待ちください」

海軍の制服を着た男性が、受話器を取り、受付横のソファーを指差した。NCISは海軍省傘下の法執行機関だが、職員は文官である。受付の男性が海軍兵士なのは、このビル自体は海軍と海軍に関係する政府機関が入っているためだろう。

「ミスター・朝倉、お待たせしました」

朝倉がソファーに座るとすぐに受付近くのドアが開き、四十代と思われる白人男性が現れた。

「ミスター・マダックスですか？」

「タイラーでいいですよ。ようこそ」

笑みを浮かべたマダックスは、気さくに右手を差し出してきた。彫りの深い顔をしており、奥まったブルーの瞳は笑っていない。日本の警察官ということで、内心警戒しているのだろう。

「よろしく」

立ち上がった朝倉は、マダックスと握手した。沖縄警察本部からの要請に彼は決して応じなかったと聞いていたので、肩透かしをくらった気分である。

「こちらに、どうぞ」

マダックスは手招きした。

朝倉はドアを押さえている彼の脇を通って部屋に入った。三十平米ほどの広さで、壁際にコーヒーとチョコレートバーの自販機が置いてあり、五卓の丸テーブルに二脚ずつ椅子が設置してある。コーヒーブレイクをするための休憩室らしい。

「あいにく会議室が空いていないんですよ。自販機のコーヒーですみませんが、ミルクと砂糖は？」

「ブラックで構わない」

「了解」

マダックスは自販機のボタンを押してコーヒーを二つ出し、奥のテーブルに載せた。

「昨日、ハインズ副局長から連絡をもらいまして、NCISのデータベースであなたの資料を拝見しました。あなたは過去三回、NCISのアドバイザーとして彼と合同捜査し、犯人を逮捕していますね。驚きました」

マダックスは椅子に腰掛け、コーヒーを啜《すす》りながら言った。ハインズが副局長に昇進したとは聞いていない。彼は昇進を喜んでいなかったために朝倉には教えなかったのだろう。

データベースの資料は、ハインズの報告書らしい。確かに三回一緒に捜査して結果を残しているが、アドバイザーとして協力したのは、一回だけである。だが、部外者である朝倉を参加させるにはアドバイザーとするのが、報告書に記載するのに都合がよかったのだろう。

「ハインズからは、何と聞いていますか？」

マダックスの向かいに座った朝倉はコーヒーを一口飲み、あまりのまずさに頬をピクリとさせた。酸味が強く、苦いだけで香りもない。以前はまずいコーヒーも平気で飲んでいたが、K島で駐在をしていたころから少々こだわりができた。

K島といえば五年前、連続殺人事件の捜査で陣頭指揮を取っていた一課の係長の意向に逆らったため、朝倉は四年近く駐在勤務を強いられていた島だ。だが、その間も、朝倉は捜査能力を買われて、特別な捜査を何度かしている。

一課時代のハードな勤務と違い、基本はのんびりとした島での生活に甘んじるほかなく、それはそれでストレスが溜《た》まった。もっとも悪いことばかりではない。趣味の釣りにダイビングと島を取り囲む大自然を満喫することができ、釣りをしながらカフェプレスで淹《い》れたてのコーヒーを楽しむようになった。使用する豆はキリマンジャロと決めている。

「コーヒーがまずいのは、ご勘弁ください。副局長から、あなたはとても優秀で頼りになると聞いています」

マダックスは苦笑して見せた。ハインズとは数年来の友人である。適当に持ち上げてくれたのだろう。

「私だけでなく、うちのチームは優秀ですよ」

「あなたのチームは、日本で唯一の警察庁と防衛省のハイブリッド捜査機関だそうですね。米国にもない組織ですよ」

マダックスが身を乗り出してきた。特別強行捜査班に興味があるらしい。

「失礼ながら、捜査は頭打ちじゃないんですか？　日本の捜査機関と協力すれば、ドラスティックに捜査は進むと思いますよ」

朝倉は本題に持ち込んだ。

「痛いところを突きますね。捜査が行き詰まっているのは、我々が人員不足だからです。そのため、本部からの応援チームが今日の午後に到着する予定です。当面は、その態勢で捜査を進めます。事件は米軍将校の住宅で起きたのです。ご承知のように、我々の事件です。日本の警察と組むつもりはありません」

　マダックスは笑顔を消して答えた。あくまでも地位協定を盾にするつもりらしい。

「日本の警察は？　それでは、私のチームだけでも捜査に参加させてもらえませんか？　我々はスペシャル・ポリスです。お役に立てますよ」

　朝倉は落ち着いた声で尋ねた。

　腕組みをしたマダックスは、コーヒーを口に含むと、押し黙った。警察はともかく、特別強行捜査班に興味はあるため考えているのだろう。

「分かりました。協力を仰ぎましょう」

　しばらくしてマダックスは、溜息交じりに答えた。

「ありがとうございます」

「ただし、あなただけです。我々はそれ以上の妥協はしません。それに、もし、あなたが捜査情報を日本の警察に流し、彼らが動くようなら協力関係はお終《しま》いです。それだけは覚えておいてください」

　マダックスは両手を目の前で振ってみせた。

「……了解しました」

朝倉は渋々頷いた。

3

羽田国際空港十三時五分発、沖縄那覇空港行き全日空機。

「沖縄はもう夏ですから、大物は無理かもしれませんね」

エコノミー席の通路側に座る中村が、釣りの情報誌を見ながら溜息を吐いてみせた。アロハシャツにジーパンとカジュアルな格好をしている。

「おまえは、沖縄に何をしに行くつもりなんだ?」

隣りの窓際の席に座る国松が、声を潜めて言った。半袖のポロシャツに明るいグレーのスラックスと、彼もリラックスしたスタイルである。これでも彼らは朝倉のバックアップをするため、沖縄に向かっているのだ。近くの席には佐野と野口も座っていたが、戸田の姿はない。彼は優秀なプログラマーでコンピューターを使った捜査には長けているが、現場捜査官ではないので東京に残っている。パソコンさえあればどこでも仕事ができそうだが、東京の方が通信環境がいいので残ったのだ。

「もちろん、仕事ですよ、当然じゃないですか。でも、私は朝倉さんの命令に従って、釣りを楽しむ旅行者に扮しているんです。場合によっては、到着後に釣り船に乗る必要があるかもしれませんよ。だから一生懸命、情報を集めているんです」

　中村は国松に見向きもしないで、雑誌を眺めている。この男の釣りバカぶりは相当なもので、捜査現場に釣竿を持ち込むこともあった。今回は沖縄ということで、本当に釣りを楽しむつもりなのだろう。

「馬鹿野郎、それは那覇に入ってからの話だろう。今そうしろとは、言われていないぞ」

　朝倉はNCISとの協力を取り付けたが、支局長から人員は朝倉限定と言われてしまった。また、捜査情報を流して県警が動くようなら、朝倉も外すと念を押されている。そのため、国松らは沖縄に到着後は、朝倉との接触はしないで行動することになっていた。朝倉が仲間に旅行者に扮するようにと言ったのは、不自然な行動を取らないようにという意味だ。決して観光をしろという意味ではない。

「何を言っているんですか。敵はどこにいるのか分かりませんよ。もし、この飛行機にたまたま一緒に乗り込んでいたら、どうするんですか？　虫が島の事件を思い出してください」

「むっ！」

　国松は眉を寄せた。

　一昨年、朝倉は九州の沖合に浮かぶ虫が島に、殺人事件を調べるために潜入捜査を行っている。国松と中村は朝倉をサポートするために現地へ移動する際、偶然にも犯人グループのメンバーと同じ飛行機に乗っていたのだ。

「というわけで、一緒に情報を集めませんか」

中村は足元に置いたバッグから別の釣り情報誌を出し、国松に渡した。

「……仕方がないなあ」

情報誌を手にした国松は眉間に皺を寄せつつ、口元を緩めた。


午後三時五十分、全日空機は、那覇国際空港に到着した。

飛行機から降りた国松と中村は、降客に交じって到着ロビーに進んだ。

「あれっ？」

出口に向かっていた中村が、首を傾げた。

「どうした？　怪しいやつでもいたか？」

国松は中村の視線の先を見て顔を強張らせた。

「五人前の女性を見てください」

中村が声を潜めて言った。

「ひょっとして朝倉君の彼女じゃないか？」

国松は自信なさげに言った。以前、K島に行った際、朝倉に親しげにしていた女性はだれかと村人に尋ねたところ、彼女だと聞かされている。だが、朝倉に直接紹介されたわけではない。

「名前は確か、中田幸恵《なかたさちえ》さんですよ」

中村は左の掌《てのひら》を右の拳《こぶし》で叩いた。

「一緒の便に乗っていたようだな」

「とすれば、我々と同じで、彼女は朝倉さんに招喚されたんじゃないですか？」

中村は意味ありげに言った。

「招喚？　馬鹿な。彼女は民間人だぞ」

国松は訝《いぶか》しげに中村を見た。

「鈍いな。仕事をしながらデートでしょう。朝倉さんも隅に置けないな。ここは沖縄ですよ。だれでも、南国気分になりますよ。真相を確かめませんか？」

「何が南国気分だ。朝倉君はおまえとは違うぞ」

国松が呆れ顔で首を左右に振ると、振り返った幸恵と目があった。二人の会話が聞こえたのだろう。

「彼女がこっちにきますよ。挨拶《あいさつ》しますか？」

「おまえが大きな声を出すからだ」

国松は慌てて彼女から目を逸《そ》らせた。

「こんにちは。お二人を二、三年前にK島でお見かけした記憶がありますけど、朝倉さんと仕事をされていた方ですよね？」

幸恵は笑みを浮かべているが、なぜか目は笑っていない。

「そうです。私は国松良樹、こっちは、中村篤人です」

国松はそわそわしながら答えた。彼はどちらかというと、女性の扱いに不慣れなのだ。

「あのお、幸恵さんも朝倉さんに呼ばれたんですか？」

横から中村がにやにやしながら尋ねてきた。

「ひょっとして、私が朝倉さんと別れたことを二人とも知らないのね」

幸恵はくすりと笑って見せた。

「えっ！」

「なっ！」

国松と中村が同時に叫んだ。

「私は仕事で来ているの。彼とは関係ないわ」

幸恵はあっさりと答えた。朝倉との関係はもうないらしい。

「そっ、そうなんですか」

国松は仰《の》け反《ぞ》りながら答えた。彼女に完全に圧倒されている。

「朝倉さんも那覇にいるの？」

幸恵は訝しげな目をして尋ねて来た。

「はっ、はい」

国松は戸惑いながらも答えた。

4

午後五時四十分、嘉手納《かでな》空軍基地。

昨日と同様、沈む夕日が厚い雲に覆われ、西の空を赤黒く染めている。気温は三十度を下回っていた。

朝倉は滑走路の南側にあるAMC・パッセンジャー・ターミナル（空軍乗客ターミナル）の前に立ち、西の空を見上げている。その隣りには、ダラス・コールというNCIS沖縄支局の捜査官が立っていた。

午前中に朝倉はNCIS支局長であるマダックスと打合せをして、アドバイザーという立場で米軍の捜査に参加することを許されている。その際、本部からの応援が午後五時三十分着予定の輸送機で嘉手納空軍基地に到着すると聞かされており、出迎えに行くというコールに便乗したのだ。後で応援チームに会うよりも、到着時に自己紹介をすれば時間のロスはないと考えてのことである。

二時間ほど前に特別強行捜査班の仲間が、那覇に到着していることは確認していた。だが、当面接触するつもりはない。彼らは何も指示しなくても独自に動けるからだ。それにNCISに仲間の動きを悟られないようにするためでもある。

西の空に夕日を背に受けた輸送機が見えてきた。

胴体がずんぐりとした機影からして、〝グローブマスターⅢ〟とよばれる米軍輸送機のC17だろう。

みるみるうちに高度を落としたC17が、滑走路に降り立つ。

着陸から千メートルほど、滑走路の三分の一で停止した輸送機は導入路へ外れ、AMC・パッセンジャー・ターミナル前のエプロンまで移動して停まった。

輸送機の後部ハッチが開き、米兵に交じってジャケットを着た四人の男たちが降りてくる。NCIS本部からの応援チームに違いない。

「ほお」

朝倉は笑みを浮かべた。応援チームの中に顔見知りを見つけたのだ。男たちも朝倉らに気付いたらしく、先頭の男が手を振って見せた。

「ブレグマン特別捜査官、応援ありがとうございます」

コールは四人の男たちの先頭に立つブレグマンを出迎えた。

「ありがとう、コール特別捜査官。それに、朝倉スペシャル・ポリス、久しぶりだ」

ブレグマンはコールと朝倉を順に見て、挨拶してきた。

「えっ、ブレグマン特別捜査官、ミスター・朝倉をご存じだったんですか？」

両眼を見開いたコールは、ブレグマンと朝倉を順に見た。

「昨年の捜査で彼の力を借りている。それにボスのハインズ副局長の友人なんだ」

ブレグマンはコールと握手をすると、朝倉に右手を伸ばしてきた。彼はチームリーダーだと聞いている。背後の三人は部下なのだろう。

「元気か？　アラン」

朝倉はブレグマンの握手に応えると、彼の背後に立つ三人の男たちをちらりと見た。そのうちの一人は、ロベルト・マルテスという特別捜査官で一緒に仕事をしたことがある。昨年、朝倉は日本で起きた殺人事件で、ブレグマンとマルテスを伴ったハインズの協力も得てアフリカまで容疑者を追っている。ブレグマンとは現地で意気投合し、名前で呼び合う仲になった。ハインズと応援の話はしていたが、ブレグマンのチームを送るとは聞かされていない。

「部下を紹介しよう、俊暉。ロベルト・マルテスは知っているね。それにテリー・ダフィーとウィリー・エスコバー、全員特別捜査官だ」

ブレグマンは三人の部下を紹介した。

「俺は、君が送られてくるとは、ハインズから聞かされていなかったぞ」

朝倉は苦笑しながら、三人と握手を交わした。

「そうなのか？　ちょっと待ってくれ。到着したことを本部に知らせる」

わざとらしく驚いたブレグマンは、ジャケットから衛星携帯電話機を出して通話をはじめた。

「俊暉、君にだ」

ブレグマンは衛星携帯電話機を渡してきた。

「俺に？」

朝倉は衛星携帯電話機を受け取り、耳に当てた。

——ハインズだ。驚いたか？

どうやら彼はわざと応援チームの内訳を教えなかったらしい。ハインズはドイツ系なので冗談好きではないが、悪戯《いたずら》はするようだ。

「驚くに決まっているだろう」

朝倉は苦笑した。

——残念ながら私は行けなかったが、彼らと一緒に捜査をしてくれ。アランのチームは、優秀だ。役に立つぞ。

「分かっている。また、今度会おう」

朝倉は衛星携帯電話機をブレグマンに返した。

「俊暉、一緒に晩飯を食べないか？　食事をしながら今後の打合せをしよう」

早い時間に食事をするのは、移動中に食事が出来なかったからだろう。クワンティコの本部から来たのなら、移動に二十時間以上掛かる。給油のため途中の基地に着陸するが、食事ができるとは限らない。輸送機の長距離移動で食事を摂り損ねることは、朝倉も何度も経験がある。

「分かった」

「嘉手納基地で、しゃれたレストランを知っている。ボスから聞いたんだ。そこに行かないか？」

嘉手納基地の西の外れ、国道58号線沿いにある〝カデナ・マリーナ・シーサイド・リストランテ〟というレストランのことだろう。

「知っている。そこでハインズと飯を食ったことがある。晩飯じゃなかったけどな」

五年前、捜査途中で、ハインズとそのレストランで軽い食事をしている。

「飯を食うだけじゃないぞ。有益な情報があるんだ」

ブレグマンは口角を上げると、親指を立てて見せた。

5

桜坂中通り《さくらざかなかどお》、〝ホテルクイーン那覇〟。

眼鏡を掛けた朝倉はエレベーターを下りて廊下の奥へと進み、一二〇六号室のインターホンを押した。

「お待ちしていました」

ドアが開き、中村が顔を覗かせた。時刻は午後八時を過ぎている。

最上階四十六・七九平米のプレミア・ツインルームである。捜査の拠点とするべく、このホテルで一番広い部屋を借りたのだ。もっともこれ以上広い部屋を借りるには予算の都合もあるが、市内のホテルに空きがなかった。

部屋に入ると、右手がベッドルーム、左手はソファーが対面で置かれたリビングスペースになっており、壁際に立っている国松と佐野と野口の三人が、朝倉に頭を下げた。

「ご苦労様です」

眼鏡をジャケットのポケットに入れた朝倉は仲間を労《ねぎら》い、ベッド脇の椅子に腰をかけた。

那覇に呼んだ彼らとは当分の間、会うつもりはなかった。だが、夕方ブレグマンから新しい情報を得たので打合せをすることにしたのだ。

〝カデナ・マリーナ・シーサイド・リストランテ〟、午後六時半。

朝倉とブレグマンとコールは窓際の四人席に座っている。ブレグマンの三人の部下は、隣りのテーブルに着いていた。ほぼ満席状態で、迷彩服を来た空軍兵士や基地関係者、それに米国人らしき家族連れが食事を楽しんでいる。基地の付属レストランだが、民間人にも開放されているため、日本人と思われる客の姿もあった。

「このリブアイステーキは、なかなかいける」

ブレグマンはナイフでカットしたステーキをうまそうに頬張っている。よほど腹が減っていたらしく、ステーキにサラダ、それにパンの代わりにマルゲリータピッツァを注文している。

「確かに、うまい」

朝倉はフォークに刺したサーロインステーキを口に運んだ。昼飯もステーキを二枚食べたが、うまい肉なら続けて食べても平気である。ただし、夕食もステーキ二枚では芸がないので、グリルドチキンの大を付け合わせに頼んだ。サーロインステーキが十三ドル、グリルドチキンの大なら十七ドル、ブレグマンが頼んだリブアイステーキは二十ドルとリーズナブルである。

「俊暉、忘れないうちに渡しておく」

ブレグマンはジャケットの内ポケットから出した物を、朝倉のステーキ皿の横に置いた。

「ありがとう」

朝倉はテーブルに置かれたカードを見て、にやりとした。NCIS本部が発行したNCISの正規アドバイザーのIDカードである。NCISが身分を保証するというもので、米軍基地への入退場も自由にできる。また、このIDを手に入れたことで、朝倉は正式に共同捜査することが許可されたことになるのだ。

「ところで、有益な情報ってなんだ？」

朝倉はIDカードをポケットに仕舞うと尋ねた。

「食事が終わってからにしよう」

ブレグマンは首を左右に振った。

「周りに聞こえないように話せばいいだろう」

朝倉はさりげなく周囲を見た。窓際の隣りはブレグマンの部下、反対側のテーブル席は空軍兵士が座っている。またホール中央の席とは間隔が空いていた。

「そうじゃない。少々エグイ死体写真なんだ。食事中に不適切だろう」

「飯が不味《まず》くなるというのなら構わない。殺人事件現場は何度も経験している」

朝倉はステーキを頬張りながら言った。

「そうか」

渋い表情になったブレグマンは、ジャケットの別のポケットから数枚の写真を出した。事件の現場写真らしい。

「ほお」

受け取った朝倉は、手足や首を切断された死体の写真を見ながらステーキを咀嚼《そしゃく》した。確かに食事中に見るには、ショッキングな写真だ。

「気遣いは無用だったか」

写真を見ながら平然と食事を続ける朝倉を見て、ブレグマンは苦笑している。

「どこで撮影された？」

テーブルに並べた五枚目の写真を見てさすがの朝倉も思わず唸《うな》った。その内の一枚は、麻袋の口が開けられ、中に生首が入っている写真である。

「メキシコだ」

ブレグマンは素っ気なく答えた。

「これは、酷《むご》い」

写真を見た佐野は顔をしかめると、国松に渡した。朝倉が夕食時にブレグマンから渡された写真である。

「いずれもメキシコの麻薬カルテルが殺害した、民間人の死体の写真だ。殺害方法や死体遺棄の方法は、組織によって異なるらしい。首を切断して麻袋に詰めて捨てる方法は、スペイン語でナイフを意味する〝クッチーロ〟という組織の手口のようだ」

朝倉はブレグマンから得た情報を披露した。

メキシコの麻薬カルテルは、米国に流入する違法薬物の七十パーセントを支配下に置くと言われている。彼らは敵対する勢力や裏切り者に対して、自分の力を誇示するために残虐な方法で殺害するのだ。

「NCISは、メキシコの麻薬カルテルの犯行だという確証を持っているのですか？」

国松は写真を見て首を捻った。普段はタメ口だが、当然のことながら人前では朝倉に上官としての態度を取る。

「いや、単純に類似した手口がないか調べたら、麻薬カルテルが浮かんだらしい。現在、〝クッチーロ〟の情報を本部で集めているようだ。だが、まだ、何も摑《つか》んでいないらしい。そもそも死体が置かれていた米軍住宅が、二軒とも無人だった。一応、前の家主だった米軍将校との関連を調べてはいるようだ」

ブレグマンから渡された写真は、手土産のようなものだ。

「しかし、なんでメキシコの麻薬カルテルが、無人の米軍住宅に生首を置くのですか？」

国松は写真を中村に渡しながら尋ねた。

「麻薬絡みかもしれないが、異常者の模倣犯という可能性もあるだろう」

腕組みをした佐野が、それに答えた。

「それを調べるのはこれからだ」

朝倉は仲間の顔を見て頷いた。

6

仲間と一時間ほど打合せした朝倉は、〝琉球第一ホテル〟に徒歩で戻った。〝ホテルクイーン那覇〟から六百メートルほどの距離である。

「朝倉様」

フロントの前を通り過ぎようとすると、フロントマンに呼び止められた。

「何か？」

朝倉は笑顔で答え、眼鏡のズレを右人差し指で直した。公務員としてチェックインしているので、できるだけ穏やかな表情で対応するように心掛けている。

「メッセージが届いております」

「ありがとう」

フロントマンから封筒を受け取った朝倉は、ポケットにさりげなく仕舞ってエレベーターに乗った。朝倉の宿泊先を知っているのは、捜査関係者だけである。封筒の中身が何であれ、他人の前で開けるわけにはいかない。

エレベーターのドアが閉まると、朝倉は封筒を開き、中からメッセージカードを出した。

「何？」

メッセージを読んだ朝倉は、右頰をピクリと動かした。

〝よろしければ、連絡をください。幸恵〟という短いメッセージである。携帯電話の電話番号も記載されていた。以前彼女から聞いていた電話番号とは違う。もっとも、朝倉も現在使っている携帯電話の番号を、彼女に教えていないのは同じだが。

朝倉はK島に駐在警察官として勤務している際に、地元の女性である中田幸恵と付き合っていた。年の差もあったが、島民の目を気にして二人は深い関係になることはなかった、というかなれなかった。彼女は村役場の観光課に勤めていたが都内の旅行代理店に転職し、朝倉も防衛省から依頼された捜査に忙殺されてすれ違いとなり、一昨年二人は別れていた。今さら連絡をしてくれというのは、驚き以外の何物でもない。それになぜ彼女が宿泊先のホテルを知っていたのか、不思議である。

エレベーターのドアが、三階で開いた。

廊下に下りた朝倉はチェックインした部屋に入り、しばし考えた末にスマートフォンでカードに記載された電話番号に電話を掛けた。時刻は午後九時半になろうとしている。

――はい、中田です。

幸恵が電話に出た。

「朝倉です」

——よかった。電話をもらえないかと思っていたわ。

「……久しぶり」

朝倉は正直言って、何を話せばいいのか分からなかった。一昨年、別れを切り出したのは彼女の方である。だが、それは彼女の身勝手ではなく、朝倉の忙しさを考慮した彼女なりの思いやりであった。

——もしよかったらだけど、これから飲まない？

彼女は控えめな性格であるが、朝倉がいつも煮え切らない態度のため、イニシアチブは彼女が取ることが多かった。美人で頭が良く、その上若いと三拍子揃っている。一方で朝倉はオッドアイの異相で、十四も年上で、仕事は常に危険が伴う。彼女に相応《ふさわ》しい男だとは、思えないのだ。

「幸、いや、幸恵さん、今、東京じゃないんだ」

——知っているわ。だからホテルにメッセージを入れたの。

「えっ、ということは、那覇にいるのか？　でもどうして、俺の宿泊先を知っていたんだ？」

頭が混乱してきた。

――空港で偶然国松さんと中村さんに会ったの。それで二人に聞いてみたら、あなたと一緒だと聞かされて、ホテルを尋ねたら、教えてくれたのよ。

彼女は誘導尋問をするように二人に尋ねたに違いない。彼らの慌てぶりが思い浮かぶ。

「仕方のない連中だ。仕事中だから、ゆっくりはできないけど、場所は？」

北川のバーが一瞬頭を掠《かす》めたが、別れた彼女を連れて行くには気が引けるので、敢《あ》えて尋ねた。

――少し歩くけど、安里《あさと》一丁目に隠れ家的なバーがあるの。宿泊先のホテルからタクシーなら五分で着ける場所よ。

「大丈夫、体力なら売るほどあるから」

場所は国際通りの東のはずれらしい。距離にして二キロもない。

――そうよね。今から三十分後でどうかしら。

幸恵の笑い声が聞こえた。K島にいるころは、暇を持て余していたのでいつも体を鍛えていた。おかげで島の漁師に見込まれて、休日は漁師と一緒に漁に出ていたほどだ。

「了解」

朝倉は通話を切って短い息を吐いた。

二十分後、国際通りを東に向かって進み、蔡温橋《さいおんばし》交差点のゆいレールの高架橋を潜った。交差点を過ぎると、右手に大規模なショッピングモールがあるが、すでに閉店時間を過ぎているため、通りは閑散としている。

交差点から3ブロック目の路地に入った。右手は駐車場、左手に白いビルがあり、その先に開発に取り残されたような白い板張りの建物が二軒続く。奥の建物の一階にある、幸恵が指定したショットバー〝バーボンクラブ〟に朝倉は入った。間接照明に照らされた木目のカウンターに、天井まであるバックヤードの棚には洋酒が並び、BGMにはジャズが流れ、落ち着いた大人の雰囲気を醸《かも》し出《だ》している。

早く来たつもりだが、幸恵はカウンターの奥に一人で座っていた。無粋な朝倉には名前は分からないが、彼女の前にオレンジ色掛かったカクテルが置かれている。

「ジャックダニエル、ストレート、ダブル」

朝倉は彼女の隣りに座り、バーテンダーに飲み慣れた酒を注文した。

「突然、連絡してごめんなさい。国松さんからあなたが沖縄にいるって聞いたら、無性に会いたくなってしまったの」

幸恵が微笑《ほほえ》んだ。大人っぽいノースリーブのドレスを着て、化粧も映えている。

「……そうなんだ」

彼女は以前にも増して垢抜《あかぬ》けた都会の女性になっていた。戸惑うばかりだ。

「今でも釣りをしているの？」

「つい最近、芦ノ湖に行ったけどね」

朝倉は苦笑して首を左右に振り、カウンターに置かれたジャックダニエルのショットグラスを引き寄せた。

「あいかわらず、仕事と釣りに夢中ね」

笑った彼女は、二人がK島にいたころの話をはじめた。あの島での四年近い勤務は一課の激務とはほど遠いもので、今となれば青春時代の思い出のように懐かしい記憶になっている。だが、彼女は未だに昨日の出来事のように話し続け、笑みを浮かべた。

「何かあったのか？」

朝倉はときおり頷いて話を合わせていたが、彼女の横顔にどこか憂いを感じたので話を遮って尋ねた。

幸恵は唇を固く結ぶと自分のグラスを見つめ、黙ってしまった。

「俺で役に立てそうなことか？」

「あなたと別れたことをちゃんと謝っていない気がして」

傾げた首を幸恵は、左右に振ってまた口を閉ざした。

「そんなことなら、気にしていない。それとも、困っていることがあるのなら、何でも言ってくれ。役に立たないかもしれないがな」

朝倉は笑って見せた。

「仕事は順調よ。でも、うまくいけばいくほど、心が乾いていくような気がするの。やっぱり、島育ちのせいかしら。田舎《いなか》で暮らしている方が、幸せなのかもしれない。別れを告げたのは私なのに、困ったからってあなたに頼みごとしたら、勝手すぎるでしょう。第一、そんなことしたら、思い出が壊れちゃうわ」

「君に頼みごとをされたからといって、思い出は壊れたりしない。心配は無用だ」

朝倉は優しく言って彼女の背中に手を当てようとしたが、慌てて引っ込めた。彼女は別によりを戻して欲しいと言ったわけではない。それに、朝倉の仕事を考えれば、やはり、彼女との関係はこのままでいいのだ。

「ありがとう、相変わらず優しいのね。沖縄にはしばらくいるから、また電話するわ」

グラスのカクテルを飲み干した幸恵は、席を立った。

「送って行くよ。ホテルは、どこ？」

朝倉は勘定を済ませ、彼女と一緒に店を出た。

「ヒルトンホテルだけど、国際通りでタクシーに乗るわ。ありがとう」

幸恵は俯《うつむ》いたまま首を振った。彼女の奥ゆかしさは、昔のままらしい。このまま彼女を一人で帰らせていいものか、男なら迷うところだ。

「……？」

背後から迫る車に気が付いた朝倉は、振り返って右手を目の前でかざした。ハイビームになっているのだ。

路地の中央に立っていた朝倉と幸恵は、慌てて駐車場側に身を寄せる。

だが、車は突然二人に向かってきた。

「危ない！」

朝倉は幸恵を駐車場に突き飛ばした瞬間、車に撥《は》ね飛《と》ばされた。

フェーズ3：チーム始動

1

那覇赤十字病院救急外来、午後十時五十分。

国際通り近くで車に撥ねられた朝倉は、幸恵が呼んだ救急車で病院に運ばれ、救急外来の診察ベッドに座っていた。

「もう大丈夫だ。治療の必要はない」

朝倉は後頭部を検査しようとする医師の手を払い退《の》けた。

「いい加減にしてください。あなたは車に撥ねられて運ばれてきたんですよ。もし、脳内に出血していたら、どうするんですか？」

若い男性医師は、苛立ち気味に言った。

朝倉は搬送中の救急車の中で意識を取り戻している。そもそも衝突してきた車のスピードは三十キロほどで、朝倉は撥ねられる寸前にジャンプし、フロントガラスに激突しながらも受け身を取っていた。

ただ、幸恵を突き飛ばして彼女の安全を図ったために反応が遅れて受け身が満足に取れず、車から振り落とされて駐車場のコンクリートに後頭部をぶつけて気を失った。それだけのことで、若い頃から鍛えているため、この程度のことで壊れる体ではない。

「確かに車とぶつかったが、怪我《けが》はしていない。自分の体のことは自分が一番よく知っている。本当になんともないんだ」

朝倉はベッドから下りた。医師に何ともないことを教えなければ、警察に勝手に通報される恐れがある。ぶつかってきた車はそのまま逃走しており、状況からして故意だったのだろう。今回の捜査に関係して朝倉を狙ったに違いない。病院を出たら改めて県警の宮城に連絡し、逃走した車の捜索をするつもりであるが、見つからない可能性は大きいだろう。

だが、朝倉を知らない所轄の警察官に彼女が事情聴取され、あらぬ疑いをかけられることは避けたい。それに大袈裟《おおげさ》な検査や治療で診察室の片隅で佇《たたず》む彼女に、心配をかけたくないのだ。

「俊暉、さん。お願いだから、先生の言う通りに診察を受けてくれない？」

見かねた幸恵が朝倉に近寄り、困惑の表情で言った。常人なら事故に遭ったのだから治療はありがたく受けるはずなのに、何を拒んでいるのか不思議に思っているのだろう。

「いや、急いで病院を出たいんだ」

「でも、頭を打ったのよ。精密検査をしてもらわないと」

「分かった。それじゃ、君の言う通りにするから、先に帰ってくれないか。あの車は俺を狙ったんだと思う。これから、地元の警察に連絡をする。君を巻き込みたくないんだ」

宮城に連絡を取れば、すぐに会って話をしたいというだろう。彼女が一緒では、まずいのだ。

「でも……」

「送っていけなくて、すまない」

不満気な顔の幸恵の言葉を遮った。

「分かったわ」

幸恵は小さな溜息を漏らし、診察室から出て行った。

十分後、ジーパンにアロハシャツという軽装の宮城が病院の玄関前に停められたタクシーから降りてきた。朝倉の診察は終わっている。夜間なので、精密検査は翌日ということになった。医者が朝倉をすぐに帰そうとしなかったのは、経過を見るためだったのだろう。

「はいさい」

宮城は赤ら顔で右手を振った。「はいさい」は、英語の「ハロー！」と同じで夜使っても構わない。

「ちょうど、終わったところだ」

救急診療の会計も終えて、朝倉は夜間出入口に立っていた。

「知っている店に行きましょう」

宮城は笑いながら言った。どこかで酒を飲んでいたのだろう。酒臭い息をしている。

朝倉は停めてあるタクシーに宮城と一緒に乗り込んだ。

タクシーは行き先を告げられているらしく、那覇病院通りからひめゆり通りに曲がり、ゆいレールの安里駅を過ぎると、安里十字路を右折したところで停まった。

「こっちです」

タクシーを降りた宮城は道を渡って裏路地に入った。市場を中心に今にも崩れ落ちそうなアーケードの繁華街が取り巻いている栄町《さかえまち》商店街で、朝倉ははじめて訪れる場所である。

繁華街といっても、シャッターを閉じた店が多く閑散としていた。間口が狭い店ばかりで、新宿大ガード横にある思い出横町が火事で焼失する前、小便横町と呼ばれていた頃を彷彿《ほうふつ》させる。商店街は一見廃《すた》れてはいるが、この時間に営業中の店は、地元客や旅慣れた観光客で賑《にぎ》わっていた。

飲み屋街を通り抜け、宮城は出入口の庇《ひさし》に大きなシーサーが飾ってある古い木造の店に入った。〝泡盛・古酒と琉球料理　うりずん〟という看板が掲げてある。看板もそうだが、渋い店構えで期待できそうだ。

「ほお」

内装は趣のある外見と同じく、木材がふんだんに使われて温《ぬく》もりを感じさせ、奥の天然木のバーカウンターが洒落《しゃれ》ている。朝倉は居心地の良い空間に、思わずにやりとした。

「なかなかいい店でしょう。つまみは適当に注文しますが、何を飲みますか？」

宮城は奥のカウンターに近いテーブル席に座った。一階はカウンター席や座敷席もあり、二階席もあるようだ。

「せっかくだから、十二年ものの古酒をもらいましょうか」

対面の席に座った朝倉は、メニューから酒を選んだ。この店は、首里《しゅり》に古酒蔵を構え、独自にブレンドした泡盛を甕《かめ》で寝かせて熟成させているらしい。

「交通事故に遭われたと伺いましたが、詳しく聞かせてください」

電話では車に轢《ひ》かれたとだけ伝えてあった。

「安里の裏路地で車に幅寄せされ、ボンネットに乗り上げて道路沿いの駐車場に転がされた。相手の車は、おそらく三十キロ弱のスピードは出していたはずだ。ブレーキを掛けてないようだった。状況からして故意にぶつけられたんだろう」

朝倉は淡々と言った。

「えっ！　まともに車に撥ねられたんですか。どこも怪我はないんですか？」

宮城は目を白黒させている。

「体は頑丈にできているんですよ。捜査で怪我をすることも毎度のことですから」

手榴弾《しゅりゅうだん》や銃撃で負傷したことも一度や二度ではない。走行中の特急電車から突き落とされたこともある。こんな経験は、警察官でも警務官でもありえないだろう。もっとも朝倉が担当する事件は特殊で、捜査の対象者がいつも凶悪だということだ。

「あいえなー、毎度って、本当ですか。三十キロでも下手《へた》をすれば、死んでいたさあ。命を狙われたんですよ。ということは、今回の事件と繋がりがあると見た方がよさそうですね」

宮城が険しい表情になった。

「殺すつもりなら、もっとスピードを出していたでしょう。捜査をしている私への警告だったと思っています」

朝倉は表情も変えずに頷いた。

2

翌日の早朝、朝倉は、キャンプ・フォスター内にあるレストラン〝ポパイズ・ルイジアナ・キッチン〟にいた。

通称〝ポパイズ〟と呼ばれるこの店は、米国ではケンタッキーフライドチキンと肩を並べると言っても過言ではない、有名なファストフードチェーンである。日本には上陸していないが、国内のいくつかの米軍基地内には出店していた。

昨夜NCISのブレグマンに打合せを要請したところ、基地内のポパイズを指定された。打合せしながら朝食ということなのだが、おそらく、昨日彼は基地内の宿舎に泊まったのだろう。

店は広々とした駐車場を持ち、大きな窓ガラスから周囲の色鮮やかな芝生が見渡せる快適な空間にある。隣りには、同じく日本では見かけないファストフード店アービーズもあった。ブレグマンがポパイズを選んだのは、基地内の他店の開店時間が午前十時以降に対して、午前六時半からと早いためだろう。時刻は午前八時五十分、店内の客は数名の迷彩服の兵士だけだ。

「おはよう、俊暉。早いな」

カウンターで注文していると、背後からブレグマンに声を掛けられた。待ち合わせ時間は、午前九時である。ブレグマンは眠たげな顔をしている。

「時差ボケか？」

「そうだ。よく眠れなかった。こっちは朝だが、クワンティコは夕飯時だ。だから、トーストにコーヒーじゃなく、無性にポパイズのフライドチキンが食いたかったんだ。朝から付き合わせて悪かったな」

ポパイズを選んだのは、開店時間の問題だけではなかったらしい。

「別に構わない」

朝倉は注文したチキンとシュリンプフライのサンドイッチとコカ・コーラを受け取り、駐車場が見える窓際の席に座った。他の客がホール中央の席に座っているため、離れた席に座ったのだ。

「電話で命を狙われたと聞いたが、大丈夫だったのか？」

ブレグマンは朝倉の前に座るとさっそくチキンを頬張りはじめた。

「車に撥ね飛ばされただけだ」

朝倉もチキンを食べながら簡単に説明した。フレーク状の衣はパリパリと歯ごたえがよく、肉はジューシーで柔らかい。

「それって、普通の人間は大丈夫とは言わないぞ」

ブレグマンは苦笑した。

「そんなことはどうでもいい。俺は昨夜のうちに日本の警察にマスコミ対策をさせ、監視カメラの映像から犯人の車の行方を追わせている。それぐらいいいだろう？」

NCIS沖縄支局のマダックスからは、地元の警察と協力はおろか、情報漏れも許さないと言われている。

「問題ない。そもそも我々の事件と関わりがあるのかも分からないからな。マダックスは面子《メンツ》を気にしているようだが、日本の警察もうまく使った方がいい。もっとも我々に、それはできないけどな」

捜査権が米軍にある以上、日本の警察をオミットしなければならないのだろう。

「そう思って、車両の捜索は、極秘に行うように指示してある。だが、米軍に気を遣ったわけじゃない。敵のしっぽも摑んでいないから、正体が分かるまで自由にさせた方がいいと思ったからだ」

国際通りにある監視カメラが、事件直後に路地から出てきた車を捉《とら》えていた。画質が悪いためナンバープレートの番号までは判明しなかったが、白いセダンで車種も特定されている。宮城は沖縄警察署に、他の監視カメラの映像も分析させているが、限定した人数で作業しているため、時間が掛かるだろう。

「泳がせるということになるが、危なくないか？　結局、君が囮《おとり》になるということなんだぞ」

ブレグマンは、付け合わせのポテトに伸ばしかけていた手を止めた。

「そういうことだ。昨日は油断したが、いつも注意を怠らなければいいんだ。俺が尾行されたり、監視されたりするようなら、逆にそいつを追って犯人を見つけ出すつもりだ」

「我々は人手が足りないから、君のサポートはできないぞ」

「君らの助けは、あてにしていない。自分のチームを呼んだ。仲間は腕利きの捜査員ばかりだから、安心して任せられる」

「抜け目のない男だな。それにしても、襲撃犯が死体遺棄事件に関係しているとしたら、どうして君を知っていたんだろうか？」

ブレグマンは首を傾げた。

「まず考えられるのは、一昨日、宜野湾市の現場で銃撃してきた連中だ。俺を見かけて事件の捜査をするなと忠告してきたんじゃないか。ただ、俺が扱った過去の事件と関係している可能性もある。まだ刑事だったころに解決した事件で、俺を逆恨みしているやつがいても不思議じゃないからな」

「君の風貌《ふうぼう》は目立つからな。たまたま君を見かけた暴力団関係者が、衝動的に車で襲った可能性もあるというわけか。なるほど」

ブレグマンは妙に感心している。

「ところで、そっちは犯人の目星はついたのか？」

朝倉はチキンを平らげ、サイドメニューのオニオンリングを口に放り込んだ。

「いや、まだだ。だが、被害者の一人は分かった。ウーゴ・ゴンザレス、三十八歳、プエルトリコ系米国人だ。キャンプ・キンザーで働いていた。前科はない。首を本部のラボに送り、ＤＮＡを照合して特定した。ゴンザレスは元海兵隊員で、退役後に基地の労働者として働いていたようだ。あとの二人はラボでも分からなかった」

ブレグマンはジャケットのポケットから折り畳まれた資料をテーブルに置いた。キャンプ・キンザーは、牧港《まきみなと》補給地区のことで浦添《うらそえ》市の西側の海岸線沿いに南北三キロ、東西一キロある広大な兵站《へいたん》補給基地である。

「退役軍人の軍属か。殺された理由は、分かっていないのか？」

紙ナプキンで指先の汚れを拭き取った朝倉は、テーブルの資料に目を通しながら尋ねた。米軍では兵士のＤＮＡの記録を保管してある。そのため、爆弾で肉片になっても個人を特定できるのだ。鑑定に時間が掛かったのは、本部のラボに送るのに手間取ったからだろう。

「手がかりになるかどうかは分からないが、麻薬を常習していたという噂があるようだ。飯を食ったら、聞き込みに行くつもりだ。付き合うか？」

「麻薬か。臭うな。連れて行ってくれ」

朝倉はサンドイッチを頬張った。

３

食後、朝倉はアクアの助手席にブレグマンを乗せ、キャンプ・フォスターを出発した。彼の部下であるマルテス、ダフィー、エスコバーの三人は、アクアの前を走るＹナンバーのホンダのアコードに乗っている。

二台の車は国道58号線を南に向かい、十七分ほどで仲西《なかにし》交差点前にあるキャンプ・キンザーの第1ゲートに到着した。

朝倉はNCISのアドバイザーのIDを、助手席のブレグマンはバッジを見せて、難なくゲートを通過する。NCISの捜査官が乗った車が二台続いたせいか、警備員はいささか緊張しているようであった。

ゲートを抜けて先行していたマルテスの車は途中で左に曲がり、朝倉はそのまままっすぐ車を走らせ、軍用物資が備蓄されている巨大な倉庫群に向かう。マルテスらは海岸線に近い基地の西側に位置する兵舎に行ったのだ。

宜野湾市で発見された被害者であるウーゴ・ゴンザレスは、軍属で基地内には住んでいないが、基地で働く海兵隊員と交流があった。そのため、彼を知る海兵隊員とその家族への聞き込みをマルテスらは行うのだ。

「百メートル先の倉庫の前で停めてくれ」

スマートフォンで位置を確認していたブレグマンは、右手を伸ばして指示をした。

「了解」

朝倉は白く塗られた倉庫の前で車を停めた。倉庫の傍らに三人の作業員がおり、日本人らしき男が大型コンテナ車からフォークリフトで荷物の積み降ろし、ほかの二人が二トントラックの荷台で積み替え作業をしている。小回りが利くトラックで、広い倉庫内の移動に使うのだろう。

「ＮＣＩＳのブレグマン特別捜査官だ。ちょっといいかな」

　助手席から降りたブレグマンは作業を見守る迷彩服の兵士にバッジを見せて尋ねた。現場監督らしく、クロスしたライフル銃が三本のラインで囲まれている階級章を付けている。年齢は四十前半、物流を監督する曹長だろう。

「構いませんよ」

　曹長は朝倉を気にしながら、作業員に手を休めるように指示をした。ブレグマンと同じくジャケットにジーパンという格好の朝倉は、傍らで腕組みして見つめている。鍛え上げた体だけに不気味なのだろう。紹介もされなかったので、ブレグマンのボディーガードのように見えてもおかしくはない。

「彼はスペシャル・ポリスの朝倉だ。ウーゴ・ゴンザレスは、君の監督下で働いていたと聞いたが、彼のことを詳しく教えてくれないか？」

　ブレグマンは混乱を避け、あえて「日本の」という言葉を付けなかった。ちなみにＮＣＩＳの「特別捜査官」は「スペシャル・エージェント」である。

「普段からあまり仕事に熱心じゃなかったけど、ふざけた男ですよ、六日前から連絡もなしで仕事をサボっている」

　曹長はブレグマンの質問に肩を竦めて見せた。ゴンザレスの生首が発見されたのは、五日前のことである。殺されたのは、六日前という可能性もあるようだ。

「ゴンザレスは、五日前、死体で発見された。怠けていたわけではなさそうだ」

ブレグマンは鼻先で笑った。

「本当ですか！」

曹長は両眼を見開いたが、トラックの作業員たちは顔を見合わせた。彼らは何か知っているようだ。ブレグマンは彼らの反応を見るため、すぐには教えなかったのだ。

「ゴンザレスは、何かトラブルに巻き込まれていなかったか？」

ブレグマンは曹長に尋ねながら、朝倉をちらりと見た。

「何か知っていることがあれば、教えてくれ」

小さく頷いた朝倉はトラックの荷台に上がり、二人の作業員に尋ねた。一人は黒人男性で、もう一人はヒスパニック系である。

「別に、俺たちは一緒に働いていただけだ。何も知らねえよ、なあ」

黒人男性は、ヒスパニック系の男性に目配せした。

「殺人の捜査だ。あとで真実がバレたら、罪は重くなるぞ。どうなんだ？」

朝倉は口調を強めた。

「脅《おど》しても無駄だ。俺たちは本当に何も知らないんだ」

黒人男性は黄ばんだ歯を剝《む》き出《だ》して否定すると、ヒスパニック系も頭を大げさに振って見せた。立場的に黒人男性の方が上で、ヒスパニック系は彼に従っているようだ。

「そうか。知らないなら仕様がないな」

朝倉はあっさりと引き下がった。基地内は治外法権で朝倉に捜査権はないため、問い詰めることはできない。それに彼らの態度からして簡単に口を割りそうにないだろう。

ブレグマンを見ると、頷いてみせた。彼もこの場は引き下がった方がいいと判断したようだ。

フォークリフトを運転していた日本人の作業員にも尋ねたが、彼はゴンザレスとまったく付き合いがなかったらしく、得るものはなかった。

一時間後、朝倉とブレグマンは、キャンプ・フォスターにあるNCIS支局に戻っていた。

「被害者の関係者は口が堅いな。兵舎で聞き込みをしたマルテスらも何も情報は得られなかったそうだ」

ブレグマンは紙コップのコーヒーを啜った。昨日と違って休憩室ではなく、会議室で打合せをしている。

「口が堅いのは、何か隠しているからだろう。バレたらまずいことを抱えているということだ」

朝倉は渋い表情でコーヒーを飲みながら言った。飲んでいるコーヒーは昨日と同じ休憩室の自販機のもので不味い。

「何を隠していると思う？」

「仕事に関係することか、あるいは麻薬絡みのどちらかだろう」

キャンプ・キンザーは、兵站補給基地である。後ろめたいというのなら、軍事物資の横流しをしている可能性がある。または、殺されたウーゴ・ゴンザレスと同じく、麻薬に関係しているのかもしれない。

「やはりそう思うか。事件の鍵は、被害者を徹底的に洗うことだろう」

「今日、トラックで作業をしていた二人の男の身元は分かっているのか？」

「もちろんだ。部下に監視させている」

ブレグマンは自分のスマートフォンを渡してきた。画面には黒人男性とヒスパニック系の作業員の顔写真とプロフィールが表示されている。基地内で働くには、身分証明書の登録が義務付けられている。彼らにとっては、軍属の資料を取り寄せることなど朝飯前なのだ。

黒人男性はジョシュ・マギー、ヒスパニック系はホセ・ペーニャという名で、それぞれ履歴が記されている。

「俺にもデータを送ってくれ」

「君らも監視するつもりか？　それなら連携してやろう。互いに人手不足を補おうじゃないか」

「いいだろう」

朝倉はブレグマンにスマートフォンを返した。

4

午後十時、朝倉と県警の宮城は、国際通りの観光客に紛れていた。

二人は二十メートル前を歩く軍属のホセ・ペーニャを尾行しているのだ。

朝倉は地元をよく知り、英語も堪能で米軍のことも熟知している宮城をチームに引き入れて捜査にあたることにした。地元の警察官としては彼だけだが、彼を使うことで米軍の捜査に不満を持つ県警のガス抜きにもなると考えてのことだ。ちなみに同じく軍属のジョシュ・マギーの監視はＮＣＩＳのブレグマンのチームが行っている。

那覇市の牧志《まきし》にあるアパートに住んでいるペーニャは、仕事を終えるとバイクで自宅に戻った。

佐野と野口、国松と中村というペアでアパートの見張りを交代でさせ、朝倉は宮城を呼び寄せた。捜査を進めるにあたって、県警をどう関わらせるかが問題であった。ＮＣＩＳ

の沖縄支局長であるマダックスが、県警に情報を漏らすことすら許さないと考えていることを、宮城には伝えてある。また、被害者の一人が米軍属と判明したことから、日米地位協定の下では、捜査権は日本にないことが確実になった。県警は地元で起きた殺人事件の捜査にもかかわらず、指をくわえて見ている他ないのだ。

その上で、宮城には捜査に関わるのなら個人的に参加して欲しいと頼んだ。今後捜査の進展次第では日本人が事件に関わっている可能性も考えられる。そうなれば、県警も動くことができるだろう。宮城を一緒に行動させるのは、そうなった場合、県警がすぐに動けるようにするためでもあった。

アパートからヤマハのバイクに乗って来たペーニャは、国際通り近くの裏路地へと曲がり、バイクを停めた。国松が運転するアクアで尾行してきた朝倉と宮城は、路地を通り越して国際通りで降りた。国松には何も指示しなかったが、迂回《うかい》してバイクが見える場所で待機するはずだ。

国際通りに出てきたペーニャは、交差点角にある三階建ての雑居ビルの階段入口に入った。一階は宝石店らしく、閉店時間のためシャッターが下りている。

佐野と中村が、朝倉らと反対方向からやって来た。彼らは野口の運転するレンタカーのフィットで、ペーニャを尾行していたのだ。野口も国松同様、車をいつでも出せるように待機しているはずだ。

「リハブに行ったのだろう」

雑居ビルの階段入口手前で立ち止まった宮城が、にやりとした。

「リハブ？」

朝倉は首を傾げながらも入口近くの看板を見た。二階はまんが@カフェ、三階は〝REHAB〟の下に小さく〝International bar Rehab〟と看板に書かれている。

「ダーツやシャッフルボールなどで遊びながら、気軽に酒が飲める洒落たバーで、外国人に人気があるんですよ。まさか、二階の漫画喫茶に行ったんじゃないでしょう」

宮城が二階の看板を見て苦笑した。

「佐野さん、中村、三階のリハブに行ってくれ」

朝倉は耳に入れてあるブルートゥースイヤホンをタップし、二人に無線連絡をした。仲間は全員、目立たないブルートゥースイヤホンと小型無線機を備えている。

道の反対側で様子を窺っていた佐野と中村が、店の階段を上って行く。中村は英語が堪能なので、バーに行かせたのだ。急遽《きゅうきょ》捜査経験が豊富な佐野と組み合わせたのも、そのためである。

――佐野です。ターゲットは、酒を飲んでいます。

店に潜入した佐野からの無線連絡だ。

「そのまま、客に紛れていてください。ターゲットは、一人ですか？」

ね。

――一人ですが、出入口を気にしているので、待ち合わせをしているのかもしれません

ベテラン刑事の観察眼は確かである。ペーニャは誰かを待っているのだろう。

「了解。そのまま監視を続けてください」

朝倉は佐野と中村に指示をすると、出入口が見えるように国際通りを渡った。

二十分後、ペーニャが階段を下りてきた。待ち人に会えなかったようだ。すぐ後ろに佐野と中村が尾行している。ペーニャは、雑居ビルの脇道に停めてあるバイクに跨《また》がった。米兵や軍属による飲酒運転は日常茶飯事である。彼らは、基本的に日本の法律では裁かれないと思っているのだろう。

「国松、やつがバイクに乗る。車を回してくれ」

朝倉は無線で国松を呼ぶと、離れた場所に停めてあった国松のアクアと野口のフィットがリハブの前の国際通りに急ブレーキをかけて停まった。ペーニャはすでに路地から出て国際通りを東の方向に走り去っている。

朝倉は助手席に、宮城は後部座席に乗り込んだ。佐野らもフィットに飛び乗った。だが、急いではいるが、慌てることはない。

「うまく起動しているようだな」

朝倉はポケットからスマートフォンを出した。画面には那覇の地図が表示され、赤い点

が移動している。ペーニャのバイクには、GPS発信機を取り付けてあった。バイクを車で尾行するのは難しいため、彼がアパートにいる間に取り付けておいたのだ。少数精鋭の〝特別強行捜査班〟だが人員不足は悩みの種だ。マンパワーを補うべく、無線機や位置発信機など捜査に必要な最新の機器を揃えている。

「国道330号を北に向かっている」

国松はインパネの上に置いてある自分のスマートフォンを見て首を捻った。

ペーニャのバイクの信号は蔡温橋交差点を右折して国道330号に左折し、北の方角に走っている。彼の自宅の方角とは違うのだ。

「いったい、どこに行くつもりだ」

腕組みをした朝倉は呟《つぶや》いた。

三十分後、朝倉を乗せたアクアは、国道330号を経由し、国道58号線を走っていた。嘉手納基地は目と鼻の先である。

ペーニャは国体道路入口を過ぎたところで狭い路地に左折した。

「北谷町《ちゃたんちょう》に行くんだな」

隣りに座る宮城が一人納得している。

「北谷町？」

「北谷町の宮城《みやぎ》海岸沿いは、洒落たバーやレストランがあるんですよ。地元の住民も行きますが、外国人に人気のスポットなんです。もっとも外国人は、嘉手納基地の米兵やその家族がほとんどですが」

朝倉の質問に宮城が答えた。さすがに県警本部の刑事だけに那覇以外の情報も把握しているようだ。

ペーニャのバイクに取り付けたGPS発信機の信号は、海岸線の道路上で停止した。

国松は海岸道路に抜け、速度を落とす。道路沿いには三、四階建てのビルが建っており、一階にバーやレストランがあるが、繁華街というほど店があるわけではない。

しばらく走り、路上に停めてあるペーニャのバイクの脇を通って、三十メートルほど先で朝倉が乗ったアクアと後続のフィットは停まった。

バイクは外壁が白く塗られたビルの前で停められている。宮城が予測したように、白いビルには一階と二階に洒落たリゾート感覚のバーが入っていた。

「宮城さん、国松と行ってくれ」

朝倉は宮城を促《うなが》した。那覇のバーでは佐野と中村のコンビで尾行しているために、今度はメンバーを替えるのだ。朝倉は面が割れているため、ここでも指示するほかない。

国松と宮城は一階にある〝ネクスト・ドア〟という店に入ってすぐに出てくると、店の脇にあるオレンジ色に塗装された外階段を上って行く。二階にはテラス席がある〝トランジット・カフェ〟というバーがあった。

――こちら国松、二階にもいない。

「何！」

朝倉は車から飛び出し、白いビルに向かって走った。

5

翌日の午前五時半、スポーツウェアを着た朝倉は、〝琉球第一ホテル〟を出た。

一銀通りから国際通りを渡り、松尾消防署通りからすぐ裏路地に入ってひたすら南に向かって走る。沖縄に来て四日目、スマートフォンの地図でジョギングコースを決め、毎日早朝に走りこんでいた。

国際通りから二・五キロほど南に、一九九九年にラムサール条約の登録湿地に指定された漫湖《まんこ》がある。国指定漫湖鳥獣保護区にも指定されており、湿地帯の北と南に〝漫湖公園〟があった。だが、南側の公園には巨大なクジラの形をした遊具があるため、地元ではクジラ公園と呼ばれている。朝倉が目指しているのは、一周一キロのジョギングコースがある古波蔵《こはぐら》側（北側）の〝漫湖公園〟であった。

軽く流して二・五キロを走り、十五分後に漫湖公園古波蔵側の入口から公園に入った。

夜は明け切っているが、公園に人影はない。噴水広場を抜けて遊歩道を東に向かうと、ジョギングコースにぶつかる。

「うん？」

朝倉は右眉を上げた。百メートル先にランニングシャツにパンツスタイルの男が走っているのだ。ふくらはぎの下腿《かたい》三頭筋が走るたびにカモシカのように躍動し、いい走りを見せている。朝倉はピッチを速めて男と並んだ。

「あれ！　いつのまに？」

びっしょりと汗を掻いている男は、中村であった。昨日、沖縄に来てからも毎日走っていることを彼に教えたところ、さっそく実行しているようだ。この男は冗談ばかり言っているが、向上心があり、以前よりも体力は格段に上がっている。

「今来たところだ」

朝倉は息も乱さずに答えた。

「私は、これで三周目です」

この公園を教えたのは、朝倉である。中村は六キロほど走っているのだろう。この程度なら朝倉は汗を掻くこともないが、朝から二十七度あるので汗を掻くのは仕方がないのかもしれない。

「今日の捜査は、どうなりますか？」

中村は尋ねてきた。

「いかんせん、捜査はNCIS主体だからな。とりあえず、何か新しい情報はないか探りを入れてみる」

朝倉は前を向いたまま答えた。

「ところで、残りの首の持ち主は分かりましたか？」

宜野湾市の死体遺棄事件の三人の被害者のうち、一人はウーゴ・ゴンザレスであるとNCISのDNA鑑定で分かっている。だが、もう一人は米国のデータベースで探し出すことはできなかったのだ。そこで、朝倉は、NCISのラボに判別していないもう一つのアジア系の頭部から顔写真を撮らせた上で、三次元スキャナーで歯型を取らせ、データを日本の科捜研に送らせてあった。科捜研では、送られたデータから3Dプリンタを使って歯型を復元している。

警視庁には日本中の行方不明者や犯罪者のデータが集積されているため、写真と歯型から被害者を特定することができるかもしれない。結果は朝倉に届くように要請してある。

「まだだ」

朝倉は浮かない顔で答えた。

昨夜、朝倉は仲間と県警の宮城で、キャンプ・キンザーで働く軍属であるホセ・ペーニャの監視を行っていたが、北谷町で見失った。同じく、NCISのブレグマンが監視していたジョシュ・マギーも失踪している。二人は示し合わせたのかどうかは分からないが、同時に姿を消したことから、被害者ウーゴ・ゴンザレスの事件とかかわりがあることは、間違いないだろう。

「今さらですが、地位協定は本当に厄介ですね。正式な捜査ができないというのは、本当にもどかしいですよ」

中村も息を切らさずについてくる。

「ここは、日本であって日本にあらず。沖縄に限らないがな……」

朝倉は走りながら腰に巻きつけてあるスポーツポーチのファスナーを開けた。スマートフォンが呼び出し音を発しているのだ。

「俺だ」

——ブレグマンだ。まただ。

ブレグマンの陰気な声が、スマートフォンから聞こえる。

「何のことだ？」

——首だよ、首、また見つかったんだ。

苛立ったブレグマンの声がスマートフォンを震わせた。

「生首がまた見つかったのか？」

——そうだ。同じ場所からだ。

「宜野湾市の米軍住宅か？」

——そういうことだ。しかも、驚くなよ。今度は、ジョシュ・マギーとホセ・ペーニャの首だぞ！

「くそっ！　なんてことだ。二人は、拉致《らち》されて殺害されたのか！」

両眼を見開いた朝倉は、立ち止まった。

——そうらしい。お互い、ドジを踏んだな。

ブレグマンの溜息が漏れてきた。

「今から現場に行く」

朝倉はスマートフォンを仕舞うと、踵《きびす》を返した。

6

午前十一時十分、中田幸恵は青ざめた表情で、台湾桃園《たいわんとうえん》国際空港の手荷物受取のターンテーブルの前で佇んでいた。

那覇空港午前十時十五分発の全日空機に乗り、台北《タイペイ》に現地時間の午前十時五十五分に到着している。飛行時間は一時間四十分ほど、沖縄から福岡空港に行くのとさほど変わらない。

「荷物を受け取るんだ」

いつの間にか隣りに男が立っていた。見知らぬ白人である。英語で話しかけてきた。

「なっ！」

幸恵は驚いて、横を見た。

「こっちを向くな。他人の振りをしていろ。予定通り、あの黒いスーツケースを受け取れ」

男は外方《そっぽ》を向きながら、小声で命令した。

「……はい」

頷いた幸恵は、目の前を通り過ぎた黒いスーツケースを慌てて追いかけ、ターンテーブルから持ち上げた。スーツケースはありふれた中型のキャスター付きである。幸恵の行動を確認した男は、降客に交じって税関検査に向かう。

幸恵も黒いスーツケースを曳《ひ》きながら、税関検査の列の最後尾に並んだ。さきほどの男は、列の二人前で検査を受けている。大型のスーツケースを税関職員に見せて難なく検査をパスした。すぐ前の降客は、ビジネスマンらしくアタッシェケースの中を形式的に見せて税関を通過する。

「失礼します」

審査をするためのテーブルにスーツケースを載せようとすると、幸恵は背後からまたしても英語で声を掛けられた。

「えっ？」

振り返ると、今度は空港の男性職員が立っている。しかも、麻薬探知犬が、幸恵の持っている黒いスーツケースの匂いを嗅《か》いでいた。

「あなたのバッグを検査させてください」

男性職員は冷たい表情で言葉を続ける。

「……」

幸恵は頭から血の気が失せるような軽い目眩《めまい》を覚えた。

二日前、幸恵は羽田国際空港十三時五分発の全日空機で、沖縄に到着している。驚いたことに同じ便に昔の彼氏である朝倉の二人の同僚が、偶然にも乗っていた。懐かしさに駆られ、二人に声を掛けたが、今から思えば明らかな間違いであった。

幸恵は東京に本社がある大手旅行代理店の〝トップツーリスト〟の企画部に勤めている。入社してまだ二年だが、大学時代に学んだ中国語と英語が堪能な上に、さまざまな企画プランを出して成功を収め、部下はいないが主任という肩書きになっていた。

彼女の仕事は、海外にある支店に行き、その国のツアー企画を強化することである。そのため、この一年ほど、日本と海外を頻繁に行き来していた。仕事は多忙になる一方だが、それと比例して会社に認められるという図式になっている。一旦海外に出ると一ヶ月は帰国しないこともあり、朝倉とすれ違いになったのは当然の成り行きであった。もっとも、彼も同じように多忙であり、危険な任務が多いらしく、なんとなく幸恵を遠ざけているように感じたため、彼女は自分から朝倉に別れを告げた。彼の足手まといにはなりたくなかったからだ。

だが、仕事が忙しくなるほど、心に渇きを覚えるようになった。仕事のやりがいとか達成感などでは埋められない心の隙間、ありふれた表現をするのなら、愛という言葉だろう。だからこそ、国松と中村を空港で見たときに、思わず声を掛けて朝倉の居場所を聞き出したのも無性に彼に会いたかったからだ。そして、一昨夜、連絡を取り合い二年ぶりに彼と再会した。それが人生を大きく狂わせるとは、夢にも思っていなかった。

「はっ、はい」

幸恵は震える声で返事をすると、男性職員に従い、検疫の別室に入った。椅子もなく机が中央に置かれているだけの八畳ほどの部屋である。

男性職員は幸恵からスーツケースを奪うように取り上げ、机の上に載せた。

「中を調べてもよろしいですね」

言葉遣いは丁寧だが、高圧的な態度である。

「どうぞ」

消えそうな声で答えた。

「このスーツケースはあなたのですね？」

男性職員は再度確認すると、スーツケースを開けて女性用の下着や折り畳まれた洋服を出しては机の上に載せていく。

幸恵は唇を噛んだ。自分のものではないと叫びたかったが、それはできないのである。ライアン・オルソンと名乗る人物から、言う通りにしなければ家族や友人に危害を加えると脅されているからだ。

彼女はこの二日間、〝トップツーリスト〟の那覇支店で働いた。沖縄の梅雨は終わりを告げ、これからが本格的なシーズンに入る。そのためにも、既存のツアーだけでは客の呼び込みに弱いということで、幸恵が本社から派遣されたのだ。

今朝、那覇支店に出社しようとすると、見知らぬ男に頼まれたという若い女から封筒を渡された。中にはカードが入っており、携帯の電話番号と「Call me!」と一文が添えられていた。気味が悪いのでカードを捨てようかと思ったが、封筒には「to Miss Sachie Nakata」と宛名が手書きで書かれていたので無視できなかったのだ。

カードに記載されていた番号に電話すると、ライアン・オルソンと名乗った男が、仕事を手伝えという。また、このことを他言すれば、家族と友人を殺すと脅されたのだ。

一昨夜、朝倉と店から出た途端、彼が車に撥ねられている。単なる脅しではなく、現実なのだ。幸恵はオルソンの言いなりになるほかなかった。

「これか」

男性職員がスーツケースの底からビニール袋に入れられた荷物を取り出し、封を開けた。途端に鼻が曲がりそうな独特の異臭が立ち込める。麻薬犬はこの匂いに反応したに違いない。アルミホイルに包まれており、表にメイタグ、ブルーチーズというラベルが貼られている。米国でも老舗の製造会社のブルーチーズである。

「ブルーチーズが、どうしたんですか?」

幸恵はわざと首を傾げて見せた。台湾では食品の持ち込みは規制されているが、チーズは規制の対象外である。

「他に申告するものはありますか?」

男性職員は呆れ顔でスーツケースに荷物を戻した。

「ありません。もう一度、税関で審査を受ける必要がありますか?」

幸恵は強気に尋ねた。

「必要はありません」

苦笑した男性職員は、幸恵を税関検査の外まで送ってくれた。

「うまくいったな」

到着ロビーに出ると、例の男が近付いてきた。

「いったい、どういうことか説明して、いや、いいわ、何も話さないで、これっきりにして。私を訳の分からない犯罪行為に引きずり込むのなら、警察に通報します」

幸恵は覚悟を決めて言った。脅されていることを朝倉にすべて話し、彼に捜査を頼むのだ。

「君は分かっていないな。ブルーチーズの中はくり貫《ぬ》かれて、中に末端価格三百万円相当のＭＤＭＡが詰め込まれている。量は少ないが、立派な犯罪だ。覚醒剤の密輸は、この国では死刑なんだよ。ツアー会社に勤めていたら、知っているはずだ。これからは、注意した方がいい。我々はいつでも君を運び屋として、密告できる情報を持っている。これからも、君自身と朝倉の身の安全を図りたいのなら、我々の指示に従うんだ」

ニヤリと笑った男は、幸恵から黒いスーツケースを取り上げて立ち去った。麻薬の運び屋の仕事としては、規模は小さいため商売としては成立しないだろう。おそらく、幸恵を犯罪者に仕立てるためだけにスーツケースを運ばせたに違いない。

「そんな……」

幸恵は涙を溜めて、男を見送った。

フェーズ4：紛争地へ

1

朝倉は、米軍輸送機C17の貨物室に設置されている、座り心地の悪い折り畳み椅子に座っていた。嘉手納基地を早朝に離陸し、かれこれ数時間飛んでいる。

宜野湾市の米軍住宅で新たに二つの生首が発見されたのは、一昨日のことである。犠牲者は米軍属の労働者であったが、生首が置かれていたのは八日前と同じ二軒の無人となっている将校用住宅だった。

麻袋に詰め込まれた生首は住宅の玄関先に置かれており、発見したのは事件現場の周辺をパトロールしていた所轄の警察官である。だが、彼らは現場の保全だけ行い、米軍との取り決め通り、連絡を受けて駆けつけたNCISに現場を引き渡している。

これまで一番目と四番目の被害者の身元が判明しているが、新たにNCISでも解明できなかった二番目の被害者を警視庁が割り出した。朝倉がNCISのラボから手に入れた顔写真と歯型から割り出したもので、広域暴力団龍神《りゅうじん》会系の元幹部、金田省吾《かねだしょうご》である。彼は麻薬の売買を巡って組織内で問題を起こし、六年前に龍神会を破門され、沖縄に移り住んでいた。だが、那覇でも麻薬の密売をしているという噂があり、県警でブラックリストに上がっていたらしい。

金田を除いた被害者三人も麻薬の噂が絶えず、四人の殺しの手口からメキシコの麻薬カルテル〝クッチーロ〟の犯行説が現実味を帯びてきた。彼らの仕業だとしたら、殺害された男たちは〝クッチーロ〟の縄張りを荒らしたか、商売を邪魔したなど麻薬売買に関わることだろう。また、彼らが生首を同じ場所に置くというのは、敵対する組織への警告だと読み取れる。そこで、ＮＣＩＳでは現場である住宅に住んでいた二人の海兵隊将校を改めて調べることになった。

一人は、マット・デヨング中尉、もう一人は、オースティン・グレガーソン少尉、二人とも海兵隊の実働航空部隊である第三十六海兵航空群に所属する輸送ヘリのパイロットであった。しかも、二人とも、アフガニスタンのバグラム空軍基地に先月末から赴任しているという。一度ならず二度も生首を捨てられていたということから、二人の将校が無関係とは思えなくなってきたのだ。

ＮＣＩＳ本部では二人に、米軍司令部を通じて帰還命令を出すことも検討された。だが、現段階で彼らは重要参考人にすぎず、表立って捜査対象にすることは難しい。また、彼らが犯罪に関与しているのなら、召還した時点で証拠隠滅される可能性もある。彼らを泳がせて監視することに捜査会議で決定した。

問題は紛争地の米軍基地に捜査官を派遣して尋問しても、結局はデヨングらに警戒させることになる。そのため、潜入捜査をすることになったのだ。

メンバーはブレグマンと彼の部下、それに朝倉である。朝倉はＮＣＩＳの捜査官と海外でも合同捜査の経験が何度もあるため、局内で参加することに異議は出なかったそうだ。むしろ軍人としての経験があるため、ブレグマンの方から同行するように要請された。また、現地でペルシャ語とアラビア語と英語が堪能な日本人の助っ人《すけと》を頼んである。捜査状況と方針を後藤田に報告したところ、知り合いを通じて現地で雇ったらしい。

潜入チームは、バグラム空軍基地で助っ人と合流したら活動を開始することになっている。

水平飛行していたＣ１７の機首が前方に傾いた。

腕時計を見ると、午後二時を過ぎている。離陸してから七時間が過ぎていた。バグラム空軍基地への着陸態勢に入ったようだ。沖縄との時差は四時間半、朝倉は腕時計の針を戻し、午前九時四十分に合わせた。

Ｃ１７が急速に高度を下げて、バグラム空軍基地の滑走路に着陸した。紛争地だけにのんびりと着陸できないためだろう。

滑走路は南北に三千五百メートルあり、着陸に千メートルを要したC17は滑走路の途中で誘導路に曲がり、東側の駐機場で停車した。

貨物室の後部ハッチが開き、埃《ほこり》っぽい乾いた空気が機内に舞い上がってくる。気温は三十度ほど、だが湿度はないため暑くはない。

朝倉は陸自に所属していたころ、米国での合同訓練は経験があるが、PKOなどの国際協力という形で海外に派遣されたことはない。そのため、アフガニスタンも来るのははじめてだ。昨年の捜査で北アフリカのジブチやエチオピアにまで行った。期せずして小規模な戦闘も経験したが、いずれにせよ紛争地に来るのは初めてなので、いささか緊張はしている。

「支局の迎えが来ることになっている」

周囲を見渡したブレグマンが憮然《ぶぜん》とした表情で言った。彼は都会育ちらしく、田舎が好きではないと聞いている。昨年北アフリカでの捜査でも不機嫌な顔をしていることが多かった。

バグラム空軍基地は、カブールの郊外、パルヴァーン州にあり、東は山岳地帯、西側は砂漠地帯である。基地内の建物は総じて砂埃で薄汚れていた。

C17の後部ハッチのすぐ近くにトヨタのSUV、ランドクルーザーとピックアップトラックであるハイラックスが停められた。どちらも中東では人気の車種らしい。

「ブレグマン特別捜査官は、いるかい？」

ランドクルーザーの運転席から降りてきた白人の男が、気さくに声を掛けてきた。四十前後、よく日に焼けてサファリハットを被《かぶ》っている。迷彩のズボンにベージュの半袖のTシャツを着ており、米兵と見てくれは変わらない。

「私だ」

ブレグマンは笑顔で右手を差し出した。

「リッキー・グローブだ。ようこそ、アフガンへ」

グローブはブレグマンの右手を力強く握りしめて挨拶した。NCISのアフガニスタン支局長と聞いている。とはいえ、彼も含めて支局は四人だけらしい。

「助っ人は、もう来ているのか？」

「日本人の傭兵《ようへい》のことなら二時間前から到着している。もっとも、検問で一時間ほど足止めされていたようだが」

ブレグマンの問いにグローブは、苦笑してみせた。

「書類に不備でもあったのか？」

「いや、書類はちゃんとしていた。本人がテロリストに間違えられただけだ」

グローブは肩を竦めて見せた。

「意味が分からない。そいつに似たテロリストがいたのか？」

やり取りを聞いていた朝倉が口を挟んだ。

後藤田は海外事情に詳しい防衛省の幹部に仲介業者を紹介され、その業者から傭兵を紹介されたと聞いている。朝倉は会ったことも話したこともない男なのだ。

「見れば分かる」

グローブは笑いながら答えた。

「まさか、女なのか？」

ブレグマンがにやりとした。この男はなかなかのハンサムで、浮いた話も多いとハインズから聞かされていた。確かに女性の傭兵なら、想定外である。検問の兵士は書類に不備がなくても、女性であるため面白がって引き止めた可能性も大いにあった。

五分後、朝倉らを乗せた二台の車は、基地の一番北側に位置する兵舎前で停まった。NCISの支局は、基地司令部に近い場所にあるプレハブの建物の中にあるらしいが、潜入捜査をするために支局の事務所は使わないのだ。

朝倉らは車を降りて兵舎出入口に向かう。軍属のための二十四人用のプレハブで、NCISが密《ひそ》かに一棟まるごと借りているらしい。

「むっ！」

朝倉は眉を吊《つ》り上げた。

恐ろしく凶悪な面構《つらがま》えをしたアジア系の男が、宿舎から出てきたのだ。身長は百七十二、三センチとさほど高くないが、胸板が厚く首回りの太い鍛え上げられた体をしている。

男は宿舎の出入口前に立ち止まると、朝倉らを睨みつけるように見た。今にも飛びかかってきそうな雰囲気である。ブレグマンらも、険しい表情で彼を見つめている。女性どころか、犯罪者のような顔つきの男であった。グローブは驚かせるつもりで、黙っていたに違いない。

「紹介する。日本人の傭兵の寺脇京介《てらわききょうすけ》だ」

グローブが寺脇の傍らに立って言った。

「京介って、呼んでくれ」

男はただでさえ悪相の顔を歪《ゆが》ませた。笑ったようだ。

2

午後一時二十分、迷彩の戦闘服にボディーアーマーを着用した朝倉と京介は、バグラム空軍基地の輸送ヘリの駐機場にスコープ付きのM4カービンを手に立っていた。二人は十分後に補給物資を積み込んだ大型輸送ヘリ、CH47に乗って、前線基地に向かうことになっている。

CH47は、通称〝チヌーク〟と呼ばれており、前後のローターを逆回転させることで姿勢制御するタンデムローター機である。初飛行は一九六一年とベトナム戦争にまで遡《さかのぼ》るが、エンジン、燃料タンク、電子機器など各種パーツに改良が加えられ続け、最新の機体は初号型とはまったくの別物になっていると言っても過言ではない。

Ｃ１７で午前九時四十四分にバグラム空軍基地に到着した朝倉らは、京介と合流した兵舎で捜査会議を開いた。

沖縄で起きた事件の重要参考人であるマット・デヨング中尉とオースティン・グレガーソン少尉は、この基地で〝チヌーク〟のパイロットとして勤務している。彼らの任務は、アフガニスタンに展開する前線基地を含む小規模な基地に人員や物資を輸送することだ。朝倉と京介の二人はデヨング中尉がパイロットを務める〝チヌーク〟付きの警備員として雇われたことになっている。

かつて米軍は紛争地での要人警護や軍事物資の移送を民間の軍需会社に委託していた。危険地帯では、警備員だけでなくトラックの運転手でさえ不足するからだ。やがてアフガニスタンやイラクでの戦線が拡大するに従って、米軍は〝ブラックウォーター〟などの大手軍需会社に軍事作戦まで任せるようになった。

だが、彼らは米軍の期待を裏切り、民間人の殺害やレイプなど、米軍ひいては米国さえも貶《おとし》める問題を次々と起こした。〝ブラックウォーター〟社は、不祥事を隠蔽するためか、二〇〇九年に〝Ｘｅ サービスＬＬＣ〟社、二〇一一年に〝アカデミ〟社と二度に渡って社名変更したが、実態は変わっていない。取引額が大幅に減った現在でも米国政府と契約は継続されている。

紛争地での人手不足は変わらないため、米軍は必要に応じて小規模な軍需会社や仲介業者からも傭兵を雇っている。朝倉と京介は、米国の傭兵代理店からの紹介で米軍に雇われたことに記録上はなっている。ＮＣＩＳが捜査のために米軍に密かに協力を要請したのだ。

また、ブレグマンの部下であるウィリー・エスコバーとテリー・ダフィーは、グレガーソン少尉の担当になった。彼らは海兵隊出身のため、傭兵に扮するには適していたのだ。

ブレグマンとマルテスは、二つのチームの後方支援をするためＮＣＩＳの支局に入っていた。潜入した四人は、無線機で互いに連絡を取り合うことができる。だが、デヨングとグレガーソンは、任務で別行動をとることが多いため、それぞれのチームが独自の判断で行動することになるだろう。朝倉ら四人はとりあえず一週間の間、二人の重要参考人に張り付いて彼らの行動を監視することになった。

「あんた、ヤクザと間違えられたことはないか？」

〝チヌーク〟の積み込み作業を漫然と見ていた京介が、唐突に尋ねてきた。周囲に米兵と軍属の作業員はいるが、日本語なので聞かれても大丈夫だろう。

後藤田は、今回の捜査は基地内だけとは限らないと予測し、ペルシャ語が話せ、中東の紛争地での経験も豊富にあるという男という条件を仲介業者に提示したと聞いている。彼の言葉を信じるなら、京介は相当優秀だということになるが、見てくれはとてもそうとは思えない。

「ないこともないが、なんでだ？」

憮然とした表情で聞き返した。一課の刑事のころは、よく「やくざ顔」と言われたものだ。

「元警官だと、聞いたんだ。あんたのような面構えなら、ヤクザも真っ青だよな」

京介は眉間に皺を寄せ、口元を歪ませた。笑っているのだ。この男の笑顔は常人の規格とかなり違うため驚かされる。誰もがこの男を見たら、犯罪者と警戒するだろう。顔だけでなく、話し方も癇《かん》に障る男である。

「おまえには言われたくない。どうでもいいが、俺のことをどこまで聞いている」

朝倉は左の頬をピクリとさせた。

「自衛官と警視庁の一課の刑事だった。今は特殊な捜査機関〝特別強行捜査班〟のチーフだと聞いている。俺たち傭兵は、信用が第一だ。それはクライアントに対しても同じなんだ。仕事をした後で、秘密保持のため殺されたんじゃ、割に合わないだろう。確かな取引先を選ぶことも重要なんだ。クライアントの情報を得られない仕事は、受けないようにしている。だから、防衛省から仕事を引き受けた代理店から、一緒に働くクライアント側の情報は得ているんだ」

「米国の傭兵代理店が、そこまで俺の情報を把握しているのか？」

朝倉は両眼を見開き、京介の悪人面をしげしげと見た。よくよく見ると、この男の顔面には無数の傷痕がある。元々悪相なのだろうが、何度も怪我をしたことで、顔の筋肉がうまく動かせなくなったのかもしれない。笑っているつもりでも、怒っているように見えるのはそのためだろう。

「米国の傭兵代理店は、米軍と交渉するために仲介したに過ぎない。防衛省から日本の傭兵代理店に仕事が入って、トップクラスの傭兵を紹介するように依頼があったそうだ。それで、俺が呼ばれたわけだ」

京介は胸を張って見せた。

「自分でトップクラスなどと言う奴《やつ》は、信用できない。そもそも日本にも傭兵代理店があるのか？」

自衛隊時代に傭兵代理店があることは、噂では聞いていた。だが、それは米国や英国など、紛争地に軍隊を送り込んでいる国の話だと思っている。フリーの傭兵とクライアントとの契約を代行するだけでなく、傭兵に武器弾薬の供給もすると聞いているが、日本では商売が成り立つはずがない。

「大きな声では言えないが、日本にもある。それに俺がトップクラスと言うのは、嘘《うそ》じゃない。自慢じゃないが、〝リベンジャーズ〟の一員なんだ」

京介は鼻をひくひくと動かし、自慢げに言った。彼の態度からすれば、傭兵の業界で〝リベンジャーズ〟は、ある程度名が通っているのかもしれない。

「〝リベンジャーズ〟？」

朝倉は首を捻った。

「しっ、知らないのか。……まあ、業界的には有名なんだがな。トップクラスの傭兵だけ集めた特殊部隊だ。詳しくは言えないが、今まで色々な任務をこなしてきた。俺が話せるプロフィールは、ここまでだ。これからは、互いに命を預け合うことになる。よろしくな」

所属しているチームのことを朝倉が知らないことがよほどショックだったらしく、京介はがっくりと肩を落としたが、気を取り直したのか、右手を差し出してきた。

「ああ」

握手をすると、今度は右の拳を前に突き出してくる。朝倉も右拳を京介の拳に合わせた。

「俺たちの挨拶の仕方だ」

京介は歯を見せて笑った。この男なら、表情だけでテロリストを追い払えるかもしれない。長年自分の顔はオッドアイのため悪相だと思っていたが、上には上がいるものだ。

「出発だ！　乗れ！」

荷物の積み込みを指揮していた軍曹が朝倉らに向かって大声で怒鳴ると同時に、〝チヌーク〟のタンデムローターが唸りを上げて回転し始めた。

「行くぞ」

朝倉は京介の肩を叩き、後部ハッチを駆け上った。

3

午後十時、バグラム米軍基地。

朝倉らは、NCISから与えられたプレハブの宿舎で各自過ごしていた。

仕切りのない空間に二段のパイプベッドが縦に六つ、一・五メートルの通路を隔てて二列に並んでいる。通路はベッドの反対側にもあり、ベッドを増設するスペースは充分ある。現時点で二十四名だが、もう一列増やせば三十六名は余裕で宿泊できるだろう。ベッドは自衛隊が使うような狭いシングルサイズではなく、米国人の体型に合わせたキングサイズである。最低限のプライバシーを保つため、朝倉らはベッドを一つおきに使い、上のベッドに個人の荷物を置いている。

朝倉は衛星携帯ルーターである〝Iridium GO!〟にリンクさせたスマートフォンに届いた国松からのメールを読んでいた。

〝Iridium GO!〟は、厚みはあるが十一・四三センチ×八・二五センチとスマートフォンと同等のコンパクトサイズで、米軍での利用を前提とした防塵《ぼうじん》防水の耐久性を備えている。また、スマートフォンは、仕事用に持ち歩いているものを使っていた。捜査上のデータが、個人ファイルと混在するのはまずいからである。

　メールは、沖縄で捜査を続行しているチームからの報告書が添付されていた。国松は仲間の報告書をまとめて朝倉へ連絡する担当をしている。チームは金田省吾が殺害されるまでの足取りと、交友関係や仕事上のトラブル等を調べ上げていた。

　これまで分かったことは、金田は実体のない清掃会社の社員として米軍基地への入場許可証を得て、出入りしていたらしい。彼は同じく殺害されたジョシュ・マギーやホセ・ペーニャとも交友関係があったようだ。

　金田は米軍人や軍属が出入りするパブや国際通りの裏路地で麻薬を売っていたという情報があり、県警が裏を取っている。そこで、佐野と野口は、沖縄の捜査を国松と中村に任せ、金田が龍神会時代に麻薬の売買をしていたといわれている横浜に飛んだようだ。金田の麻薬密売を解明することで、今回の事件の真相に迫るのが目的である。

　日本での捜査の陣頭指揮は、海外で活動している朝倉にはできないので、現場で打合せを重ねて各自の判断で動いている。朝倉のチームは捜査員が独自に動き、いざとなれば、警視庁や都道府県警、それに全国の警務隊をも動員することが可能である。チーム自体は少人数だが、日本全国の捜査機関の協力を得られる機動力こそ、特別強行捜査班最大の武器といっても過言ではないだろう。

朝倉は国松に返信のメールを送ると、スマートフォンをポケットに仕舞った。

出入口近くに設置してあるテーブルが空いていることを確認すると、ベッドのパイプに吊り下げてあるM４カービンと、M９と呼ばれているベレッタ９２を収めたホルスターを肩に掛けた。どちらも米軍から予備の弾丸とともに支給されたものだ。

欲を言えばハンドガンは低認識性のグロック１９か、特殊作戦群時代に使用していたH&KUSPにして欲しかった。低認識性とは、銃の所持が敵から分かりにくいということで、どちらも小型で敵に悟られずにホルスターから抜くことができるが、M９は、どうしても無骨で目立ち、年代物という印象を受ける。

刑事時代、普段は銃を携帯しなかったため、銃への執着は一切なかった。だが、紛争地に来て兵士として活動するには、使用する武器に関しては欲が出る。銃の性能によって生きるか死ぬかが大きく左右されるからである。

出入口の手前はベッドの代わりに三つのテーブルと折り畳み椅子が用意されていた。ここでくつろぐこともできるが、銃の手入れをするためにも使われる。

武器は基地に到着直後に支給されており、任務に就く前に試射している。状態は悪くなかったが、一度分解掃除をして内部の状態も知る必要があるのだ。

「ガンオイルとグリース、借りてもいいか？」

朝倉は右端のテーブルに銃を載せ、中央のテーブルで銃の手入れをしていた京介に声を掛けた。分解掃除を終えて、ガンオイルのキャップを閉じているところである。

「ああ、いいよ。道具は？」

京介は米軍支給のガンオイルとグリースの缶を渡してきた。

「工具は、持ってきた」

朝倉は二つの缶を受け取ると、右端のテーブルから折り畳み椅子を引き出して座った。ポケットからボロ布に巻かれたポンチとドライバーを出し、M4カービンを引き寄せると、グリップの上にあるテイクダウンピンを抜き、分解作業をはじめた。

陸自の主力小銃は、日本製の八九式五・五六小銃だが、特戦群にはM4カービンが支給されていたために馴染《なじ》みがある。射撃だけでなく、メンテナンスも厳しい訓練を受けた。目隠しをして分解と組み立てをするという抜き打ちの試験もあり、合格しなければ時間外の特訓を課せられるのだ。

「たいしたものだ。日本の警察官だとは思えない」

傍で見ていた京介が目を丸くしている。

「腕は多少落ちたけどな」

朝倉は苦笑した。ハンドガンはともかく、アサルトライフルやカービン銃は訓練を続けなければ、確実に腕は落ちる。

「スペシャル・ポリスって、軍隊経験もあるのか？」

エスコバーが笑いながら、隣りの椅子に座った。ダフィーはわざとらしく憮然とした表情で首を左右に振って向かいの椅子に腰を下ろす。朝倉らは日本語で話していたが、朝倉の武器の手入れを見にきたようだ。試射した際に、百メートル先のターゲットの真ん中に命中させられたのは、朝倉と京介だけだった。それだけで実力は分かるが、武器の手入れの仕方で熟練度が分かるため見にきたのだろう。

話しながら朝倉は、部品の摩耗がないか確かめ、内部にガンオイルとグリースを塗ると組み立て直し、最後にテイクダウンピンを元に戻すと、ボルトの稼働を確かめた。Ｍ４の構造が十数年前と変わったわけでもなく、作業は遅滞なくできた。支給された武器が特に手入れが悪いわけではなかったが、内部の状態を確かめれば、安心感が得られるものだ。

「何年前まで自衛隊にいたんだ？」

京介が英語で尋ねてきた。エスコバーらがいるために気を遣っているようだ。日頃から海外で仕事をしている証拠である。

「十四年前だ」

「それじゃ、陸自の一式真治《いっしきしんじ》を知っているか？」

「一式真治？」

朝倉は首を傾げてみせたが、一式という名前は変わっているだけに聞き覚えがあった。

所属していた特戦群は、二〇〇四年の三月に創設されており、朝倉はその年のハワイで行われた日米合同訓練で負傷し、退役している。だが、特戦群の下地となった空挺団の対テロ特殊部隊で三年間も中心メンバーとして訓練を受けた。特戦群は設立と同時に実戦配備される可能性があったため、防衛省では密かに数年前から優れた自衛官を選び抜き、鍛え抜いていたのだ。

一九七七年のダッカ日航機ハイジャック事件を契機に、陸自では空挺団や空挺教育隊に、ハイジャックをはじめとしたテロに即応する部隊が何度か作成され、試行錯誤の末、特戦群が創立されたのだ。

朝倉が所属していた部隊は、特戦群に移行するための極秘であったため、英語のプレ・ステージを略し、〝P・S〟というコードネームで呼ばれていた。〝P・S〟の二、三年後輩に確か一式という名前の曹長がいた気がする。朝倉同様、体が大きく負けん気が強い男だった。優秀だったので、退役した朝倉とはすれ違いに特戦群に入ったはずだ。

「本当に知らないのか？　今は幹部として防衛省の幕僚監部で勤務しているが、元特戦群に所属していた。彼が特戦群にいたころ、俺たちのチームは合同訓練をしたことがあるんだ」

京介は自慢げに言った。

「馬鹿野郎、黙れ！」

朝倉は舌打ちして立ち上がると、京介の胸ぐらを摑んで壁際まで連れて行った。

「なっ、なんだ。いきなり」

京介は朝倉の腕を外そうと摑んできた。恐ろしい力だ。だが、朝倉は構わずに京介の体を持ち上げた。馬鹿力なら負けない。

「よく聞け。特戦群はトップシークレットの部隊だ。関係者は所属すら明かさず、誰しも墓場まで機密は持っていく。部外者が軽々しく話すんじゃない。分かったか！」

朝倉は京介に日本語で言った。二人だけならともかく、エスコバーら他人がいる前で特戦群のことを口に出すことなど絶対許されないのだ。

「すっ、すまん。あんたが、普通の自衛官じゃ使わないM４を簡単に分解したから、特戦群出身か確かめたかったんだ。悪気はない」

京介も日本語で答えた。勘はいいが、この男は馬鹿なのかもしれない。

「どうしたんだ。落ち着け！」

エスコバーが慌てて止めに入ってきた。

「なんでもない。日本人同士のボディコミュニケーションだ」

朝倉は笑みを浮かべると、京介を解放した。


午前十一時五十分、横浜中華街。

佐野はポロシャツの上から麻のジャケットを着てグレーのチノパンを穿《は》き、中華街大通りの雑踏に紛れている。その隣りにジーパンに綿のジャケットというカジュアルな格好をしている野口の姿があった。

二人は沖縄で殺された金田のことを調べるために、昨日夜の便で東京に戻っていた。

金田のことを神奈川県警に問い合わせたが、彼が暴行の容疑で逮捕された際の調書を見せられただけで、彼がなぜ龍神会を破門されたのか詳しい情報は得られなかった。そこで、警視庁の組織犯罪対策部の友人に、龍神会の資料を提供してもらうように頼んだ。

組織犯罪対策部から提供された資料を二人で調べた結果、組長の和田の逆鱗《げきりん》に触れた金田は、小指を切断された上で放逐されたことまでは分かった。だが、その理由は、女性問題、あるいは麻薬がらみのトラブルなどが考えられるが、真相は分かっていないようだ。

金田は龍神会で麻薬の密売に関わっていたが、組から破門されたために警察からも軽く扱われていたのだろう。

「横浜で嗅ぎ回っていることが神奈川県警にバレたら、文句を言われますかね？」

野口が小声で尋ねてきた。ヤクザと同じで警察も縄張り意識が強いので、心配しているのだろう。

「昔のことを探っているだけだ。そもそも、ろくな情報をよこさない県警に文句を言われる筋合いはない」

佐野は鼻先で笑った。

「さすがに貫禄ですね」

野口は苦笑した。

二人は香港路と書かれた看板がある小道に曲がり、山東新館の隣りにある海員閣というレストランに入った。昭和十一年創業の老舗で、中華街でも屈指の人気店である。

佐野は奥の厨房に近いテーブル席に座って食事をしている男に軽く手を振ると、男の前の席に座った。開店して間もないが、すでに満席状態である。男は髪をオールバックにしており、目つきが鋭く堅気には見えない。

「失礼します」

野口は男に一礼すると、佐野の隣りの席に腰を下ろした。

「豚バラ飯と焼売《シューマイ》、揚州《ようしゅう》炒麺《チャーメン》ももらおうか」

佐野はメニューも見ずに店員に注文した。

「久しぶりだな、蒲田《かまた》。景気はどうだ？」

佐野は笑みを浮かべて尋ねた。

「よくはないですよ。このご時世」

蒲田と呼ばれた男は、とろみの付いている麺を啜りながら野口をちらりと見た。彼は十数年前に龍神会の準構成員だったが、都内で恐喝事件を起こし、佐野に逮捕されている。

佐野は蒲田の裁判から刑務所の出所後も仕事の世話をして、彼を情報屋として使っていた。元暴力団員だけに裏の情報に長けている。

「不景気だから、大変だな。紹介しておく、同僚の野口だ」

「野口大輔です」

野口は丁寧に頭を下げた。

「よろしく」

蒲田は気休め程度に頭を上下に振った。

「金田省吾のことを徹底的に調べてくれ。特になんで破門になったかを知りたい」

佐野はそういうとジャケットのポケットから茶封筒を出し、蒲田の前に置いた。中身は一万円札が五枚入っている。金田が殺されたのは沖縄であるが、龍神会を破門になった理由にヒントがあると睨んでいるのだ。

「任せてください」

蒲田は茶封筒を二つに折ってズボンのポケットにねじ込むと、皿に残っている麺をきれいに平らげて店を出て行った。

「大丈夫ですか、あの男？」

野口は不安げな目で蒲田を見送った。

「使える男だから、おまえを紹介したんだ」

佐野は低い声で笑った。

4

二日後の朝、朝倉と京介は輸送ヘリの駐機場で、デヨングがパイロットを務める〝チヌーク〟の警護に当たっていた。

昨日は基地から二百八十キロ北のホルム郊外にある移動基地に食料と弾薬を運んだ。比較的安全な北部の街の基地で、駐屯している兵士も数十名と少ない。物資を下ろして三時間後にバグラム米軍基地に戻った。

一昨日もそうだったが、ヘリに乗って、荷物の積み下ろしを監視し、またヘリに乗り込んで帰還するだけの退屈な仕事である。基本的に基地から基地への移動なので、途中で対空ミサイルや低空飛行時に対戦車ロケット砲であるRPG7に狙われない限り、危険はない。したがって武装した朝倉らは、荷物の積み下ろしをただ傍観するだけなのだ。

「現地で雇われたと聞いているが、何をしていたんだ？」

退屈しのぎに朝倉は京介に尋ねた。

「アフガニスタンじゃなくて、イラクで国境なき医師団の警護をしていたんだ。傭兵代理店から今回の任務が入ったので、別の傭兵に警護を代わってもらった。紛争地には傭兵の仕事は腐るほどある。あんたも今の職にあぶれたら、こっちにくるといい。英語とペルシャ語とアラビア語が話せれば、いい仕事にありつける」

京介は荷物の積み込みを見ながら答えた。この男はペルシャ語だけでなくアフガニスタンの主要言語であるダリー語まで話せる。その理由は、十七年前にアフガニスタンに入国し、タリバンと戦う北部同盟に義勇兵として参加したためらしい。

言葉だけでなく、銃の撃ち方や戦い方まで北部同盟の兵士に教えてもらったそうだ。ダリー語だけでなくペルシャ語やアラビア語に関しても、中東の紛争地で覚えたという変わった経歴の持ち主である。もっとも北部同盟には、数名の日本人がいたというから、変わり者は彼だけではなかったようだ。

「リベンジャーズの仕事は大丈夫なのか？」

朝倉は苦笑を浮かべた。

「リベンジャーズは、国家レベルの重要な任務を受けることが多い。それだけにいつでも仕事があるわけじゃないんだ。名前は教えられないけど、俺たちのリーダーが任務に応じてメンバーをその都度選別するんだ。決まった仕事と言えば、タイの特殊部隊に教官として交代で就くことになっている。自分の訓練も兼ねているんだ。戦闘力が落ちないように、俺たちは正規軍なみにいつでも訓練している。任務がないときは、基本的に自由だから、俺は食うために紛争地で働くんだ。あんたも、よく紛争地に来るのか？」

国家レベルの任務というのは少々眉唾物《まゆつばもの》だが、淡々と話すので、嘘ではないのかもしれない。

「日本での捜査が主体だ。紛争地に限らず、海外に出るのは異例なことだ」

「そうなのか。今回の任務はパイロットのデヨングを監視することだと聞いているが、何かしなくていいのか？　退屈でかなわない」

京介は欠伸をしながら言った。

「二、三日、様子を見る。下手に動いて、怪しまれたくない。今の俺たちは警備員だからな」

朝倉も積荷作業を見ながら答えた。基地内の聞き込みは、ブレグマンとNCISアフガニスタン支局の捜査員がしている。警備員になりすましている朝倉らは、デヨングの仕事ぶりを徹底して監視することだ。

今日は、基地から四百五十キロ南西にあるカンダハール空軍基地に物資を運ぶ。仕事は午前中で終わるだろう。午後の任務はまだ聞かされていない。

「出発だ！　乗れー！」

午前九時十分、積荷を監督していた曹長が声を張り上げた。すでにヘリのローターは回転している。

朝倉と京介は、後部ハッチから機内に乗り込む。

〝チヌーク〟はローターの回転が安定するとゆっくりと上昇しながら南西へと進路を取った。

タリバンの支配地域は、アフガニスタンの十一・一％にも及ぶが、カンダハールから北は政府軍が完全に掌握しているので、爆弾テロさえなければ平時は安全である。

一時間後、〝チヌーク〟は何事もなく、カンダハール空軍基地に到着した。

かつて、この基地には数千人の国際治安支援部隊が駐屯していたが、二〇一四年末に、部隊はアフガニスタン政府へ治安権限移譲を行った上で撤退した。現在は、ＮＡＴＯから派遣されたアフガニスタン軍の支援部隊と少数の米軍保安部隊が任務に就いている。

オバマ大統領は、アフガニスタンからの完全撤退を目指し、二〇一四年に米軍を中心とした国際部隊の大部分が撤退した。当然のことながら翌年からタリバンは復活し、わずか二年で七％だった支配地域は六割近くも増加している。オバマの平和主義は、米軍人の戦死者を減らすことはできたが、アフガニスタンの治安の悪化という最悪の結果を招いた。

〝チヌーク〟が運んできた荷物は、支援部隊への医療品と食料や生活必需品である。荷物は待ち受けていた米兵によって数分で運び出された。

「うん？」

荷物の積み下ろしを見ていた朝倉は首を捻った。

いつもなら、そのまま基地に引き返すのだが、パイロットであるデヨングがヘリから降りてきたのだ。

「給油してから、帰還する。三十分後に離陸だ」

デヨングから指示された軍曹が、朝倉らに命令してきた。〝チヌーク〟の航続距離は七百四十キロ、バグラム米軍基地から往復しても燃料は持つはずだ。

「満タンで離陸しなかったのかな」

京介も不思議がっている。燃料不足というのなら、整備兵の怠慢だけでなく、離陸前にチェックを怠ったパイロットの責任も問われる。

「おまえはここで、他の乗務員を見張っていろ」

朝倉はデヨングの後を追った。

デヨングは煙草《たばこ》に火を点《つ》け、格納庫の裏側の道を渡った。その先は兵舎と倉庫が立ち並ぶエリアである。

1ブロック先の倉庫の角で振り返って周囲を見渡したデヨングは、倉庫の陰に消えた。咄嗟に兵舎の陰に身を隠した朝倉は、デヨングが消えた交差点角まで小走りに近寄って倉庫の裏を覗いた。

デヨングは輸送トラックの運転席のアフガニスタン兵と話をしている。十数メートル離れているため、声は聞こえない。

話を終えたデヨングは、トラックの荷台に乗った。その間、トラックの助手席から降りてきた別のアフガニスタン兵が銃を構えて警戒している。基地の中なので、テロリストに襲われる心配はないにもかかわらず警戒しているということは、軍規に触れることをしている証拠である。

数十秒後、デヨングは荷台から飛び降りると、アフガニスタン兵に手を振って彼らと別れた。朝倉は兵舎の陰に走って戻り、デヨングをやり過ごすと再び尾行を開始した。

デヨングは何食わぬ顔で駐機場に戻った。

基地の整備兵により、〝チヌーク〟への給油だけでなく機体の点検が行われている。デヨングが要請したからだが、さきほどの怪しげなアフガニスタン兵との打合せをするために時間稼ぎをしたに違いない。

「何かあったか？」

さりげなく持ち場に戻った朝倉に京介は尋ねてきた。

「分からないが、よからぬことだろう」

朝倉は首を小さく振った。

5

午前一時、バグラム空軍基地。

朝倉は兵舎を抜け出し、八十メートル西にあるエアポートロードに出た。この時間に外出するのは夜間訓練の兵士か、パトロールをする警備兵のどちらかである。

目の前にハイラックスが停まった。朝倉は後部座席に乗り込んだ。

運転席にはマルテス、朝倉の隣りにはブレグマンが座っている。

「場所は突き止めたのか？」

朝倉はブレグマンに尋ねた。

ハイラックスは低速で、北の方角に向かう。

「52番倉庫だ。チーフから倉庫を調べるように指示が出た」

ブレグマンは浮かない顔で答えた。チーフとは、彼の上司であるハインズのことである。ハインズは本部副局長であるが、未だに現場を指揮しているようだ。そのためブレグマンは、捜査中はハインズを以前と同じチーフと呼んでいるらしい。

朝倉と京介が警備員として乗り込んだ〝チヌーク〟は、午前十時五十分にカンダハール空軍基地を離陸し、昼前にバグラム空軍基地に帰還している。

本来、空《から》の状態で帰還する予定だったにもかかわらず、〝チヌーク〟には八箱の段ボール箱が積み込まれた。しかも駐機場に荷物を運んできたのは、デヨングと倉庫裏で話をしていたアフガニスタン兵が乗り込んでいた輸送トラックだった。怪しいと睨んだ朝倉は、カンダハール空軍基地を出発する前にブレグマンに連絡を取り、〝チヌーク〟の荷物がどこに移送されるのか確かめるように指示を出していたのだ。

「積荷の内容次第で、対応を変えるということだな」

段ボール箱に入れていることから、中身はさほど重量があるものではないだろう。少なくとも武器ではないはずだ。アフガニスタンという国柄、アヘンという可能性が高い。

アフガニスタンはケシの栽培が盛んで、世界のアヘンの八十パーセントを生産している。かつてタリバンが政権を握っていた頃は、ケシの栽培を禁止していた。だが、政権が倒されて非合法組織に転じた途端、彼らは農家にケシの栽培をさせて税金と称して上納金を徴収し、ケシからアヘンを生成して密輸している。彼らは麻薬で得た金を軍資金としているのだ。

「おそらく荷物の中身は、麻薬だろう。問題は、倉庫を管理している将校が、この基地の副司令官であるジェシー・メリフィールド中佐だということだ。デヨング中尉あるいは、グレガーソン少尉だけでなく、基地幹部がかかわっているとしたら、基地内の兵士は敵味方の区別がつかない。大っぴらに捜査を進めれば、証拠隠滅を図られる。そのためにも極秘に捜査をし、証拠を集めて組織の全容を明らかにしなければならないんだ」

ブレグマンは渋い表情で答えた。朝倉だけ抜けてきたのも、エスコバーやダフィーまで連れ出せば目立つからで、夜間のパトロールをしている警備の兵士にも見つからないように行動しなければならないのだ。

「紛争地の基地の幹部を敵に回したら、俺たちは何をされるか分からないからな。銃撃されて、テロリストの仕業と言われたらおしまいだ」

朝倉は大きく頷いた。

エアポートロードを北に一・五キロほど進んだところでハイラックスは脇道に入り、倉庫の陰で停まった。現在地は基地の北端で、百五十メートル先は輸送機の駐機場になっている。この時間に行動するのは、夜間パトロールの巡回がないことを狙ってのことだが、それでも車を隠したのは、メインの通りから見えないようにするためである。

「こっちだ」

車から降りたブレグマンは、ハンドライトで足元を照らしながら街灯もない道を進み、朝倉は、背後を警戒しながら続く。マルテスは反対方向に向かった。エアポートロードで見張りをするのだ。三人は無線機とブルートゥースイヤホンでいつでも連絡が付けられるようにしてある。

道の両側には、奥行きが二十メートル、幅は十メートルと、基地の中では最小単位の大きさの倉庫が並んでいた。

「ここだ」

ブレグマンはシャッターに〝№52〟と記された倉庫の前で立ち止まり、シャッターの隣りにあるドアの鍵穴にピッキングガンの先端を差し込んだ。トリガーを数度引くと、シリンダー式の鍵なら数秒で解除できるという優れものである。

ブレグマンはピッキングガンを抜くと、ドアを開けて中に入る。朝倉も倉庫に侵入すると、ドアを閉めた。

朝倉もポケットからハンドライトを出して、室内を照らす。

木箱や段ボール箱が整然と積み上げられている。

「こっ、これは……」

出入口近くの木箱の蓋《ふた》をこじ開けたブレグマンが絶句した。

朝倉も木箱の中を覗き込んで首を捻った。

「M16A2か」

米軍兵士の主力銃は、M16A4である〝M4カービン〟になっており、一部ではまだ一世代前のM16A3を使用している。A2はさらに一世代前の型で、一九八〇年代のアサルトライフルである。

「この銃は、とっくに破棄されているはずだ。どうしてここにあるんだ。まさか……」

「PKKが旧型のM16を所有していると聞いたことがある。廃棄された銃が、テロリストに横流しされたんじゃないのか？」

朝倉は呆然《ぼうぜん》としているブレグマンに言った。

PKKとはトルコのクルド人の独立国家建設を目指す武装組織、クルディスタン労働者党のことである。

「だとしたら大変なことになるぞ」

ブレグマンは自分のスマートフォンを出して、箱の中を撮影した。

「見つけたぞ」

朝倉はシャッターのすぐ近くにある段ボール箱のラベルをライトで照らし、カンダハール空軍基地から運び出したものであることを確認すると、ガムテープを慎重に剝《は》がした。中には、白い粉が詰められたビニール袋が無数に入っている。

「任せてくれ」

ブレグマンはポケットから出した細いナイフで袋を刺し、マルキス試薬の入った小瓶の蓋を開けて中にナイフの先端に付いた白い粉を入れると、蓋をして瓶を振った。

試薬は濃硫酸とホルムアルデヒドの混合液で、アルカロイド類に反応し、呈色《ていしょく》（マルキス反応）することで、褐色ならアンフェタミン、緑青色ならメタンフェタミンなど目視で麻薬の分析ができるのだ。

ライトで照らしていると、瓶の中の透明の液体は紫色に変色した。

テレビドラマや映画で麻薬と思われる白い粉を指先で舐《な》めて調べるシーンがよくあるが、現実にはありえない。強力な麻薬もあるため、舐めただけで重い中毒になる場合だけでなく、青酸カリなどの猛毒の場合はそれだけで即死する。プロなら得体の知れない粉末を舐めて調べるようなことは絶対にない。

「ヘロインだな」

ブレグマンは渋い表情で言った。

――車が近づいてきます。脱出してください。

エアポートロードで見張りをしていたマルテスからの無線連絡である。

朝倉は用意してきたガムテープで段ボール箱を元の状態に戻すと、ブレグマンとともに倉庫から急いで出た。

二人が別の倉庫の陰に隠れると、軍用四駆であるハンヴィーが52番倉庫の前で急ブレーキをかけて止まった。ハンヴィーから四名の武装兵が飛び出してきた。警備の兵士でもMPでもない。彼らはM4を構えて倉庫の前に並んだ。

指揮官らしき男が、シャッター横のドアの鍵を開けると、ハンドシグナルで三人の兵士に突入を命じ、自らもハンドガンを構えて倉庫に入って行く。あきらかに倉庫への侵入者を殺害しようとしているのだろう。

武装兵が倉庫に消えたことを確認した朝倉とブレグマンは、マルテスと合流すべく車に向かって走り去った。

フェーズ5：タリバン

1

翌朝、朝倉と京介はいつものように離陸の準備を進める〝チヌーク〟の傍らで待機していた。

昨夜、朝倉とブレグマンは、デヨングがカンダハール空軍基地から持ち帰った荷物の中身が、ヘロインだったことを確認している。また、武器の横流し用なのか、同じ倉庫に軍で廃棄処分となった旧式のアサルトライフルも発見した。他にも木箱や段ボール箱が沢山積み上げられていたが、所属の分からない武装した兵士が倉庫にやってきたために朝倉らは脱出し、詳しく調べることができなかった。

基地の片隅にある倉庫だと侮《あなど》っていたが、どこかに警報センサーが仕掛けてあったに違いない。警報を受けて、いつでも出動できる武装チームがあるということだ。

倉庫を管理しているのはジェシー・メリフィールド中佐で、アフガニスタンやイラクの駐屯地の司令部を歴任しており、軍歴だけみれば紛争地のエキスパートといえる将校だ。だが、基地の兵士の多くは、参謀本部の命令を事務的にこなすだけのイエスマンだと思っているようだ。

いずれにせよ倉庫を管轄しているメリフィールドが、ヘロインや廃棄処分の武器のことを一切知らないというのは疑問で、どこまでかかわっているか調べる必要が出てきた。倉庫の捜査令状をとって取り調べるために、軍の上層部に要請を出せばいいのだが、仮にメリフィールドが無関係だった場合、彼の軍歴に大きな傷をつけることになる。

名誉を重んじる軍隊では、たとえ犯罪に無関係でも管理責任を問われれば、上級将校だけに退役に追い込まれるケースもある。そうなれば、軍はＮＣＩＳの捜査を糾弾するだろう。ブレグマンからハインズを介して報告を受けたＮＣＩＳの局長は、それを恐れて極秘捜査の継続を命じたのだ。また、ＮＣＩＳのアドバイザーという立場で捜査に特別に参加している以上、朝倉は彼らに従うしかない。

「出発だ。乗れ！」

いつものごとく軍曹の命令で、朝倉らは〝チヌーク〟に乗り込む。今日もカンダハール空軍基地に行くという。昨日届けるはずの医療品が揃っていなかったため、改めて届けるらしい。紛争地の宅配便のようなものだ。

一時間後の午前十時五十分、〝チヌーク〟はカンダハール空軍基地の北側にある駐機場に着陸した。医療品は段ボール箱で五箱なので、積み下ろし作業は数分で終わった。

「離陸は、二十分後、一一一〇時だ」

操縦席から降りたデヨングは煙草に火を点けると、昨日のように一人で駐機場を離れて行く。

「京介、見張りを頼んだぞ」

朝倉はさりげなく持ち場を離れる。作業は終わっているので、朝倉を気にする者はいない。

デヨングはまた倉庫街に向かっている。

朝倉は周囲を気にしつつ、距離を取って尾行した。この辺りは兵士が大勢うろつく場所ではないだけに、いつでも身を隠せるように気を配る必要がある。

デヨングが倉庫の角を曲がって見えなくなった。

急いで角まで走り、倉庫の陰から覗いてみた。

「むっ」

朝倉は舌打ちした。デヨングを見失ったのだ。朝倉は踵を返し、駐機場に戻った。尾行に気付かれていなくても、深追いをするべきではない。慌てて追いかけて、待ち伏せに遭うようなことになりかねないからだ。

「相棒を見なかったか？」

朝倉は〝チヌーク〟の傍らで煙草を吸っている軍曹に尋ねた。京介の姿が見当たらないのだ。

「おまえに呼ばれて倉庫の方に行ったが、入れ違いになったのか？」

軍曹は煙草の煙を吐き出しながら答えた。

「何？　誰が相棒を呼びに来たんだ？」

右眉を吊り上げた朝倉は尋ねた。

「怖い顔をするなよ。アフガニスタン兵が、呼びに来た。おまえが頼んだんじゃないのか？」

訝しげな目をした軍曹は、首を傾げた。

「どっちに行ったか分かるか？」

朝倉を騙《かた》って京介を呼び出したのなら、彼の身が危険にさらされている可能性が高い。二人の潜入がバレていると見たほうがいいだろう。

「貯水池の近くにある倉庫だと聞いたが」

軍曹は頭を掻きながら言った。

「ありがとう。デヨング中尉に京介を探しに行ったと伝えてくれ」

「十分後に、離陸だぞ」

軍曹が腕時計を指差した。午前十一時になっている。残り十分になった。

「中尉の判断に任せるが、仲間を置き去りにできないだろう」

朝倉はスマートフォンの衛星写真で位置を確認すると、駐機場から南に向かって走った。衛星写真で見ると、駐機場の三百メートル南西に直径百八十メートル前後の丸い池がある。カンダハールは砂漠気候で、年間の降水量は百九十ミリと極めて少ない。貯水池が空軍基地内にあってもおかしくはないのだ。

朝倉は緑色に濁った貯水池の北側に到着した。池の周囲は広い道路になっており、見通しが良く、道路が池の中心で十字に横切っている。「池の近くの倉庫」と聞いてきたが、東西南北のそれぞれに種類の違う倉庫があった。この辺りはアフガニスタン軍の管理下に置かれているエリアで、池の反対側にアフガニスタン兵らしき人影はあるが、迷彩戦闘服の京介の姿はない。

「いったい、どこに行ったんだ」

右手を額にかざして周囲を見渡した朝倉は、途方にくれた。

2

京介を探し出せなかった朝倉は、駐機場に駆け戻った。

〝チヌーク〟の姿はない。

「ちっ！」

舌打ちした朝倉は、腕時計を見た。午前十一時十分になろうとしている。デヨングから聞かされていた離陸時間に間に合うように戻ってきたが、朝倉と京介の二人がいないにもかかわらず、帰還したらしい。

軍曹から京介は貯水池の倉庫に呼び出されたと聞いて行ってみたが、目視できる範囲で見つけることはできなかった。本格的に探すには時間が掛かるため、一旦状況をデヨングに説明すべく戻ってきたのだ。軍曹には話してあったが、〝チヌーク〟の指揮官であるデヨングに伝わっていなければ職場放棄とみなされるからである。潜入捜査を続ける上で、あくまでも傭兵としての義務を果たすつもりだったのだ。

朝倉は〝Iridium GO!〟の電源を入れると、スマートフォンでブレグマンに電話をかけた。

「俺だ。カンダハール空軍基地に取り残された」

朝倉は京介が行方不明であることと、デヨングが二人を置いて帰還した状況を淡々と報告した。

——馬鹿な。デヨングは、わざと君らを置き去りにしたんじゃないのか！

ブレグマンの怒りに満ちた声がスマートフォンを震わせた。

「搭乗員はすべてグルだろう。俺と京介を置き去りにするように仕向けたに違いない」

パイロットであるデヨングだけでなく、副パイロット、そのほかに軍曹も含めて三人の乗務員全員が麻薬の運び屋と思って間違いないだろう。軍曹は朝倉が離陸に間に合わないとそれらしく注意を促してきたが、まんまと騙されたようだ。

——許せない。デヨングが帰ったら、とっちめてやる。

「無駄だ。俺たちは米兵じゃない。傭兵に扮している以上、それなりの扱いを受けても誰も怪しまない。置き去りにしようが、やつらの勝手だ。彼らを罰することは誰もできない。違うか？」

朝倉らが離陸時にいなかったと報告すればいいだけの話である。米兵なら脱走も疑われるが、傭兵なら職務怠慢で片付けられる。

——たっ、確かに……。

ブレグマンは言葉を詰まらせた。

「俺はこれから一人で京介を探す。すまないが、応援をよこしてくれ」

軍曹の言葉を信じるならばだが、京介が姿を消したのは、アフガニスタン軍が管轄するエリアである。基本的にアフガニスタン兵は英語が話せない。そもそも、通訳を兼ねて雇った京介がいなくなったのだ。言葉の通じない朝倉が聞き込みをするのも困難が予想されるが、早急に捜査に取り掛からなければ、彼の命にかかわる。

——無理をするな。すぐヘリの手配をする。

「頼んだぞ」

通話を終えた朝倉は、再び貯水池に向かった。

まずは英語が話せそうな兵士を探さなければならない。貯水池周辺にはあまり人気《ひとけ》はないが、さきほど池の南側にいた数人の兵士は、まだ何かの作業をしているらしく、古いトラックの近くにいた。

朝倉は池の周回道路を注意深く歩き、南側まで進んだ。基地内とはいえ、紛争国であることに変わりはない。見通しがいい場所は狙撃されるのではないかと用心してしまうのだ。

ダットサントラックの周囲に、ロシア製ＡＫ７４を肩から下げた八人のアフガニスタン兵が煙草を吸いながらたむろしている。近くに建設用の鋼材が置かれているので、作業兵なのかもしれない。

米軍はアフガニスタン軍を再建し、Ｍ４など米国製の武器を供与してきた。だが、アフガニスタン兵が従来から使っていたロシア製のカラシニコフが使い易《やす》い上に壊れ難《にく》く、しかも修理が簡単であるため、米国製の小銃は人気がない。実際、少々砂を嚙《か》んでもＡＫシリーズは作動するため、砂漠では正規軍に限らず、テロリストからも絶大な信頼がある。

だが、アフガニスタン軍を管理下に置きたい米軍は、二〇一七年末に治安部隊にロシア製小銃の使用を禁止した。そのために兵士の士気が落ち、治安部隊の戦闘力が落ちたと言われている。また、米国は支援と言いつつ、自国の武器を売り付けることで金儲《かねもう》けを企《たくら》んでいると、アフガニスタン人から反感を買っているのだ。

「誰か、英語を話せるか？」

朝倉は兵士らの数メートル手前で立ち止まって尋ねた。彼らは米国の友軍ではあるが、AK74を肩から下げる彼らの輪の中に進んで入ろうとは思わない。人種的な偏見は持っていないが、男たちが何か企んでいるようなずるい目付きをしているのが気になるのだ。

「英語は、分かる。おまえは、米兵じゃないな？」

トラックの荷台に座っている男が訛《なま》りの強い英語を話した。年齢は三十代半ばか。他の兵士は二十代前半と見られる若者が多い。男は下級将校なのかもしれないが、誰も階級章を付けていないので分からないのだ。

「米軍に雇われた警備員だ。俺と同じ日本人の警備員を見なかったか？」

朝倉は笑みを浮かべ、トラックの男に答えた。

「日本人の警備員ね。知らないこともない」

荷台に座っている男は、他の兵士らと顔を見合わせてにやにやと笑った。

「知っているのなら、教えてくれ」

相手が何を要求しているのか分かっているが、あえて尋ねた。

「鈍いやつだ。教えて欲しいのなら、出すものを出しな」

答えた男は、右手の指先を引き寄せるように動かした。金という意味である。

「任務中だ。あまり持ち合わせがない」

朝倉はポケットから米国十ドル札を出すと、近くの兵士が受け取り、トラックの男に手渡した。基地内の売店で飲み物を買うための金である。

本当は素肌に密着させた超薄型の防水ウエストバンドにパスポートと百ドル札を十枚隠し持っている。これは特殊作戦群時代に、ＰＫＯで海外の紛争地域に行った際、隣国に脱出することを想定し、隠し持つことを教えられたからである。

米軍の場合は、敵地にたった一人でも自国の兵士が取り残されれば大規模な救出作戦を行う。しかし、ＰＫＯで紛争地に赴任した自衛隊員が戦闘に巻き込まれて孤立した場合、他国の軍隊に頼るほかない。だが、どこの軍でも他国の兵士の救出に自軍を犠牲にすることを躊躇《ちゅうちょ》する。そのため、最悪の場合も想定し、自力で脱出することも考えなければならないのだ。

十ドル札を手にしたにもかかわらず、男は首を左右に振ってまた右手の指を動かす。

「これしかない」

朝倉は渋い表情でポケットから折り畳んだ十ドル札をすべて兵士に渡した。全部で五十ドルほどである。

「しけた男だ。仕方がない、付いてきな。おまえの仲間だと思う男を、少し前に見かけたんだ」

兵士から手渡された金をポケットに捻《ね》じ込《こ》んだ男は、トラックの荷台から降りて歩き出した。

朝倉は他の兵士の背後から回り込んで男に従った。全員が襲いかかってきても素手なら勝てる自信はあるが、銃を使われた場合、最低限の反撃ができるように警戒しているのだ。

男は鋼材が置いてある広場の南側にある倉庫のドアを開け、中に入って行く。下は地面で、壁はコンクリートブロック製という簡易な作りである。天窓もなく、内部は薄暗い。

「おまえの仲間はこの奥にいるはずだ」

立ち止まった男は、倉庫の奥を指差した。

倉庫の奥行きは二十メートル以上あり、奥は暗くてよく見えない。

天井の照明が点灯した。

「何！」

両眉を吊り上げた朝倉は、ホルスターのM９に手を掛けた。

血だらけの京介が、椅子に縛られていたのだ。

「動くな！」

男がAK７４の銃口を朝倉に向けると、出入口からトラックの近くにいた七名の兵士が銃を構えて雪崩《なだ》れ込んできた。

3

一台の幌《ほろ》付き軍用トラックが、カンダハール空軍基地の東ゲートから出て行く。

両手をロープで縛り付けられた朝倉は、荷台で揺られていた。

足元には顔面を酷《ひど》く殴られて気絶している京介が、転がされている。二人は運転席に近い場所におり、荷台後部には二人のアフガニスタン兵がＡＫ７４を構えて座っていた。

朝倉は、拷問を受けたらしい京介を見つけることはできたが、その結果、自分も拘束されてしまったのだ。罠《わな》である可能性は充分予測していたが、京介を生きた状態で見つけることが先決と考え、危険を顧みずにアフガニスタン兵に従ったのが、間違いであった。京介を発見し次第、銃を使っても救出するつもりだったが、八人の兵士に銃口を向けられては両手を上げるほかなかったのだ。

「うん？」

朝倉は眉間に皺を寄せた。

京介がいびきをかくような呼吸をはじめたのだ。脳卒中で倒れた患者にみられる現象で、舌根が沈んで音を立てているのかもしれない。脳梗塞《のうこうそく》や脳内出血など、症状が重度の場合、舌根が気道を塞いで呼吸困難に陥る場合がある。

拷問で頭部を激しく殴られたらしい京介は、軍用トラックに乱暴に乗せられたが、目を覚ます気配すらなかった。脳内出血していることも考えるべきだろう。体を横にしたり、肩の下に枕を入れて顎《あご》が落ちないようにしたりするなど、気道を確保する必要がある。

朝倉は両手が使えないため、さりげなく足を伸ばして京介の肩を押して横向きにした。体の向きが変わったことで、京介の呼吸は落ち着いた。見張りの兵士は煙草を吸いながら話しており、朝倉らを気にする様子はない。

朝倉を倉庫に案内した男は、仲間からハミールと呼ばれていた。朝倉を椅子に縛り上げたが、彼の携帯電話に連絡が入り、急遽基地を離れることになったのだ。ハミールは、朝倉と京介を軍用トラックの荷台に乗せるように部下に命じると、助手席に乗り込んだ。慌てた様子だったので、誰かに命じられたのだろう。

銃はもちろん、ポケットに入れてあったスマートフォンも〝Iridium GO!〟も奪われている。素肌に巻きつけてあるウエストバンドに隠し持っているパスポートと百ドル札は気付かれていないが、通信手段を奪われ、足首に巻きつけておいたタクティカルナイフまで没収された。その上、京介は脳にダメージを受けるほど負傷している可能性がある。負傷者を背負って脱出するのは難しい。

「どうしたものか？」

溜息混じりに呟いた。朝倉と京介を基地から連れ去ったのは、殺害した後の死体処理が簡単な場所まで行くためだと思っている。

脱出するには敵を倒し、車を奪って基地まで戻る必要がある。また、京介が脳にダメージを受けているのなら、手術は一刻を争う。すぐにでも引き返す必要があった。

「……………？」

朝倉は首を傾げた。体は横向きにしているので気道は確保されているはずだが、京介がまたいびきに似た呼吸をはじめたのだ。だが、よくよく聞いてみると、喉ではなく音は鼻から聞こえる。京介は本当にいびきをかいているらしい。

試しに足のつま先で、京介の肩を突《つつ》いてみた。

京介のいびきが止んだ。

見張りの男たちをちらりと見た朝倉は、再び京介の肩を足で突いた。

「うん？」

目を薄く開けた京介は、欠伸をしながら頭をもたげた。

「大丈夫か？」

朝倉は小声で尋ねたが、トラックのエンジン音がうるさいので見張りには聞こえないだろう。

「大丈夫だ。気絶した振りをしていたら、眠ってしまったらしい。どうなっている？」

そう言うと、また大きな欠伸をしてみせた。

「そのまま動くな。基地から連れ出されたんだ。拷問されたのか?」

起き上がろうとする京介を足で押さえつけた。

「米軍のスパイかと聞かれたが、知らないと言い張った」

「俺たちは、すぐに傭兵の宿舎に入っている。身元がバレるとは思えないがな」

朝倉は首を捻った。

「まてよ」

昨夜朝倉は、ブレグマンとバグラム空軍基地の倉庫を捜査している。警報装置だけでなく、監視カメラも設置してあったとしたら、朝倉の面は割れている可能性が高い。とすれば、捜査がどこまで進んでいるのか、敵は知りたいはずだ。情報を得るために朝倉らをすぐに殺すことはないだろう。

「どうする?」

京介は赤黒く腫《は》れ上《あ》がった顔で尋ねてきた。脱出するのか聞いているのだろう。どこに行くのか分からないが、敵のアジトにでも連れて行かれたら脱出が難しくなるのは目に見えている。基地を出てまだ十分ほど、五、六キロ進んだとしてもたいした距離ではない。砂漠地帯だが、歩いて帰れる。脱出するなら、早い方がいいのだ。

「見張りは二人だ。あいつらをまず片付け、武器を手にいれる。トラックが停まったら、運転手と助手席の男を倒せばいい」

朝倉は両手を前に出して見せた。ロープはすでに緩んでいる。きつく縛られないように腕に力を入れていたのだ。

「どうやって？」

「見張りはまだおまえが気絶していると思っている。俺がやつらの気を引く。合図を送ったら、起き上がって襲うんだ」

朝倉は見張りから見えないように、京介のロープの結び目を解いた。緩んでいるとはいえ、自分のロープを解くことはできないが、手先を使う自由度はあるのだ。

「分かった」

手首のロープを外した京介は、横になったまま朝倉のロープの結び目に手を掛けた。

「完全に解くなよ。結び目が簡単に取れるようにしてくれ。それから、『水をくれ』は、ペルシャ語で何て言うんだ？」

「アブ・ベデ・ベ・マンだ」

京介は淀《よど》みなく答えた。

「あぶ・べで・べー・まん、だな」

「ちょっと違うが、なんとなく分かるだろう」

京介は渋い表情で頷いて見せた。

「待機していろ」

朝倉は苦笑すると、トラックの後部に中腰で移動した。

途端に二人の見張りの兵が、銃を向けて喚《わめ》き立《た》てた。動くなとでも言っているのだろう。

「あぶ・べで・ベー・まん」

朝倉は顎を上げ、二人に喉を両手で叩いて見せた。

男たちは顔を見合わせると、同じような言葉を発した。水をくれという言葉は通じたのかもしれない。

「今だ！」

朝倉が合図をすると、京介が立ち上がった。

驚いた見張りが、慌てて京介に銃口を向ける。すかさず朝倉はロープを引きちぎるように解き、二人の銃の銃身を摑んで押し上げた。

「この野郎！」

京介は右側にいた見張りに勢いよく飛びかかり、一緒にトラックから転落した。

「嘘だろう？」

朝倉は左側の見張りを叩きのめすと、銃を奪ってトラックを飛び降りた。

4

軍用トラックから脱出した朝倉と京介は、荒涼とした砂漠を北に向かって歩いていた。時刻は午後一時を過ぎ、気温は四十三度、足元が焼けつくように暑い。

朝倉の計画では、見張りの二人を倒して武器を奪い、荷台から運転席を銃で攻撃してトラックごと奪うつもりだった。だが、京介は見張りの男に飛び掛かり、その勢いでトラックから転落したのだ。朝倉はもう一人の男を昏倒《こんとう》させて銃を奪うと、すぐさま後を追ってトラックを飛び降りた。

倒れている京介に駆け寄ると、京介は立ち上がって親指を立てて見せた。彼に襲われた見張りの男は、首の骨を折って死んでいた。京介は男をクッションにして、擦《かす》り傷《きず》程度ですんだようだ。

トラックは煙幕のように砂塵《さじん》を巻き上げながら走っていたために、後ろの騒動に気付かなかったらしい。むしろ、異変に気付いてくれた方が、武器を奪っていたので攻撃するチャンスだったのだが、そのまま立ち去ってしまった。おかげで歩く羽目になっただけでなく、軍用トラックが引き返してくる危険を避けるために、道路を避けて砂漠を歩くことになったのだ。

見張りからＡＫ７４と予備弾も奪ったが、彼らは携帯電話機は所持していなかったので、とりあえずカンダハール基地に自力で戻るほかない。

「ずっと黙っているが、ひょっとして、怒っているのか？」

傍らを歩く京介が、尋ねてきた。

「別に」

朝倉はむっつりと答えた。

「やっぱり、怒っているんだろう。俺は敵を倒すと同時に脱出するという、合理的な行動に出たんだ。あんたの計画とは、少し違ったらしいが、結果的に自由になれたんだから、それでいいだろう」

京介は朝倉の半歩先に出て睨みつけてきた。この男の口から合理的という言葉が出たことに驚かされた。走行中の車から見張りと一緒に転落して相手を倒すというのは無謀過ぎる。だが、傭兵の世界では敵を戦闘不能にすることが優先され、彼はそのセオリーに従っただけなのだろう。

「おまえの行為を責めるつもりはない。結果はどうあれ、事前の打合せがなかったのだから仕方がないと思っている。俺が黙っているのは、砂漠を歩いているからだ。無駄な体力を使いたくない。おまえは何度も砂漠で闘っているから、分かるだろう。ピクニックとは違うんだぞ」

朝倉はなるべく口を開かずに答えた。体力もそうだが、体内の水分が逃げないようにしているのだ。すでに喉は渇ききっている。朝倉らが倒した見張りは、水筒も持っていなかったのだ。道路からは外れているが、カンダハール基地への方位は分かっている。おそらく六キロ程度だろう。一時間前後で着けるはずだが、四十度を超える砂漠を歩き続けなければならない。

「基地まではたいした距離じゃないが、体力の消耗を防ぐために黙っているのか。なるほど、用心深いんだな。あんたを見ていると、藤堂《とうどう》さんを思い出すよ」

京介が顔を歪ませた。笑ったのだろう。

「藤堂？」

「俺たちのボスだ。藤堂浩志《こうじ》といえば、業界で知らない者はいない。すでに伝説的な存在なんだ」

京介は誇らしげに言った。

「業界か。俺が知らないのも無理はないな」

朝倉は鼻先で笑った。元自衛官とはいえ、傭兵として働いたことはない。別に知らなくてもいい情報である。

「ところで、俺たちの潜入捜査はバレたらしいが、この先どうするんだ？」

自慢話を朝倉が歯牙《しが》にもかけないので、京介は話題を変えたらしい。

「敵に知られた以上、バグラム空軍基地の倉庫を本格的に捜査する。証拠を押さえるほかないだろうな」

ブレグマンが朝倉と京介を潜入捜査に投入したのは、日本人の傭兵なら身元がばれる心配はないと見たからだろう。だが、今回の件で敵は狡猾《こうかつ》だと分かったはずだ。現段階で手に入る証拠を押さえ、闇の組織にメスを入れるほかないだろう。

「なるほど。だが、そうなったら、俺は用済みだな。契約では、あんたの護衛と通訳となっている。俺は傭兵で捜査員じゃないからな。名残惜《なごりお》しいが、またイラクに戻って仕事に就くよ」

京介は肩を竦めて見せた。

「そうだな」

朝倉は相槌を打った。潜入捜査が終われば、彼との契約も終了する。面白い男だったが、二度と会うこともないだろう。

「それにしても、腹減ったな」

京介は大きな溜息を漏らすと、急に歩みを遅らせた。午後一時になろうとしている。空腹を思い出し、モチベーションが下がったのだろう。

「同感だ。……まずいぞ」

歩みが遅くなった京介を振り返って見た朝倉は、はるか南方に立ち上る砂煙を見つけて眉間に皺を寄せた。

「えっ！　まさか！」

京介も後ろを見て声を上げた。

猛烈なスピードで近付いてくる砂煙は、車の後塵《こうじん》なのだ。四駆だろうと砂漠を走るのは故障の原因になり、それなりにリスクを負うことになる。意味もなく、道路を使わずに砂漠を走ることなどあり得ない。

「俺たちの足跡を追って来たんだ」

京介と一緒にトラックから落ちた兵士の死体を発見し、そこから足跡を辿《たど》ってきたのだろう。慌ててその場を立ち去ったが、死体を埋めて痕跡を消すべきだった。

「待ち伏せするか」

京介はその場でAK74を膝立ちに構えた。AK74の有効射程距離は五百メートル、だが、朝倉らの持っている銃にスコープは付いておらず、銃の照準を使うほかない。とすれば、正確に狙えるのは百メートルほどか。

「まず、運転手を狙うんだ。車を停めれば、勝算はある」

朝倉もAK74を構えて、膝立ちになった。敵はせいぜい四、五人だろう。狙いを定めて最初の一撃で運転手を狙撃すれば、車は制御を失う。彼らがパニック状態になったところを銃撃すれば二人でも敵を倒すことは可能だ。

竜巻のように舞い上がる砂塵は、確実に近付いてくる。

「くそっ！」

銃を構えていた京介が、鋭く舌打ちした。一つだと思っていた砂煙が三つに分かれ、三台の車が並んだのだ。

「銃を下ろせ」

朝倉はＡＫ７４を下ろして立ち上がった。

5

朝倉と京介は再び囚《とら》われの身となり、手錠を掛けられて軍用トラックの荷台で揺られている。

トラックの前後には、四名ずつの兵士を乗せたハイラックスが走っていた。

「大丈夫か？」

傍らで横になっている京介が尋ねてきた。朝倉は捕まる際に京介を怪我人に見えるように、彼に肩を貸して立たせた。彼は拷問で見てくれも怪我人にしか見えなかったので、その方が不自然さはない。脱出の際、朝倉が一人で二人の見張りを倒したことにするためだ。敵を欺《あざむ》き、京介を温存することで、再度脱出の機会を窺うためである。

「平気だ」

顔面を赤黒く腫らした朝倉は、荷台の後方で見張りをしている二人の兵士を見て「ふん」と鼻息を漏らした。トラックに乗せられる前に朝倉は、部下を殺した制裁としてハミールから暴行を受けたのだ。顔面と腹部を数発ずつ殴られたが、朝倉にとってたいしたダメージはない。むしろ、ハミールが途中で手首を痛め、殴るのを止めたほどだ。

「作戦はあるか？」

京介は横になったまま尋ねてきた。

「おまえはこれからも怪我人を装い、弱々しく見せろ。だが、自分で必ず歩くんだ。足手まといとみなされたら、殺される可能性もあるからな。それから敵の会話から情報を集めるんだ」

殺さずに連れて行くということは、二人に利用価値があるということだ。人質として身代金の要求をされる可能性もある。とりあえず殺されることは当面ないだろう。拉致されたことを逆手に取り、情報収集のチャンスとして活用するべきだ。

「分かった」

京介はそう言って目を閉じたが、しばらくするといびきをかきはじめた。移動中は体を休めるというのは、兵士にとって重要なことである。ある意味、京介の行動は正解と言えた。だが、命の危険が現実となっている現状での居眠りは、呆れるほかない。

トラックの外は見ることができないが、朝倉らが捕らえられた砂漠地帯から一旦国道に戻って東南に向かっていることは分かっている。一時間近く走り続けているため、カンダハール空軍基地からは四十キロ近く離れているはずだ。

トラックが激しく揺れはじめた。国道を外れたらしい。荷台の後部で話をしていた見張りの兵士が、口を閉ざした。振動で舌を噛み切らないようにするためだろう。

さらに走り続けたトラックは、悪路を進んで五十分後、ようやく停車した。

見張りの兵士は荷台から飛び降り、銃を向けてダリー語で何か言った。降りろと言っているらしい。

「起きろ、京介」

朝倉は寝息を立てている京介を揺り動かした。

「もう、着いたのか」

京介は目を擦《こす》りながら、半身を起こした。

「らしいな」

朝倉は京介に手を貸してトラックから降りた。

「連れてこい」

ハミールが見張りの兵士に命じた。

涸《か》れた川床に沿った道をやってきたらしい。左右を低い山に囲まれた谷間の村である。

川床を中心に日干し煉瓦《れんが》の家と、畑が広がっていた。

「ケシ畑か」

朝倉は緑の絨毯《じゅうたん》のような畑を見て唖然《あぜん》とした。カンダハール空軍基地から、数十キロの場所に政府が禁止しているケシ畑があるのだ。驚くほかない。

「歩け！」

ハミールが駆け寄ってくると、立ち止まった朝倉の鳩尾《みぞおち》をＡＫ７４のストックで殴りつけた。

「ぐっ！」

朝倉がよろめき、肩を貸してもらっていた京介が地面に転がった。演技にしてはうますぎる。

京介は脇腹を押さえながら顔をしかめた。

「ひょっとして、肋骨《ろっこつ》を折っているんじゃないのか？」

朝倉は京介の手を摑んで立たせた。

「トラックから落ちた時に、脇腹を打ったんだ。だんだん痛くなってきた。ヒビが入ったのかもしれない」

京介が歯を見せて笑った。ようやくこの男の笑顔が、分かるようになってきた。京介が寸暇を惜しむように眠っていたのは、怪我のせいに違いない。人は負傷すると、体は治癒《ちゆ》を求め、眠くなるものだ。

「馬鹿野郎、我慢していたのか」

朝倉は舌打ちした。京介は心配かけまいと、痩せ我慢していたのかもしれないが、一緒に行動する仲間のコンディションが分からなければ作戦も立てられない。

「小男は、納屋にぶち込んでおけ。でっかいやつはこっちだ」

ハミールの指示で朝倉は、見張りの男たちから両腕を摑まれ、近くにある日干し煉瓦の建物に連れて行かれた。
十七、八畳はある部屋で、家財道具は一切置かれていない。また、床も地面のままで殺風景である。朝倉を連れてきた二人の男とは別に、百九十センチ近い体格のいい男が一緒に入ってきた。
「縛りつけろ」

ハミールは煙草に火を点けると、出入口近くの椅子に座り、朝倉が梁《はり》に結び付けられたロープで両手を縛られるのを楽しげに見ている。

「ここなら、ゆっくり聞き出せる。サウード、やれ」

ハミールは、体格のいい男に命じた。

頷いたサウードは拳に布を巻きつけると、朝倉の脇腹を殴りつけた。体重の乗ったなかなかいいパンチである。肋骨がみしりと音を立てた。

「おまえは、米軍のスパイか？」

「馬鹿な。俺は日本人の傭兵だ。スパイ呼ばわりされる覚えはない」

朝倉はハミールを睨みつけた。途端にサウードのパンチが、顎を捉える。サビ鉄の味が口の中に広がる。一撃で口内を切ったようだ。

「嘘は吐かない方がいい。倉庫におまえの姿が映っていたそうだ」

昨夜調べたカンダハール空軍基地の倉庫にはやはり監視カメラが設置してあったのだ。

「俺はＮＣＩＳの捜査官に特別手当てを出すからと、勤務時間外の護衛を頼まれたんだ。こんなことになるんだったら、引き受けるんじゃなかった。くそっ！」

朝倉は舌打ちしてみせた。

「いつまでそんな嘘を言っていられるのか、見ものだ」

ハミールが笑うと、朝倉の顔面にサウードのパンチが飛んできた。

6

カンダハール空軍基地、午後三時。

ブレグマンは、基地にある米軍保安部隊の司令所にいた。

司令所といってもプレハブの建物である。仕切りのない四十平米ほどの室内はパソコンが置かれた事務机が四つ並べてあるだけで、他の米軍基地の司令部とは様子が違う。民間の空港との共有であるカンダハール空軍基地は、アフガニスタン軍のものであり、一角を米軍の保安部隊と国際連盟の支援部隊が使用しているに過ぎないからだ。

「ブレグマン特別捜査官、とりあえず私の部下に基地内を巡回させましたが、日本人の警備員は見つかりませんでした」

口ひげのある黒人将校は、両手を机の上に載せて人差し指を忙《せわ》しなく動かしながら言った。

「ペラルタ少佐、基地内の監視映像を見ることはできませんか？」

ブレグマンはペラルタの指の動きを見て、苛立ち気味に尋ねた。

朝倉から午前十一時十分に応援を要請されたブレグマンは、四人の部下を連れて輸送ヘリで二時間前にカンダハールに来ている。すぐに彼は保安部隊の指揮官であるペラルタに朝倉と京介の捜索を依頼し、同時に部下と手分けをして輸送機の駐機場と周辺で聞き込みをした。だが、何の手掛かりも得られないために、司令所のペラルタを再度訪ねたのだ。

朝倉らは拉致され、基地の外に連れ出された可能性も考えられ、基地内の監視カメラの映像をチェックすることが、残された唯一の手段と考えてのことである。

「我々は、アフガニスタン軍の基地の一角を間借りしているに過ぎない。監視カメラへのアクセス権はないんだ」

ペラルタは大袈裟に肩を竦めて見せた。

「分かっている。それを承知で頼んでいるんですよ。アフガニスタン軍の司令部と掛け合ってくれませんか？」

ブレグマンは苛立ちを抑えきれずに立ち上がった。

「それじゃあ聞くが、たかが日本人の警備員のために、どうしてそこまでしなくてはならないんだ？」

ペラルタは上目遣いでブレグマンを見た。執拗《しつよう》に迫るブレグマンを持て余しているのだろう。

「ＮＣＩＳが契約した人材が行方不明なんですよ。気にして当然でしょう！」

ブレグマンはペラルタの机に両手を突いて声を上げた。

「ＮＣＩＳ？　君はここをどこだと思っているんだ？」

ペラルタは机の引き出しからマルボロの小さな箱を出し、煙草を電子タバコのカートリッジに差し込んだ。

「あなたは、アフガニスタンだから米国の法律が通じないとでも言いたいのですか？」

ブレグマンは声のトーンを下げ、椅子に腰を下ろした。

「当然だ。アフガニスタンは〝黄泉国《よみのくに》〟だ。米軍規どころか米国の法律も通じない」

ペラルタは乾いた笑いを浮かべた。

「〝黄泉国〟？」

ブレグマンは首を捻った。

「日本の神話に出てくる死者の国のことだよ。古代日本では、天国も地獄もなく、〝黄泉国〟と呼ばれる死者が生活する場所があったと考えられていたそうだ。大学で日本の古代史の講義で習ったんだ。アフガニスタンはどこでテロや銃撃戦に巻き込まれるか分からない。誰しも死と隣り合わせで、善人悪人の死に方に差はない。まるで〝黄泉国〟のような生き地獄で、誰が神を信じる？　誰が法律に従うというのだ」

咳払《せきばら》いをしたペラルタは、得意げに説明した。インテリだと自慢したいのだろう。だが、悪に染まっても仕方がないという言い訳にしか聞こえない。

「ひょっとして、二人の失踪について何か知っているんじゃないですか？」

ブレグマンはペラルタを訝しげな目で見た。

「じょ、冗談じゃない。私は何も知らない。知りたくもない」

ペラルタは激しく首を振って見せた。狼狽《ろうばい》しているところをみると、やはり、何か知っているに違いない。

「いずれあなたからも、事情を聞かないといけないようですね。少佐」

ブレグマンは鋭い視線を向けた。

「いい加減にしろ。この国でも軍は問題なく運営されている。嗅ぎ回るのは止めるんだ。

さもないと……」

　ペラルタは途中で口を閉ざし、視線を外した。

「さもないと、日本人の警備員のように拉致されるとでも言いたいのですか？」

　ブレグマンはペラルタと視線が合うように覗き込んだ。

「そっ、そんなことは言っていない。我々は君らの捜査の対象になるようなことはしていない」

「我々？」

　ブレグマンは複数形で答えたペラルタを逃がさなかった。

「我々と言ったのは、私も含めて部下も疑うなと言いたかっただけだ。他意はない」

　ペラルタは表情を消して言った。心を読まれまいとしているようだ。

「分かりました。あなたが動けないのなら、我々は独自に動きます」

　ブレグマンは席を立ってペラルタを睨み付けると、司令所を出た。

「どうでした？」

　司令所の前で待っていたマルテスが、尋ねてきた。

「予想通りだった。彼らは動かない」

　ブレグマンは苦笑いした。ペラルタに怒ってみせたのは、彼の反応を見るためだったのだ。

「どうするんですか？」

「局長を通じて長官を動かすまでだ」

ＮＣＩＳの局長から海軍長官を介し、空軍長官に連絡し、アフガニスタン軍に要請することができる。組織のトップは横の繋がりがあるため、話は早いはずだ。

「我々はどうすればいいんですか？」

「三十分後に離陸する輸送機で、一旦バグラムに戻る。この基地は油断ならないからな」

ブレグマンは険しい表情で言った。

フェーズ6：脱　出

1

午後七時、日は暮れようとしている。

まるで別人のように顔面を腫らした朝倉は、二人の男から両脇を抱えられて地面を引きずられていく。

拷問を受けた家から二十メートルほど離れた場所の見張りが立っている日干し煉瓦の倉庫に、朝倉は投げ込まれた。

男たちは額の汗をジャケットの袖で拭き取ると、前のめりに倒れたまま微動だにしない朝倉を確認しようとせずに木製のドアを閉めて鍵を掛けた。

しばらくダリー語の話し声が聞こえたが、やがて物音はしなくなった。

「ずいぶんやられたものだ」

京介の声が暗闇に響く。

顔を向け、腫れ上がった瞼《まぶた》を開けてじっと声の先を見つめる。目が薄暗い部屋に慣れてくると、壁際で京介が膝を抱えて座っているのが分かった。

手錠を掛けられた腕を突いて半身を起こすと、左脇腹に激痛が走った。朝倉の目的は何かとハミールに執拗に聞かれ、サウードという男に、同じ場所を繰り返し殴られた。肋骨にヒビが入ったか、折れている可能性もある。

ハミールと違ってサウードは頑丈な男で、殴り続けても手を痛めることはなかったが、サウードより朝倉の体力が優《まさ》った。何も知らないと答える朝倉に嫌気が差したのか、ハミールは足元をふらつかせながら拳を振るうサウードを止めたのだ。

「くっ！」

右腕を折るように曲げて仰向けになった朝倉は、荒い息を吐いた。

「大丈夫か？」

京介が心配げな顔で見下ろしている。彼も手錠を掛けられていた。

「サウードというやつのパンチは、なかなか効いた」

朝倉は息を整えながら答えた。

「これから、どうする？」

跪《ひざまず》いた京介は、表情もなく言った。顔面が腫れているので、口をうまく動かせないのだろう。

「まずは、情報を集めることだ。俺の見た限りでは、銃を持った連中が十人前後いる。村の規模から考えると、もっといる可能性もある。それに、ケシを栽培するための村民が、二十人前後はいるはずだ。おまえは何か摑んだか？」

朝倉は痛みを堪《こら》えて左向きに体を捻って両手を突くと、上半身を起こした。気絶する振りをして、目視できる範囲は見ていたのだ。

「やつらは、アフガニスタン兵じゃなく、タリバンらしい。俺がここに入れられた直後に見張りの兵士が、上納金の話をしているのを聞いたんだ。それから、この村はペルシャ語で〝ゴルザール〟、花園という名前らしい。ケシ畑のことだろうな」

タリバンは支配地域の農家にケシの栽培をさせ、税金という名目で上納金を納めさせている。村の名前を花園と名付けるのは、皮肉としか言いようがない。

「さっき、連中は何を話していたんだ？」

ドアのすぐ近くで声が聞こえたので、見張りと話をしていたのだろう。

「たわいもない話だが、もうすぐ飯にするらしい」

「とすれば、見張りが手薄になる可能性があるな」

朝倉は笑おうとしたが、顔面が痺《しび》れて動かすことができなかった。殴られたために顔の筋肉が硬直しているようだ。

「飯を食ったら、見張りを交代すると言っていた」

「その前にこれを外さないとな」

朝倉は両腕を力なく振った。体の痛みで動きが鈍いわけじゃない。見張りが食事と聞いて、喉が渇き、腹が減っていることを思い出したのだ。

「賛成だ。だが、腹が減って死にそうだ。あいつらを襲って飯を横取りしようぜ」

「とりあえず、見張りを片付けないとな」

外にいる連中は、朝倉と京介が拷問で動けないと思っているだろう。脱出するのなら今だ。二人から情報を得られないと分かったら、殺そうとするのは時間の問題である。

朝倉はゆっくりと立ち上がり、倉庫の中を見渡した。脇腹は痛むが、耐えられないというほどではない。元来痛みに強いが、特殊作戦群の厳しい訓練で、究極の忍耐力を得た。この程度の怪我なら、軍事行動は問題なくできる。

地面に直接建てられた倉庫は二十平米ほどか。さほど広くはない。窓はなく、出入口は正面のドアだけだ。屋根と壁の隙間から外の光が漏れている。それでなんとか室内が見えるのだが、外に出るのに隙間から這い出すことは不可能だ。

「ドアから出るほかないぞ」

「分かっている。どうするか考えているだけだ」

朝倉は腕組みをして室内を歩き回り、ドアの前で立ち止まると、京介を手招きした。

「ペルシャ語で、『助けてくれ、ここを開けてくれ』と言え」

「そんな子供騙《だま》しのような手で、見張りを誘《おび》き寄《よ》せるのか？」

京介は頭を掻いた。

「まさか、ペルシャ語が話せるとは思っていないはずだ。ペルシャ語を聞けば、仲間と勘違いするかもしれない。相手に考える隙を与えるな」

「分かった。演技してみる」

頷いた京介が、ペルシャ語で捲《まく》し立《た》てると、外の見張りが反応し、喚きだした。

京介は手振りを交えて必死に答える。

ドアの鍵が開けられた。

朝倉は京介に奥に行くようにハンドシグナルで指示し、ドアの陰に隠れた。

ドアが開き、ＡＫ７４を構えた見張りが入って来た。

朝倉は背後から見張りの男の口を塞ぐと同時に後頭部を摑んだ。男が抵抗する間もなく、勢いよく捻って首の骨を折る。特殊作戦群とその前の部隊である〝Ｐ・Ｓ〟の四年間で、朝倉は戦闘兵器として鍛え抜かれた。警察官になってからのブランクは感じさせない。

京介は崩れる男の銃を奪って地面に転がすと、音も立てずにドアを閉めた。闘うことに慣れている。

「あったぞ」

朝倉は倒した男のポケットから小さな鍵を見つけ、自分と京介の手錠を外した。

「あんた、すげえな」

京介は手首の手錠の痕を摩《さす》りながら笑った。

「異常はなさそうだ。行くぞ」

ドアを少し開けて外を窺った朝倉は、倉庫から用心深く出た。

2

朝倉らが囚われている〝ゴルザール・ゴール〟という村は、カンダハール空軍基地から、南東に七十キロ、パキスタンとの国境から三十数キロの地点にあった。村の西と東側は岩山、北側は所々に雑草が生える荒れ地で南側には広大な砂漠が広がる。

村には朝倉らがいる倉庫や拷問された建物以外にも、日干し煉瓦の家が八棟あった。日没で農作業する者もいないため、屋外に人影はなく、ひっそりとしている。

脱出するには都合がいいが、困った問題が生じた。囚われていた倉庫を出た朝倉は、京介とともに村中を調べたが、ここまで来るために乗せられていた軍用トラックもハイラックスも見当たらないのだ。アフガニスタン上空は、常に米軍の軍事衛星や無人機で監視されているため、村の近くにでも隠したのかもしれない。

徒歩なら今すぐにでも脱出できるが、すぐに追いつかれてしまう。車で逃走する以外に生きて帰る方法はないのだ。それには、村内のタリバン兵に車の所在を聞き出すしかないだろう。だが、一度に多くの敵を相手にすることはできないため、襲撃は慎重に行わなければならない。

朝倉は低い姿勢で走り、村の一番南側にある建物の壁際に片膝を突いた。すかさずＡＫ７４を抱えた京介も傍らに身をかがめた。閉じ込められた倉庫よりは大きいが、村の中では小さい方である。当然のことながら収容人数も少ないため、リスクは軽減できると考えてのことだ。

立ち上がろうとした京介の肩を、朝倉は摑んで座らせた。彼は武器を持っているので、先に突入しようというのだろう。

朝倉は自分の両眼を二本の指で指し示し、次いで自分の胸を突いた。「俺を見ていろ」という意味と同時に「俺が指揮官だ」と教えたのだ。たとえ二人で行動するにしても、軍事行動をするのなら、どちらかが指揮を執らなければならない。京介は兵士としての経験が長いので、自分に任せろと思っているのかもしれないが、朝倉は他人に従うつもりはないのだ。そもそも、銃を使うのは自殺行為である。

まずは朝倉が突入して敵を倒し、相手が大勢なら、援護に入った京介が銃を使えばいい。銃声で民兵を呼び寄せる真似はしたくないのだ。

京介は頷いた。意味が分かったらしい。

朝倉は立ち上がると、家の出入口のドアを開けて中に入った。薄汚れた服を着た三人の男が、絨毯に座り、真鍮《しんちゅう》製の灯油のランプを囲んで食事をしている。朝倉は三人の男を手応えもなく叩きのめし、昏倒させた。民兵ではないらしい。

「こいつは、うまい」

振り返ると、京介がプラスチックのコップで水を飲みながら男たちの食べていた夕食を摘《つま》んでいる。現地で〝ボロニ〟と呼ばれ、チャパティのように小麦粉を練って薄く伸ばし、中に具材を挟んで焼いたものだ。水は部屋の片隅に置いてある瓶《かめ》に入っているのだろう。

「ほら、あんたも食えよ。『腹が減っては、戦はできない』というぞ」

京介は〝ボロニ〟が載せられたアルマイトの皿を突き出してきた。

「ああ」

朝倉もプラスチックのコップの水を飲み、〝ボロニ〟を摘んだ。腹が減っているせいだろう。ポテトを挟んだだけの簡単な料理だが、塩味が効いてなかなかうまい。朝倉は〝ボロニ〟を頬張りながら部屋の中を調べ、武器を探した。やはり、叩きのめしたのはただの農民だったらしい。部屋の中にあるのは、衣類などの日用品だけでナイフさえないのだ。

とりあえず、気絶している三人に服で猿轡《さるぐつわ》をし、ズボンで縛り上げた。

「次の家を調べるか？」

皿の〝ボロニ〟をあっという間に食べ尽くした京介が言った。

コップの水を飲み干した朝倉はドア口に立ち、指先で灯油ランプを示す。頷いた京介は、ランプの炎を消した。軍事行動に言葉はなるべく使わないのが、原則である。

朝倉はドアを開けて、外に出た。

村はすっかり闇に包まれている。気温は日没と同時に急激に下がったため、三十度を切っているらしい。湿度がない分、涼しく感じるほどだ。

十メートルほど先にあるさきほどと同じ大きさの建物に近寄った。また、農民の家である可能性もあるが、残り七つの建物を夜明けまでに時間をかけて一つずつ潰していくほかないのだ。

朝倉はドアに近寄り、聞き耳を立てた。この村の建物は簡易に作られているので、話し声は筒抜けになる。低い男の声が聞こえるが、京介を見ると、首を横に振って見せた。彼にもよく聞き取れないらしい。

朝倉はドアノブに手をかけた。さっきもそうだが、鍵を掛けられるようなドアではない。一気に開いて、中に飛び込んだ。

二人の男が、絨毯の上で寝そべっている。

朝倉が奥の男の顎を蹴り上げて昏倒させると、京介が別の男に背後から抱きついて首に腕を食い込ませて締め上げた。

「殺すなよ」

朝倉は京介の腕を軽く叩いた。

「分かっている」

頷いた京介は、腕を緩めてペルシャ語で男に声をかけた。声を上げるなとでも言ったのだろう。

「民兵の数を聞いてくれ」

朝倉は男の前にしゃがんだ。

京介はペルシャ語で質問したが、男は黙っている。

「偉そうに、黙秘か」

「代わろう。この男に銃口を向けてくれ」

朝倉は右手で男の首を鷲摑《わしづか》みにし、片手でそのまま持ち上げた。体重は七十キロもないだろう。爪先立ちになった男は、顔を真っ赤にして苦しみ出した。

京介は肩に掛けているＡＫ７４を外し、男のこめかみに銃口をぴたりと付けた。

朝倉が右手の力を緩めると、男は咳《せ》き込《こ》みながら何か言った。

「八人らしい」

すかさず京介が答えた。

「意外に少ないな。車が何処《どこ》に隠してあるか、聞いてくれ」

新たな質問を京介が通訳する。

男がすぐに返事をしたが、答えが気に入らなかったのか、京介は男のこめかみを銃口で突いてまた同じ質問をした。

「車を運転してきた兵士が他の場所に行ったために、車はないそうだ」

京介が眉間に皺を寄せて言った。予想より兵士が少ないのは、三台の車とともに立ち去ったためらしい。

「車は使えないということだな」

朝倉は苦笑した。行動を起こした以上、早急に脱出する必要がある。前回は、基地まで数キロの地点で発見されている。夜明けまでの約九時間で、どこまで行けるかが問題だ。だが、コンパスも地図もない状況で逃げることはできない。

「どうしたら、いいんだ？」

京介が苛立ち気味に言った。

「武器と通信手段を確保する。それしかないだろう」

朝倉はふんと、鼻息を漏らした。

3

午後七時四十分。朝倉と京介は、拷問を受けた建物の裏に隠れている。

これまで村の南側に位置する比較的小さい二つの家を朝倉らは急襲した。家のサイズから素手で対処できる人数がいると予測したからだ。案の定、二軒で五人の農民を拘束した。そこで、捕まえた農民を尋問したところ、北側にある拷問を受けた建物の左右に、向かい合わせになる形で立っている二つの家に民兵は四人ずつ暮らしているという。村は北側が民兵、南側が農民という住み分けがされているようだ。

こちらの武器は、見張りから奪ったＡＫ７４が一丁だけである。一人が銃を構えて突入しても、援護ができない以上、四人の民兵を襲撃することは、リスクが大き過ぎる。また、それぞれの建物は、二十メートル以上離れているが、襲撃で銃撃となった場合、別の家から民兵が繰り出してくることは目に見えている。まずは、二人とも銃で武装するのが最低条件なのだ。

朝倉は孤立した民兵から武器を奪うことを考えた。二人のいる場所のすぐそばに、三方を高さ一メートル弱の日干し煉瓦の壁で囲まれたトイレがある。ドアもなく、穴が掘られただけの簡易なものだが、村にトイレは、北と南の二箇所しかないらしい。そのため、民兵が寄宿する家のすぐ近くのトイレで待ち伏せしているのだ。待っていれば、必ず民兵は一人、よくいう連れションだとしても、少人数で現れるだろう。

二人がいる場所の右手にある建物から、男が一人で出てきた。

すぐ隣りで様子を窺っていた京介が舌打ちしている。男が素手だからだろう。

男は口笛を吹きながら、近づいて来る。

朝倉は男が目の前を通り過ぎた瞬間に背後から襲い、首を絞めて気絶させた。本業は警察官だと自覚しており、テロリストとはいえ武器を持っていない相手を殺す気にはなれない。

倒した男を調べ上げた京介が、男のベルトからサバイバルナイフをシースごと抜き取り、溜息を漏らした。この男も携帯電話を持っていないのだ。この村では電波が届かないので携帯していても仕方がないのだろう。

京介はおもむろにシースからサバイバルナイフを抜くと、振りかぶった。

「止めておけ」

朝倉は京介の右手首を摑んだ。

「こいつはタリバンの民兵だ。生かしておくことはない」

「少なくとも、今は戦闘中じゃない。殺せばただの殺人だ」

「甘いな」

京介はシースに戻したサバイバルナイフを渡してきた。奪ったＡＫ７４は、彼が使うように命じたからである。身を守る武器はもちろん欲しいが、京介はＡＫ７４をよく使うと聞いたので、朝倉が持つよりも役に立つと単純に考えただけだ。

「なるべく早くこの村を出発したい。この男が出てきた家を急襲する。援護を頼む。ただし、銃はなるべく使うな」

ナイトスコープを装着した狙撃銃があれば、敵の数が倍だろうと恐れることはないが、銃の照準だけというAK74同士の銃撃戦なら、使い慣れた者が圧倒的に有利である。だが、隠密に行動しなければ、生きてこの村を出られないだろう。

「分かっている」

京介は神妙な顔で答えた。

朝倉は男を後ろ手にすると、自分に使われていた手錠を掛けた。

「行くぞ」

左手の建物から見えないように、拷問された建物の陰になるように八メートルほど走り、右手の建物の壁に張り付く。屋外は月明かりで闇夜とは言い難い。どの家も窓はないが、用心に越したことはないのだ。

朝倉は振り返って京介を見て頷くと、ドアを開けて飛び込んだ。

灯油ランプの前で二人の男が、胡座をかいて雑誌を読んでいる。

駆け寄った朝倉は、左側の男の顔面を蹴り上げて昏倒させ、右側の男が突き出したナイフを左手で払った。農民と違って、攻撃的である。

銃声。

銃弾が耳のすぐ近くを抜けた。朝倉は右側の男の奥襟を摑んでひっくり返し、自分の盾にした。三人目の男が部屋の奥から発砲してきたのだ。

援護に就いていた京介が、反撃した。

部屋の奥の男が、顔面を撃ち抜かれて倒れた。近距離とはいえ、いい腕をしている。

「出入口に付け！」

朝倉は盾にした男の首を捻って昏倒させると、京介に命じた。

「了解！」

京介は張り切って返事をした。

朝倉は部屋の奥で倒れた男からＡＫ７４と予備のマガジンを奪うと、部屋の隅にある木製の棚を調べる。携帯電話や充電器などはあるが、朝倉のスマートフォンと〝Iridium GO!〟はなかった。

「ちっ！」

舌打ちした朝倉は、棚の下にあったスポーツバッグに手当たり次第詰め込んだ。

「敵だ！」

京介が叫ぶと同時に銃声がした。反対側の家にいた民兵が撃ってきたらしい。出入口は一つしかない。外からの攻撃が圧倒的に有利だ。

朝倉は部屋の奥にある棚を手前に引き倒し、出入口の壁まで下がった。

「京介、俺は外から敵を撃つ」

「だったら、早くしてくれ」

京介は反撃しながら叫んだ。

朝倉は全力で駆け出し、棚を退《ど》けた後ろの壁に体当たりした。

「くっ！」

痛めた脇腹が悲鳴を上げたが、壁にヒビを入れることはできた。

朝倉は再び出入口まで後退すると、全力で壁にぶつかる。鈍い音とともに日干し煉瓦の壁の真ん中が突き抜けた。

「京介、踏ん張れ！」

言い残した朝倉は、足で壁を蹴って穴を広げ、抜け出した。建物の裏側から暗闇を走り、拷問を受けた家の裏側を通って敵の側面に出る。四人の男が二十メートル離れた建物の陰から銃撃していた。この位置から狙撃すれば、確実に二人を仕留められるが、二手に分かれており、残りの二人は建物の反対側にいるため狙うことはできない。

朝倉は思い切って左隣りの建物の裏側に走った。京介が銃撃を続けているために敵は朝倉に気付いていない。

まずは建物の右側の男たちに狙いを定める。手にしている銃は、ＡＫ７４である。使用する五・四五ミリ弾は貫通力が高く、殺傷力を高めるために体内で弾丸が横転するように設計されている。

朝倉は照準を敵の頭部ではなく、あえて右肩に合わせて撃った。死亡させなくても、右肩を負傷すれば、戦闘不能になるからだ。それで充分である。

続けて二人目の右肩も撃ち抜くと駆け寄って、もがいている二人の後頭部をストックで殴りつけて気絶させた。二人ともまさか背後から攻撃を受けるとは思ってもいなかったのだろう。まったくの無警戒であった。

銃声が止んだ。

建物の左側から二人の民兵が、駆け出した。京介はやられたのか、反撃しない。

「フリーズ！」

朝倉は大声で叫び、男たちの後ろに立った。

男たちは立ち止まると、振り向きざまに撃ってきた。

朝倉は膝立ちの射撃で、男たちの頭部を正確に撃ち抜く。距離は十メートル、相手にもチャンスはあったはずだが、男たちは腰だめに発砲していた。そんな弾に当たるのは、交通事故に遭うようなものである。もっともこんな近距離での銃撃戦では、誰しも冷静に撃つことなどできないだろうが。

朝倉は京介の元に急いだ。

4

京介は出入口近くの壁際で、右手で左肩を押さえて座り込んでいた。

「大丈夫か！」

「遅いよ。まったく。弾切れだったんだ。危うく死ぬところだったぞ」

朝倉が声を掛けると、京介は笑って見せた。銃撃を止めたので、撃たれて重傷かと思ったが、弾切れが原因だったらしい。撃たれた後も応戦していたようだ。

「傷を見せてみろ」

朝倉はサバイバルナイフで、京介の戦闘服の肩口を切り裂いた。

「たいしたことないだろう」

京介は余裕の顔をしている。何度も撃たれたことがあるのだろう。

「これは縫わなきゃダメだな」

銃弾は左肩を掠めており、七センチほどだが、傷口はぱっくりと開いて血が流れている。このままでは、感染症にかかる恐れもあった。

「そうか。ちょっと、待ってくれ」

京介は右手で戦闘服のボタンを外して服の中に手を突っ込むと、朝倉が隠し持っている防水ウエストバンドに似た物を取り出した。

「この中に針と糸が入っている。縫ってくれ」

ウエストバンドのファスナーを開けると、二冊のパスポートと百ドル紙幣、密封された透明の袋に外科用の針と糸、それに抗生物質の錠剤が入っている。

「いつも持ち歩いているのか？」

朝倉は袋から針と糸を取り出しながら尋ねた。

「傭兵代理店から支給された装備品だ。基本的に傭兵は孤立無援、負傷したら戦場に取り残されることも覚悟しなきゃならない。最低限パスポートも本物と脱出用の偽造と二冊を携帯する。正規軍とは違うからな。そのほかにも鍵を開けるためのピッキングツールなんかを隠し持っている仲間もいる。俺たちの必需品なんだ。これで何度も助けられているんだ」

「なるほど」

朝倉は苦笑した。自衛隊の海外での平和活動は様々な制約がある。というかまともな交戦規定もないため、応戦することもままならない。攻撃されれば、孤立無援になるのは目に見えており、傭兵と変わらないのかもしれない。

「痛いが我慢しろ」

朝倉は京介の肩の傷に先の曲がった針を通し、開いた傷を閉じていく。銃創はナイフの傷と違って切断面が荒いので、縫い目の間隔を短くして断面を揃えないと傷痕が醜く残る。結局、十三針ほど縫って傷口を閉じ、サバイバルナイフで余分な糸を切った。

「なかなか上手だな」

傷口を見て京介が感心している。

「ずいぶん昔だが、訓練は受けている。だが、人間を縫ったのは、はじめてだ」

「本当かよ。俺は不器用だから、自分で縫うと傷口が曲がってしまうんだ」

朝倉は部屋の中を探して清潔と思われる布を見つけ出し、京介の傷口に当てた。また、別の布を細く引き裂いて包帯の代わりに巻いた。これで、抗生物質が効けば、悪化は防げるだろう。

「五分後に出発する。それまで休んでいろ」

「サンキュー」

京介は大きく息を吐き出すと、壁にもたれかかった。今はまだアドレナリンのせいで痛みはさほど感じないが、そのうち激痛に変わるだろう。必要なだけ休ませてやりたいが、今はできるだけ脱出後の距離を稼ぎたいのだ。

朝倉は向かいにある民兵が使っていた建物に入った。ここも他の建物と同じで、家財道具はほとんどない。奥に棚があるだけだ。棚には民兵の携帯電話やＡＫ７４の予備マガジンはあるが、朝倉と京介のスマートフォンはない。ハミールが持ち去ったのかもしれない。

「参ったな」

頭を掻きながら振り返ると、出入口脇に四つのバックパックが並べてあることに気が付いた。中には服や下着やペットボトルの水が入っている。この部屋を使っていた民兵の私物なのだろう。

とりあえず四つのバックパックの中身をすべて床に出し、二つのバックパックにペットボトルや弾薬、それに床に置かれている食べかけの〝ボロニ〟も詰め込んだ。また、民兵の携帯電話もすべて回収した。帰ってから電話番号を調べることで、彼らの麻薬ルートを解析することができるからだ。

「おっ！」

床にぶちまけた服の下から地図とコンパスが出てきたのだ。

拳を握りしめた朝倉は、地図とコンパスを拾い、二つのバックパックを担いで家を出た。

元の建物に戻ると、京介は床の上に大の字になって眠っていた。

朝倉は民兵から奪った腕時計で時間を確認した。午後八時十分になっている。

「京介、出発するぞ。起きろ！」

朝倉は京介の右肩を揺すった。

「……もう五分たったのか」

京介は目を擦りながらも立ち上がった。痛み止めは飲んでいないが、傷を気にする素振りはみせない。痛みに強いというより、鈍感なのだろう。

持参したバックパックを京介に渡した朝倉は、自分も背負い、右肩にＡＫ７４のスリングを掛けた。

「これから夜通し歩くぞ」

朝倉は空挺団時代の百キロ行軍を思い出し、苦笑した。

フェーズ7：砂塵の掟

1

午後九時、朝倉と京介は、〝ゴルザール〟村の西に位置する名もなき岩山を登っていた。

川床に沿っている悪路を北に向かえば、国道に出ることは分かっている。だが、村に戻る敵に遭遇したら、隠れる場所もないため、交戦は必至となる。それに悪路とはいえ、足跡を残す可能性があった。夜が明けたら、簡単に追跡されてしまうだろう。その点、岩山なら、足跡は残らないはずだ。

岩山の標高は六百メートルほどだが、ライトは使えないので月明かりを頼りに進んでいる。

三十分後、二人は山頂に辿り着いた。

〝ゴルザール〟村は東側の眼下の闇に埋もれており、西側は月明かりに照らされた砂漠が海のように広がる。

国道から距離をとって砂漠を西北に四十キロ進み、荒れ地を十四キロ北に行けば、カンダハール空軍基地に着くことができる。地図上では五十四キロの距離だが、夜明け前に砂漠を抜けなければ命取りになるだろう。

「休憩するか」

朝倉はバックパックからペットボトルを出すと、口を付けずに水を飲み、京介に渡した。村からは二キロほどの距離を歩いたに過ぎないが、岩山は足場が悪く、出発してから五十分ほど時間が掛かっている。

「サンキュ」

岩の上に腰を下ろした京介も、口を付けずに水を流し込む。一度に飲みきるならともかく、直接ボトルから飲むと、口の中の雑菌が繁殖してボトル内の水が腐る。サバイバルする上での兵士の常識ともいえよう。

京介は一口飲むとペットボトルを返してきた。肩と脇腹の傷が痛むはずだが、顔にけっして出さない。朝倉も左脇腹が痛むが、平気な顔をしている。兵士とはそういうものだ。

朝倉は、ペットボトルをバックパックに戻した。

村で五百ミリの未開封のボトルを六本手に入れている。一人、一・五リットルあるが、夜が明けたら、気温は四十度近くになるため、身体中の水分はあっという間になくなるだろう。節約して飲まなければならない。

銃声。

足元に銃弾が跳ねた。

「伏せろ！」

朝倉は京介を岩陰に押しやった。

「追手が来るとはな。殺しておかなかったからだ」

京介が苦笑している。

村で気絶させた民兵が追ってきたのだろう。肩を撃ち抜いた連中もいるかもしれない。

とはいえ、電波が通じないこともあるが、彼らの携帯電話機はすべて朝倉が持っているので、仲間に通報された可能性はないはずだ。だが、追手を確実に始末しなければ、村に戻ってきた仲間に逃走経路がばれてしまう。

朝倉は岩陰から眼下に向かって発砲した。

途端に三箇所から反撃された。追手は、今のところ三人らしい。

「ここで奴らを引きつけろ」

「了解」

京介は腹ばいになって銃を構えた。

朝倉は後方の斜面を駆け下りた。眼下に向かって発砲したのは、マズルフラッシュで敵の位置を確認するためである。敵は山の東側の斜面に散開していた。とりあえず相手と同じ高さまで斜面を下り、北側から回り込んで敵の側面から攻撃するつもりだ。

銃撃音が散発的に聞こえる。京介は朝倉の意図を汲《く》んで、相手を引きつけるとともに敵を移動させないようにしているのだろう。

数十メートル下の岩場から尾根を越えて東側の斜面に移動する。敵はまだ気が付いていないはずだ。

山頂からの銃声の後に、数メートル先と十二、三メートル先にマズルフラッシュが見えた。三人目は確認できないが、山頂を降りる前は、南側の奥にいたはずだ。

ＡＫ７４を肩に掛けてサバイバルナイフを抜くと、足音を忍ばせて岩陰で銃を構える民兵に近付いて、背後から左手で男の口を塞ぎ、同時にナイフで喉を掻き切る。

朝倉は男を岩陰に転がすと、七、八メートル先の民兵に近寄った。高い岩の上から六十メートルほど離れた山頂の京介を狙っている。狙撃するのは簡単であるが、三人目の民兵に気付かれてしまう。だが、目の前の男は、三メートルほどの高さがある足場の悪い岩の上に中腰で立っている。少なくとも背後から襲うのは難しい。

男の背後を抜けた朝倉は、斜面をよじ登った。右側は勾配《こうばい》がきつい斜面なので、登ることができない。斜面の上からだが左側面を攻撃する方が安全性は高く、銃を奪うことも簡単である。

民兵の三メートルほど上の斜面まで回り込んだ。あとは気付かれないように近付けばいい。

　朝倉は一歩一歩慎重に斜面を下りる。

「……………！」

　頬をぴくりと痙攣《けいれん》させた。右足を載せた岩がぐらついたのだ。

　――まずい！

　後退しようとしたが、遅かった。朝倉は足元の岩とともに斜面をすべり落ちた。

　驚いた民兵が、銃を向けると同時に発砲。

　銃弾が右頰を掠めるように抜けていった。

　舌打ちした朝倉は、斜面を蹴って男に飛び掛かる。

　朝倉と民兵は急な斜面を団子状態で十数メートル転がり、大きな岩の上で弾んで空中に放り出され、数メートル下の岩場に叩きつけられた。

「くっ！」

　頭がふらつき、肩と腰に痛みが走った。それでも半身を起こして民兵を探すと、三メートル下に横たわっていた。壊れた人形のように、頭と足があらぬ方向に曲がっている。死を疑う必要はないらしい。男に飛びかかって斜面を転がりながら相手を引き寄せ、自分の頭を守ったことが功を奏したようだ。もっとも頑丈が売りなだけに、これしきのことで壊れることはない。

また、朝倉のＡＫ７４はスリングが切れて崖の途中でなくなったが、民兵の銃はまだ体から離れていない。そのため、銃が凶器になった可能性もある。朝倉には運があったということだ。

斜面の上から銃声がした。京介と残りの民兵はまだ闘っているらしい。

「待っていろよ」

朝倉は痛みを堪えて立ち上がった。

2

ＡＫ７４を構えた朝倉は、月明かりに照らされた斜面を慎重に進んだ。

朝倉は自分の銃を紛失したため、斜面を転げ落ちて死んだ民兵の銃を使っている。

束の間銃撃戦が止んだ岩山は、静寂に包まれた。

銃撃がなければ、三人目の民兵を見つけることができない。

月明かりで岩山の輪郭は分かるが、岩陰や窪《くぼ》みは真の闇に包まれていた。朝倉も月明かりに照らされないように、岩陰の闇を伝うように移動している。

山頂から銃声。京介が発砲したのだ。

前方から銃声。

——見つけたぞ！

一瞬だが、二十メートル先のマズルフラッシュで、右肩に包帯を巻いた男の姿を確認できた。

朝倉が右肩を撃ち抜いた男である。戦闘不能にしたつもりだが、そうではなかったらしい。

二十メートル先の民兵はまだ仲間がやられて一人になったことは、気付いていないようだ。京介が囮になっていることも知らずに応戦している。

朝倉は銃を構えたまま斜面を駆け上がった。

銃声が止んだ。

夜間の銃撃戦では、撃った直後に姿勢を変えるのが常識だ。京介も民兵も照準だけで相手のマズルフラッシュを狙撃している。これで敵を倒せるのなら、お互い奇跡と思っているはずだ。だが、応戦するのは、相手を寄せ付けないためでもある。追手である民兵らは、最初の一撃で朝倉らを倒せなかった段階で、襲撃が失敗したのと同じなのだ。

敵の姿がまた闇に消えた。だが、潜んでいた窪みから抜け出してはいない。朝倉は民兵の残像に向かって進む。

京介がまた発砲した。銃弾は民兵がいる窪みで跳ねて土煙を上げた。毎回、少しずつ狙いを変えている。上から狙っている分、京介の方が有利である。民兵はそのうち当てられると、焦っているはずだ。

窪みの十メートル手前に迫った。

民兵が応戦し、闇が一瞬照らされる。

男の姿を頭に刻みつけた朝倉は、窪みの中心に向かって銃撃した。手応えはない。

前方の闇が光った。

銃弾がこめかみ近くを通過する。民兵に気付かれてしまったようだ。

朝倉は民兵の残像を銃撃し、右に移動した。

闇が再び炎を上げる。

銃弾が左肩の戦闘服をわずかに掠めた。朝倉が移動したことを計算して撃ってきたらしい。なかなかいい腕をしている。

だが、朝倉は民兵が銃撃した直後に左に移動したことを見逃さない。

残像の左に向かって連射し、その場に跪いて銃を構えた。

反撃はない。

罠かもしれないが、立ち上がった朝倉は銃を構え、ゆっくりと民兵がいた窪みに近付く。

窪みを覗くと、男が仰向けに倒れていた。胸と頭に一発ずつ命中している。即死だったに違いない。

「京介！　クリア！」

朝倉は大声で呼び掛けた。無線機もないなかで、同士討ちを避けるためである。

「了解！」

京介が元気よく答えた。

朝倉は倒した男から予備のマガジンを取り上げると、来た道を戻って死んだ他の民兵からも予備のマガジンを回収した。基地に帰還するまで交戦がないとは言い切れない。銃弾はいくらあっても邪魔にはならないのだ。回収したマガジンを抱えて斜面を登り、山頂に戻った。

京介はまだ眼下に銃を向けて警戒している。少々性格上の問題はあるが、この男は生粋の兵士だ。リスペクトする価値はある。

「怪我はないか？」

「俺よりも、自分の心配をした方がいいんじゃないのか？」

京介は袖口で顎を拭って見せた。

手の甲で顎を拭うと、べっとりと血が付いてきた。斜面を転げ落ちた際に切ったらしい。自衛官時代に合同演習で会った米兵から、戦闘から戻ってきた兵士が大怪我に気付かずにシャワーを浴びて、直後に失神してしまったと聞いたことがある。負傷すると体内にアドレナリンが放出されるため、怪我をしたことに気付かないことがあるのだ。

「そうらしい」

苦笑した朝倉は、足元に置いてあったバックパックからタオルを出して血を拭き取った。顎を触るとはじめて痛みを感じた。斜面で転がる途中で、民兵と接触して切ったのかもしれない。出血はしているが、たいした傷ではないようだ。

「今度は、片付けてきたか？」

京介が念をおしてきた。

「大丈夫だ」

朝倉は倒した連中から奪った三本のマガジンを京介に渡した。回収したのは五本である。マガジンは三十発入りで、京介は一本以上使ったはずだ。

「サンキュー」

破顔した京介は、自分のバックパックにマガジンを仕舞った。

「出発するぞ」

腕時計を見た朝倉は、西側の斜面を下りはじめた。午後十時を過ぎている。三十分近く時間を無駄にした。遅れを取り戻さなければ、砂漠で太陽に焼かれることになる。

「了解！」

張り切って答えた京介は、斜面を駆け下りた。

3

午前二時二十分、バグラム空軍基地に長距離バスの〝グレイハウンド〟の愛称を持つ小型輸送機Ｃ２が着陸した。

軍事作戦を行っている空軍であれば未明の発着があってもおかしくはない。だが、着陸したのは、胴体がグレーにペイントされているだけで、空軍を示すマークはなく、代わりに荒鷲のイラストがペイントされた民間機であった。

短い距離で着陸したＣ２は管制塔の近くにある格納庫のエプロンまで進んだ。

「米軍から払い下げられた輸送機でしょうけど、民間の軍事会社がＣ２を運用しているとは、まったく、驚きですよ」

格納庫の前に立つＮＣＩＳのマルテスが、唸るように言った。

「イラクに支局を出している米国の傭兵代理店が所有するＣ２らしい。私も驚いたよ。チーフに聞いたら、紛争地じゃ、珍しくないらしい。未だに、彼らは米軍の代わりに危険地帯への輸送や戦闘を肩代わりしているそうだ。だから、軍事会社や傭兵代理店に巨額な資金が流れている。装備が充実しているのも当然らしい」

腕組みをして輸送機の着陸を見つめていたブレグマンが答えた。チーフとは、ハインズのことである。

「それにしても、チーフの顔の広さに驚きましたよ。ミスター・朝倉の救出に傭兵を雇うとは。なんせ、潜入捜査中ということもありますが、日本の警察官の捜査に米軍は動いてくれませんからね。拉致されたのが、テリーとウィリーのチームだったら、間違いなく米軍は総力を挙げて探すはずですが。同盟国といっても日本は、所詮他国ですからね」

マルテスが首を左右に振った。テリー・ダフィーとウィリー・エスコバーは、デヨング中尉ではなく、グレガーソン少尉の護衛として潜入捜査をしている。朝倉らと立場が逆なら、米国人を救出するという絶対的な使命に米軍は動くだろう。

「私もそう思ってボスに確認したんだが、ボスは仲介しただけで、傭兵を送り込んできたのは、京介を派遣した日本の傭兵代理店らしいんだ。資金力があり、紛争地の傭兵の捜索や救出を傭兵に保証しているそうだ。米軍が保証する兵士への待遇と同じようなものだと思えばいいらしい。もっとも、それだけ、優秀な傭兵を揃えていると聞いたよ」

「ちょっと待ってください。ということは、派遣された傭兵の目的は、ミスター・朝倉の捜索じゃなくて、あの凶悪な顔の寺脇京介のためということですか？」

驚いたマルテスは、ブレグマンの顔を見た。

「そういうことだ。そもそも寺脇から定時連絡がないと、日本の傭兵代理店から直接問い合わせが、私にあった。それで、事情を説明したところ、代理店が独自の判断で派遣を決め、ボスに連絡をしてきたようだ。派遣されたのは五名で、腕利きの傭兵チームらしい。たった五名で何ができるのか知らないが、朝倉の捜索も保証するように改めて要請するつもりだ。もし、寺脇の死亡が確認された段階で、引き上げられても困るからな。ただし、彼らの報酬を出しているのは、ＮＣＩＳでも米軍でもない。日本の傭兵代理店の自腹だ。あまり強く言えば、高額な報酬をＮＣＩＳに請求される可能性もある」

ブレグマンは渋い表情で答えた。

「うちの予算は、渋いですからね。日本の警察が払うように交渉してはどうですか？　そもそもミスター・朝倉は、日本のスペシャル・ポリスですから」

「ボスもそれを考えていたようだが、肝心の日本とのパイプ役は、ミスター・朝倉なんだ。彼が不在ということで、日本の警察組織と協議ができていないらしい。今、ミスター・朝倉の上司に連絡をしているらしいが、まだ、繋がっていないようだ」

ブレグマンは大きな溜息を吐いた。彼は日本の傭兵代理店から派遣された傭兵の捜索チームに便宜を図るようにハインズから命じられている。

Ｃ２は二人の目の前に停止し、後部ハッチを開けた。

大きなタクティカルバッグを提《さ》げた男たちが、後部ハッチから続々と降りてくる。

エプロンの夜間灯が、五人の屈強な男たちを照らし出した。髪の短い壮年の男を先頭に、一癖も二癖もありそうな四人の男たちが、ブレグマンらの前に並んだ。

「よくいらっしゃいました。私はNCISの特別捜査官アラン・ブレグマンです」

ブレグマンは握手をしようと右手を差し出した。

「浩志・藤堂だ。現段階の情報を教えてくれ」

藤堂と名乗る男は流暢な英語だが、挨拶も抜きで本題に入ってきた。態度からして、傭兵チームのリーダーなのだろう。怒っているような口調で話す、いささか無礼な男である。

「朝倉と寺脇からの連絡が途絶えてから、十五時間経過した。我々も米軍も新たな情報は得ていない」

ブレグマンは、右手を引っ込めて憮然とした表情で答えた。

「朝倉？　京介が護衛を依頼された日本のスペシャル・ポリスのことだな」

藤堂は淡々とした表情で言った。寺脇のことを藤堂は、京介と呼んだ。個人的に親しいのかもしれない。

「そうだ。昨日の一一一〇時に、カンダハール空軍基地で寺脇が行方不明になったと、朝倉から連絡が入った。彼は、我々に応援要請をし、単独で寺脇の捜索をすると報告してきたのが最後だ。我々もカンダーハル空軍基地に急行して捜索を行ったが、見つけることはできなかった。基地から拉致されたことは間違いないだろう」

「京介が護衛していた朝倉という男は、何の捜査をしていたんだ？」

藤堂はブレグマンに鋭い視線を向けてきた。傭兵として長年紛争地で過ごし、数え切れないほどの死体を見てきたのだろう。底知れぬ冷徹な目をしている。

「すまないが、捜査内容は明かせない。ただ、朝倉の護衛をしている関係で、寺脇も潜入捜査に加わっていたことになる。事件に巻き込まれた公算は高い」

事件の発端は、沖縄であるが、捜査はアフガニスタンにまで広がっている。しかも、米軍内に問題がありそうなのだ。外部の人間に簡単に教えることなどできない。

「ＮＣＩＳが関わっているんだ、米軍内部の犯罪なんだろう。聞いても答えるはずがないぞ。俺は、ヘンリー・ワットだ。よろしくな」

藤堂の脇に立っていたスキンヘッドの男が、鼻先で笑うと、気さくに握手を求めてきた。ヒスパニック系だろうか、日本人でないことは確かである。

「アラン・ブレグマンだ。よろしく」

ブレグマンはワットと握手を交わした。ワットの手は節《ふし》くれ立って硬い。長年、銃を扱ってきた兵士の手である。

「要請したペイブ・ホークは、用意してあるのか？」

藤堂は命令口調で言ってきた。ペイブ・ホークとは、米空軍の戦闘捜索救難ヘリコプター、ＨＨ６０の愛称である。

「もちろん用意した。夜明けとともに出発できる」

「遅い。今すぐに離陸できるように手配するんだ」

舌打ちして藤堂は、ブレグマンを睨みつけてきた。

「馬鹿な。緊急事態でもないのに、パイロットを叩き起こすことはできない。そもそも戦闘や米兵の救援でもないのに夜間の飛行許可が下りるはずがないだろう」

ブレグマンは何度も頭を振って見せた。

「パイロットはいらない。ペイブ・ホークの使用許可だけもらうんだ」

藤堂は一歩も引かずに言い張った。

「浩志、こいつのいうことは正論だ。夜間の飛行許可は、基地司令官が直接出すんだ。だが、俺はこの基地に知り合いがいる。そいつに頼んでみるよ」

ワットが二人の間に入ってきた。

「本当か？」

藤堂がワットに尋ねた。

「多分、大丈夫だろう」

ワットが親指を立てて見せた。

「ちょっと、待ってくれ。そんなに急いで、二人の居場所が分かっているとでも言うのか？」

ブレグマンは呆れ気味に言った。国土のほとんどが荒れ地というアフガニスタンで闇雲に探しても意味がない。まして、有視界飛行ができない夜間では身動きは取れないはずだからだ。

「京介は、ＧＰＳ発信機を携帯している。少なくとも俺たちは、居場所は把握しているんだ」

「えっ！」

ワットの説明にブレグマンは仰け反った。

「この基地から南南西に五百十八キロの位置にいる。監禁されている可能性もあるから、救出は一刻を争う」

ワットはそう言うと、ポケットから衛星携帯電話機を出した。この基地の知り合いに連絡をするのだろう。

「事情は、分かったな」

腕組みをした藤堂が、険しい表情で念を押してきた。怒っているのではなく、苛ついていたようだ。

「ああ」

ブレグマンは、慌てて頷いた。

4

午前四時四十八分、砂漠の東に位置する岩山から赤い太陽が顔を覗かせた。

黙々と歩いていた朝倉は、自分の影が濃くなっていることに気付いて立ち止まった。

「時間切れか」

振り返って朝日を見た朝倉は溜息交じりに呟いた。夜が明ける前に砂漠を踏破するつもりだったが、地平線まで砂漠は続いている。

「どこまで、来られたんだ？」

すぐ傍を歩いていた京介は、膝《ひざ》を突いて腰を下ろした。

顔には出さないが、怪我の影響で体力の消耗が激しいのだろう。

出発してから小休止は入れたものの五時間以上歩き続けている。岩山を下りて荒れ地から砂漠に出るまで三十分ほどかけたので、砂漠を歩いているのは実質四時間半ほどだろう。

朝倉はバックパックから地図を出して拡げ、コンパスを端に載せて方位を合わせると、足元に置いた。周囲を見渡し、地形を確認する。砂漠の縁を歩いているので、岩山が目印になるのだ。

「砂漠を二十二キロ進んだに過ぎない。多少リスクはあるが、予定を変更して北西にショートカットすれば、あと二十二キロでカンダハール空軍基地に着くことができるはずだ。太陽が完全に上る前に砂漠を抜ける必要がある」

定規で測ることができないので正確には分からないが、おおよその距離を出した。自衛官時代は、地図とコンパスだけ持たされて行軍する厳しい訓練を何度も経験している。特に小隊の指揮官として行動する際は、地図を正確に読みこなさなければ、それだけで失格となるため必死だった。実戦で、地図を読み間違えて敵陣や地雷原に迷い込むようなことがあれば、命取りになるからだ。

「砂漠はあと何キロで抜けられるんだ？」

京介は砂漠に腰を下ろし、地図を見ようともしない。相当疲れているようだ。顔色もよくない。血糖値が下がっているのだろう。

「十キロほどだ。小休止するぞ」

朝倉はバックパックから残っていた〝ボロニ〟を出し、京介に渡した。前の休憩で彼は全部食べきっていた。

「いいのか？」

受け取った京介は、上目遣いで見ている。

「怪我人が食うものだ。それに俺は飢餓に耐えられるようにできている」

朝倉は頷いて見せると、二本目のペットボトルを出した。まだ、六分の一ほど残っている。

「サンキュー。恩にきるよ。すまない」

京介は頭を下げると、〝ボロニ〟を貪《むさぼ》るように食べた。

「気にするな」

朝倉はペットボトルの水を飲み干した。後一本残っているが、基地に着くまでは手をつけないつもりである。京介は、すでに三本目のペットボトルを飲み始めていた。砂漠を抜けても荒れ地を十二キロ進まなければならない。ただ、基地の南側は荒れ地といっても、途中に農場もあるはずだ。地図には記載されていないが、農家があれば水や食料を分けてもらうことはできるだろう。

「朝倉さん、出発しよう」

〝ボロニ〟を飲み込んで立ち上がった京介は、言葉遣いを改めて言った。

「もう少し休んでいろ。それに変な言葉遣いは止めてくれ、気持ちが悪いぞ」

「俺は何十年も傭兵をやっている。正直言って、自衛隊上がりで警察官のあんたを馬鹿にしていたんだ。だが、朝倉さんは立派な軍人だし、人間的に尊敬できる。生意気な口を利くのはおかしいでしょう」

京介は頭を掻いて見せると、バックパックを担いだ。

「俺は尊敬に値する人間でもないし、言葉遣いは普通でいい。やり難くてかなわん」

苦笑した朝倉は、バックパックを背負いながら歩き出した。

午前五時、ブレグマンはパキスタンとの国境に近い村で藤堂浩志が率いる傭兵チームと共に捜索活動をしていた。

バグラム空軍基地を飛び立った戦闘捜索救難ヘリコプターであるペイブ・ホークに乗って、二十分ほど前に到着している。部下のマルテスも同乗させるつもりだったが、救出する朝倉と寺脇が負傷していた場合、横に寝かせた状態で搬送する必要上、余分に乗せるスペースはないと藤堂に断られてしまったのだ。そのため、ブレグマンは装備を整えて一人で乗り込んでいた。

夜間の離陸はもちろん、飛行さえ不可能だと思っていたが、ワットという傭兵が基地の副司令官に連絡し、彼が直接基地司令官に交渉して許可を得た。どうやらワットは米陸軍出身で、高級将校だったらしい。それがなぜ今は傭兵なのか理解しがたいが、藤堂と一緒に活動しているようだ。

不審に思ったブレグマンは、司令官に問いただしてみた。驚いたことに彼らは世界でもトップクラスの傭兵特殊部隊で、これまでも米軍と共同で作戦活動をしているという。メンバーの多くは日本人だが、ワットのように米軍出身者も参加しているらしい。そのため、現在も米軍に太いパイプを持っているようだ。

彼らがバグラム空軍基地に到着してわずか二十分で正副パイロットがスタンバイし、ペイブ・ホークは離陸している。もっとも、傭兵チームの中に熟練したパイロットがいるらしいので、機体さえ確保できれば、本当に操縦するつもりだったらしい。

ブレグマンは村の北側にある建物を藤堂と調べていた。建物周辺には、民兵と思われる死体が何体か確認されている。

建物は倉庫らしく、奥には建築資材などが積み上げられていた。だが、その他にも使用目的があったらしく、天井に鉄の杭が打たれており、そこからロープがぶら下がっている。また、中央に血の付着した椅子が置かれているので、拷問に使われていたことは明白だ。

「分かった。すぐ行く」

藤堂が耳元を指先で押さえながら会話をしている。彼らは米軍の特殊部隊が使うような高性能な無線機とスロートマイクを使用しているのだ。

装備は、砂漠での闘いでは米軍が使用するアサルトライフルは信用できないという理由で、テロリストが使うようなストックが折り畳めるAK74Uや、ナイトスコープを装着したAK74Mを装備し、ハンドガンはグロック19を全員携帯している。また、アフガンストールを首に巻きつけているあたりから、砂漠での実戦経験が豊富であることは一目瞭然である。

無線連絡を聞いたらしい藤堂は、何の説明もなく、隣りの建物に向かった。ブレグマンは仕方なく付いて行く。

「藤堂さん、これを見てください」

背の高い男が、手に持っていた紺色のパスポートを藤堂に渡した。宮坂大吾《みやさかだいご》という男で、〝針の穴〟と呼ばれる狙撃の名手らしい。チームのメンバーは、バグラム空軍基地からペイブ・ホークに乗り込む前に紹介されていた。

藤堂とワット、宮坂の他にヘリコプターだけでなく飛行機の操縦もできるという〝ヘリボーイ〟のニックネームを持つ、田中俊信《たなかとしのぶ》、それに追跡と脱出のエキスパートで〝トレーサーマン〟という異名を持つ、加藤豪二《かとうごうじ》の五人である。

「だから、位置が止まっていたのか」

パスポートを調べた藤堂は、舌打ちした。

「それから、こんな物も落ちていた」

隣りに立つワットが、血の付いた布切れと、黒い糸を見せた。糸は手術用の縫合糸らしい。

「二人のうちどちらかは負傷しているようだな」

藤堂は渋い表情になった。

「縫合セットを出した際にパスポートを落としたんですね。相変わらず、ドジなやつですよ」

宮坂が首を左右に振っている。

「すまないが、説明してくれないか？」

端《はた》で聞いていたブレグマンは堪《たま》らずに尋ねた。三人の会話が理解できないのだ。

「俺たちは、緊急時に備えて、特殊なウエストベルトにパスポートや手術用の縫合セットなどを隠して持っている。日本のパスポートにはＩＣチップが内蔵されていることは知っていると思うが、我々のパスポートには、さらにＧＰＳ発信機である極小チップも埋め込まれているんだ。にもかかわらず、京介は、縫合セットを出す際に、パスポートを落としたらしい。我々はパスポートのＧＰＳ信号を拾ってここまで来たが、奴はこの村にはもういないということだ」

宮坂は険しい表情で説明した。腹を立てているようだ。

「あいつのことだから、パスポートにＧＰＳチップが埋め込まれていることも忘れているんじゃないのか。さもなければ、慎重に扱うだろう」

ワットが呆れ顔で言った。

「負傷したとしても、この村にいた時点では、生存しているということだな」

ブレグマンは大きく頷いた。村に転がっている死体の状況からして、脱出を試みて交戦したことは間違いなさそうである。だが、その後、別の場所に連れ去られた可能性も充分考えられた。

「状況からして、数時間前にここを出ているはずだ」

藤堂は広場に転がる死体を調べている。鑑識の知識があるらしく、死体の死後硬直の状態から五、六時間前に死亡していると判断していた。ブレグマンも死体を調べた結果、同じ結論に辿りついたのだ。

「そうか。今、行く」

藤堂がまた無線連絡を受けている。彼はブレグマンと組んでいたが、仲間をワットと宮坂、それに加藤と田中の二つに分けて捜索させていた。

建物を出た藤堂は、村の西側に向かい、二百メートルほど離れた荒れ地で加藤らと合流した。

「足跡が残らないように、京介と朝倉さんは硬い地面を選んで岩山の方角に向かったようです。また、それとは別に三名の足跡が確認できました。おそらく追手でしょう」

加藤は地面に僅《わず》かに残った足跡らしき物を指差した。肉眼で見てもよく分からないのに加藤という男は、朝倉と寺脇、それに三人の追手の足跡まで見つけたらしい。

「追手は、三人か。京介と朝倉は、村からは脱出できたようだな。俺と宮坂と加藤は、京介らを追う。ワット、田中、それにブレグマン、おまえたちは、ヘリに乗って岩山の反対側を調べてくれ。ここに留まれば、テロリストの仲間が戻ってきたら面倒だからな」

藤堂は仲間に命じると、加藤を先頭に岩山に向かった。

「お言葉に甘えて、俺たちはヘリで楽をさせてもらおうか。行くぞ」

ワットは陽気にいうと、ブレグマンを手招きした。

「……了解」

まるで手下扱いされたブレグマンは、苦笑するほかなかった。

5

午前六時五十分、朝倉と京介は、まだ砂漠を歩いていた。

太陽は未だ低い位置にあるのだが、気温は三十七度まで上がっている。二人とも〝ゴルザール〟村で失敬してきた服を頭に巻いて、直射日光を避けていた。

「うん？」

朝倉は足の裏の感触が変わったことに気が付いた。足元は砂漠と変わらないが、砂の上を歩く時とは違って反発力がある。砂は被っているが、硬い地面の上を歩いているということだ。それに数百メートルほど先にある窪地に雑草が生えている。

「砂漠を踏破したんだ」

京介が小躍りした。彼にも分かったらしい。

「小休止」

朝倉はバックパックを下ろし、胡座をかいた。夜通し歩いて来たのだ。急がなくても昼前にはカンダハール基地に到着できるだろう。

「ありがたい」

京介は膝を折って座ると、バックパックを担いだまま仰向けになった。負傷しているにもかかわらず、よく頑張っている。朝倉も拷問で受けた脇腹の怪我だけでなく、崖から滑落した際の打撲で全身が痛んだが、歩き続けた。京介が不平を一言も漏らさなかったことが、励みになった。一緒に闘えば、絆《きずな》が生まれる。彼とは今や固い絆で結ばれていると言っても過言ではない。

朝倉は地図を出して現在位置を確認した。予定通り、カンダハール基地まで残り十二キロの地点まで、辿り着いたようだ。

「ここも、携帯の電波は届かないようだな」

京介は独り言のように呟いた。

「無理だろうな。コースからは外れるが、西に数キロ進めば、農場がある。そこなら電波は入るかもしれない」

背後は砂漠、前方は荒れ地で風景にたいした変化はない場所である。人が住めないような場所では基本的に電波は届かないのだ。

「無駄か」

京介はいつの間にか携帯電話機を手に持っていた。

「村で手に入れたのか?」

「民兵の携帯電話機だ。電話が通じれば、傭兵代理店に救援要請するつもりだった。傭兵代理店は紛争地でも負傷した場合、救援を受けるサービスをしてくれる。俺を派遣したのは、日本の代理店だが、現地の代理店にそれを委託するんだ。もっとも契約の時点でそのサービスが含まれるかどうかで違ってくる。後で救援に掛かった経費を請求される場合が、ほとんどだ」

京介は苦笑してみせた。

「意外としっかりとした会社なんだな」

紛争地に人材を無責任に派遣するだけかと思ったら、違うようだ。

「中東紛争がきっかけで、世界中に傭兵代理店や軍事会社ができている。もちろんいい加減な会社も沢山あるけど、ブラックな会社は口コミで業界に流れる。だから、傭兵を大切に扱っている会社は、生き残れるんだ。だが、危険な仕事だから、ハイリスク・ハイリターンの原則は当然ある。高額な報酬を出す仕事は、やっぱりブラックだよ」

京介は声を出して笑って見せた。

「今回の仕事は?」

「一日二万円、諸経費込みだ。戦闘があれば、ボーナスが出る。小遣い稼ぎだと思って受けた。チームはイラクでの仕事を受けていたんだ。長期契約で、途中で俺は交代することになっていた。交代したばかりで、ちょうどよかったんだがな。もし、救援要請をして経費を請求されたら、朝倉さんの方で立て替えてくれないか」

京介は上目遣いで言った。仕事をキャンセルして来たのではなく、ちょうど体は空いていたようだ。傭兵の相場で一日二万円は高いのか安いのか分からないが、拷問を受けて銃撃までされたのでは、ボーナスが出ても割に合わないだろう。

「その時は、うちの組織で支払う。だが、まずは自力で帰還することを考えろ」

朝倉は鼻先で笑った。

荒れ地といっても砂漠と違って足元はしっかりしている。歩行速度を分速八十メートルで計算しても、十二キロなら二時間半で基地まで到着することはできるだろう。

「うん？」

右眉を吊り上げた朝倉は、立ち上がった。

「どうしたんだ？」

京介が怪訝《けげん》な表情をしている。

「砂塵だ」

険しい表情になった朝倉は、北の方角を指差した。北の地平線に砂塵が立ち上っている。車が近付いてくるようだ。昨日、覚えた教訓がある。砂塵を見たら敵と思えということだ。

「追手か？　いや、反対方向から来る。何なんだ？」

「待てよ。京介、その携帯の電源はずっと入っていたのか？」

朝倉は〝ゴルザール〟村で民兵の携帯電話機を回収したが、すべて電源を切ってバックパックに入れてある。

「そうだが、通話圏外なら、ＧＰＳ信号も拾えないはずだ」

京介は朝倉に持っていた携帯電話機を渡した。

画面を見ると、アンテナの信号は立っていない。電話機の本体は、二つ折りの旧式の携帯電話機である。二〇一八年四月に、高レベルの電磁波を放出しているという理由でリコールされたフランスの通信大手〝オレンジ〟で扱っている中国製の〝Hapi 30〟と形が似ている。

中国製の通信機器は、高機能で安価を売り物としているが、電磁波が異常に強力なものが多く、しかもスパイウェアが製造時に仕込まれていると、米国政府は警告を発している。

「だが、用心するに越したことはない」

朝倉は携帯電話機の電源を切らずに砂漠目掛けて投げ捨てた。迫ってくる車がＧＰＳ信号を追っているのなら、投げ捨てた携帯電話機に向かうだろう。

「すまん。迂闊《うかつ》だったよ」

京介も立ち上がり、肩から下げているＡＫ７４とバックパックを担ぎ直した。

「迎え撃つぞ！」

朝倉は窪地に向かって駆け出した。

6

午前七時十分、朝倉と京介は、腹ばいになり息を潜めてＡＫ７４を構えていた。十分前に発見した砂塵は、今や肉眼で三台の車が確認できる。距離は二百メートルと迫っていた。

朝倉らがいる場所は涸れた川床の一部なのだろう。直径二十六メートル、深さ一メートルほどの窪地で雑草が周囲に生えており、同じような窪地が周囲にいくつかある。京介が持っていた携帯電話機を捨てた場所からは、二百五十メートルほど離れていた。

「撃つなよ」

朝倉は傍らの京介に言った。

先頭車両の運転手を狙撃することはできるだろう。だが、どこから撃ったのか敵に知られてしまう。一台に四人ずつとすれば、十人以上を相手にすることになる。窪地にいるとはいえ、たいした障害物もないので、圧倒的に不利であることに変わりはない。

そもそも、車に乗っているのが、敵かどうかも確認できていないのだ。まさかとは思うが、民間人だったら取り返しのつかないことになってしまう。

「分かっている」

京介は腹立たしげに答えた。

三台の車は、数十メートル先を抜け、砂漠に向けて走り去った。

低い姿勢なので、砂塵《まち》を撒き散らしながら走る車の中を確認することはできない。

「砂漠に俺たちがいないことは、すぐバレるな」

京介は車が向かった方角に姿勢を変えて言った。車列は、朝倉が投げた携帯電話機の方角に向かっている。間違いなく敵であろう。

「連中が追手なら、すぐ気付くだろう」

携帯電話機のGPS信号を受信しているのなら、座標まで行けば、少なくとも一キロ四方は見渡せる。それで、諦めてくれれば、連中も立ち去るだろう。

足跡が残らないようにここまでやって来た。携帯電話機の位置からは二百メートル以上離れている。気付かれることはまずないだろう。もし、近くの窪地を探すようなことになれば、銃撃すればいいのだ。だが、交戦せずにやり過ごすことが一番である。

三台の車が砂漠の手前で停車した。はやくも、朝倉のトリックに気が付いたらしい。

「早く車を降りてこい」

京介は銃を構え直した。車までの距離は百八十メートル、ＡＫ７４の射程距離範囲内である。

「どうなっている？」

朝倉は首を捻った。

三台の車は動く気配はなく、まして、車から人が降りてくる様子もない。

「何かを待っているのか？」

京介も銃を下ろした。朝倉らが発見できなかったために、誰かの指示待ちをしているのかもしれない。だが、彼らはここまで、電波の圏外にもかかわらず携帯電話機のＧＰＳ信号を追って来たことは間違いないようだ。

「まさか」

空を見上げた朝倉は、両眼を見開いた。

上空に何かが光ったのだ。

「どうした？」

京介が不安げな表情で尋ねてきた。

「俺の見間違いじゃなきゃ、やつらは無人機で、俺たちを追っているのかもしれない」

上空で太陽の光を反射するのは航空機しかあり得ない。

「馬鹿な。やつらはタリバンだぞ。無人機なんか持っているはずがないだろう」

京介が笑った。

「米軍のグローバルホークを想像しているのなら、違うぞ。携帯できる小型無人機〝スキャンイーグル〟を知らないのか？」

〝スキャンイーグル〟は、米国のボーイング・インシツ社が開発した重量が十三・一キログラムという軽量小型の電子光学センサーを装備した無人機で、一度飛ばせば二十四時間の監視活動ができる。エンジンは小型の船外機エンジンと同じ2サイクル単気筒エンジンのため、価格も安く、メンテナンスも簡単である。

「待てよ、〝スキャンイーグル〟なら聞いたことがあるぞ。しかも、中東のテロリストの間では、デッドコピー機の〝ヤシール〟が流通しているそうだ。タリバンが持っていてもおかしくはない」

京介が悲鳴に近い声を上げた。

米国政府は否定しているが、二〇一二年十二月にイラン上空に潜入した米海軍の〝スキャンイーグル〟が、鹵獲《ろかく》された。イランでは即座にコピー機である〝ヤシール〟を量産し、翌年に革命軍に実戦配備するとともにロシアやヒズボラにも供与している。

イランがデッドコピー機を大量生産したことで米国政府の怒りを買ったことは言うまでもないが、公に抗議できないので米国はことさら核問題でイランを責めるのだろう。

「おそらく携帯のGPS信号を受信できる装置も組み込んであるはずだ」

GPS信号で特定された場所を中心に無人機が光学センサーの探索を行えば、朝倉らは簡単に見つけられるはずだ。

「それじゃ、見つかるのは時間の問題じゃないか！」

「いや、もう見つかったらしい。銃を構えろ！」

朝倉は銃を構え、前方の敵に照準を合わせた。

三台の車が、朝倉らに向かって動き出したのだ。

「くそっ！」

京介も銃を握りしめ、トリガーに指を掛けた。

「百メートル以内に入らせるな。運転手をまず片付けろ。今だ！」

朝倉は号令とともに銃撃し、先頭車両の運転手に銃弾を浴びせた。

同時に二台目の運転手を京介が銃撃する。二台の車は、蛇行《だこう》して三十メートルほど進んで停まった。

「俺は右、おまえは左だ！」

朝倉は右側に停まった車を、京介は左側の車を銃撃する。

三台目の車は、少し離れたところに停車し、四人の男が降りてくると、果敢に反撃してきた。

激しい銃撃に朝倉と京介は、思わず頭を下げる。

もっとも、それは予測されたことで、二人は匍匐前進《ほふくぜんしん》で窪地を数メートル移動し、雑草の隙間から銃撃を再開した。

敵の数は十三人ほど、そのうちの四人を倒している。だが、二人の攻撃もそこまでだった。数で圧倒する敵は、二手に分かれて二人を休みなく攻撃してくる。しかも車の陰に隠れているため、低い窪地からの攻撃では歯が立たない。

「くっ！」

朝倉は左肩に衝撃を受け、銃を下ろした。

「大丈夫か！」

京介が声を張り上げた直後、撃たれて後ろに仰け反った。

銃撃が止んだ。このままでは、敵が乗り込んで来る。

「まずい」

朝倉は移動し、雑草の隙間から銃を構えた。途端に凄《すさ》まじい銃撃に襲われる。二手に分かれていた敵が、朝倉に集中しているのだ。まともに銃を構えたら、蜂の巣にされてしまう。

体を引っ込めて天を仰いだ。もはやこれまでである。

雲一つない天気だが、砂が舞っているせいか、澄みきってはいない。なぜか脳裏に幸恵の笑顔が浮かんだ。彼女とは那覇の病院で別れてから、連絡を取っていなかった。朝倉と一緒にいてもいいことはないからだ。

「なっ！」

朝倉は体を起こした。空の片隅に黒い影が過《よぎ》ったのである。

銃撃音に続き、凄まじい爆発音。

雑草の隙間から覗くと、三台の車は左右から攻撃を受け、しかも空から軍用ヘリが機銃掃射をしている。救援部隊が駆けつけたらしい。

朝倉は京介の元に低い姿勢で移動した。

「しっかりしろ！」

京介の体の傷を確かめながら、朝倉は声を掛けた。

「今度は反対側の肩を撃たれた。俺に構わずに、敵を倒してくれ」

京介は苦笑を浮かべて言った。戦闘服を裂いて傷を確かめると、今度は銃弾が貫通していた。朝倉は頭に巻いていた服を京介の傷口に押し当てた。

「動くなよ」

朝倉は銃を手に取り、窪地の縁から外を見た。

迷彩戦闘服の男たちが、こちらに向かって駆けてくる。

慌てて銃を構えようとしたが、左腕に力が入らない。仕方なく、銃身を左腕に載せて構えた。

「撃つな！　敵はクリアした。銃を下ろせ！」

迷彩戦闘服の男が、日本語で叫んだ。

「助かった」

安堵《あんど》の溜息を漏らした朝倉は、その場にへたり込んだ。

フェーズ8：第三の男

1

翌日の午後、朝倉はC17の貨物室の床に敷かれた荷物用のマットの上に横たわっていた。

貨物室を管理している米軍の士官が、朝倉の姿を見かねて、用意してくれたのだ。顔面の腫れは引いてきたが、内出血した痕が赤黒くなってきたので、昨日よりも顔色は悪く見えるためだろう。壁面に備え付けのクッションのない椅子に座らずに済むため、遠慮なく横になっている。

昨日、タリバンの民兵との交戦で窮地に追い込まれた朝倉と京介は、藤堂浩志が率いる傭兵チームに救出された。三台の車に分乗し朝倉らを襲撃してきたのは、ハミールとその手下だと判明した。朝倉と京介が村を脱出したことを知り、追ってきたのだろう。

二人は救難ヘリコプターでバグラム空軍基地に搬送され、基地の病院で治療を受けた。

朝倉は左の肋骨のヒビと十二針縫った左肩の銃創以外は、いずれも軽傷であった。京介は両肩を銃で撃たれており、左の銃創は射出口が大きく開いていたために深手となったらしい。

朝倉は治療後、拉致されてから救出されるまでの経緯をブレグマンに口頭で報告している。朝倉と京介が拉致されたこともあり、アフガニスタンでのＮＣＩＳの捜査は本部から四チーム十六人の特別捜査官が送り込まれるなど、本格的になっていた。ただし、捜査が表面化すると、海兵隊だけでなく米軍全体がアフガニスタンで信頼を失いかねないため、極秘に進められている。そういう意味では前回、朝倉がかかわった事件と似ていた。

昨年米国の軍事コンサルタント会社〝バックギャモン〟と軍事会社〝ブラック・キャノピー〟は共謀して政府の軍事予算を横領し、また海外の駐留軍基地に合成麻薬を広めていた。もっとも、二つの会社はともに民間会社であったが、今回は、多くの米軍指揮官クラスが麻薬と武器の横流しにかかわっていることが現時点で分かっている。

すでにバグラム空軍基地の副司令官であるジェシー・メリフィールド中佐や日本から追ってきたマット・デヨング中尉、それにオースティン・グレガーソン少尉の三名は、任務を解かれて拘束され、取り調べを受けている。当然のことながら取り調べの段階になれば、オブザーバーとして呼ばれた朝倉に出番はない。ただし、捜査がドラスティックに展開したのは朝倉の働きがあったからだとNCISの本部にいるハインズには恩を着せ、捜査情報の提供を約束させてある。

朝倉が日本を不在にして六日経っているが、その間も沖縄での〝特別強行捜査班〟の捜査は続けられている。アフガニスタンでの捜査が終了した以上、一刻も早く仲間と合流すべきだと、兵舎を引き払ったのだ。

軍の病院は怪我の治療を受けただけで解放されている。紛争地の軍の病院だけに、見てくれはともかく、命に別状もない軍人のいる場所ではないのだ。もっとも、両肩を撃たれた京介でさえ、治療後は入院の必要がないと言われたらしい。本人もそれを不当だとは思っていないらしいので、紛争地では常識のようだ。

昨夜は兵舎で、京介が所属するチームの飲み会が開かれ、朝倉は成り行きで加わった。兵舎での飲酒は禁止されているが、傭兵の兵舎だけに関係はない。

京介が無事に見つかったので、それを祝ってのことかと思ったが、そうではなかった。彼らにとって戦場の仲間を救い出すことは当然ということらしい。チームは藤堂が十年以上前に立ち上げ、京介は創設メンバーだそうだ。だが、朝倉が感じた通り、京介は仲間から変人扱いされており、あだ名も〝クレイジー京介〟と呼ばれているという。

アフガニスタンに急行した藤堂のチームは五人だったが、総勢十二人いるようだ。そのため、作戦ごとにチーム編成を変えるらしい。総指揮官は藤堂らしいが、チーム編成のたびに指揮官もメンバーの中から出すというから、驚きである。それだけ、個々人の能力が高いということだろう。チームの話は、酒で口が軽くなった京介が、聞かなくても話してくれた。あまりべらべらと話すので、宮坂が止めたくらいだ。

午後十一時を過ぎてお開きになる直前に、藤堂と話をした。朝倉もそうだが、あまり笑わない男である。しかも、両眼には、底知れぬ憂いを秘めていた。戦場で数え切れないほどの死と遭遇し、想像を絶する修羅場を数知れず経験してきたに違いない。

「京介が、世話になったようだ。礼をいう。護衛に付けた人間が逆に助けられたんじゃあ、シャレにならないがな」

苦笑した藤堂は朝倉のオッドアイを臆することなく見つめ、丁寧に頭を下げた。

「いや、彼は充分過ぎる働きをしてくれました。少々変わった人間ですが」

朝倉は思わず敬語になった。言葉遣いを改めさせる強烈なオーラを藤堂は放っているのだ。

「日本の警察官が、アフガニスタンまで来て潜入捜査をするとは驚きだが、危険な任務をよく引き受けたものだ。傭兵代理店も俺に話を通してくれれば、少しは対処が変わったと思う」

藤堂は自分のステンレスのコップに八年もののターキーを注《つ》ぐと、朝倉に瓶《びん》を渡してきた。傭兵たちは、それぞれお気に入りのウィスキーを持ち込んでいる。作戦がうまくいくことを信じて、夜飲むつもりだったらしい。

「紛争地だからある程度のリスクは覚悟していましたが、まさか、拷問され、銃撃戦にまで加わるとは思っていませんでしたよ」

朝倉は苦笑しながら、愛用のチタン製のマグカップにターキーを注いだ。

「アフガニスタンの駐留米軍には、麻薬と武器の横流しの噂は以前から絶えなかった。もっとも、麻薬の流通は周知の事実だ。君らが拉致されたことで、捜査のメスが入ったらしいが、どこまで捜査が進むかは分からない。根の深い問題だからな」

藤堂はターキーを飲みながら言った。

「えっ！」

朝倉はターキーを吹き出しそうになる。極秘の潜入捜査のつもりだったが、藤堂は捜査内容を察していたらしい。

「まさか、知らずにここまで来たのか？　日本の警察じゃ、紛争地のことを知らないのは仕方がないかもしれないがなあ」

朝倉の態度を見て、藤堂は首を左右に振った。

「私が所属しているのは、ただの警察じゃないんですがね」

警察を馬鹿にされたようで、朝倉はむっとした表情になった。

「そうかもしれないが、腹を立てるな。俺も昔、本店の一課の刑事だった。内情は知っている」

本庁を隠語の本店と言って藤堂は鼻先で笑った。

「そっ、そうなんですか？」

「事情があって、辞めざるを得なかった。そんな話はどうでもいい。また、俺たちの協力が必要なら、日本の傭兵代理店に連絡をしてくれ」

藤堂はコップのウィスキーを飲み干すと、仲間を引き連れて兵舎を立ち去った。


嘉手納基地に着陸するという機内アナウンスで目が覚めた。荷物用のマットでもそれなりにクッションがあるので、熟睡できたらしい。

離陸するときに日本の時間に合わせてある腕時計を見ると、午後六時になっている。ちなみに時計は、民兵から取り上げたものをそのまま使っていた。拉致された際に、身に付けていたものはすべて奪われたので、仕方なく使っているのだ。

マットから起き上がった朝倉は壁面の椅子を出して座り、シートベルトを締め着陸に備えた。

五分後、Ｃ１７は無事着陸した。

後部ハッチが開けられると、湿った空気が足元から吹き付ける。気温は二十五度ほどだろう。最低気温が三十度以下にならないアフガニスタンを思えば、天国のようだ。

ハッチを降りた朝倉は、荷物を担いでパッセンジャー・ターミナルに入った。帰還した米兵を出迎えに来た家族なのだろうか、数名の黒人女性が朝倉の顔を見て恐る恐る道を開ける。

朝倉は苦笑いを浮かべながら、彼女らの間を抜けて出口へと向かった。

出口に国松と中村が立っている。到着予定時刻は、カンダハール空軍基地を離陸する直前にメールで知らせてあった。ＮＣＩＳ沖縄支局に連絡して、エスコートなしで嘉手納空軍基地に入場できるように手配しておいたのだ。

「えっ！」

二人は、朝倉を見るなり同時に声を上げた。

「出迎え、ありがとう」

朝倉は精一杯の笑顔を浮かべた。それが、他人《ひと》にどう見えるかは別だが。実際、まだ頬の筋肉が引き攣《つ》るのだ。

「どっ、どっ、どうしたんだ？」

国松が朝倉の顔を指差しながら尋ねてきた。その横で、中村が口を開いたまま立っている。

「転んだだけだ」

朝倉は笑うと、二人の肩を叩いて外に出た。

2

午後七時二十分、桜坂中通り、〝ホテルクイーン那覇〟。

朝倉は一二〇六号室の呼び鈴を押した。

嘉手納基地から国松と中村の出迎えを受けた朝倉は那覇に戻り、仲間と同じホテルにチェックインした。NCIS沖縄支局のマダックスからは、日本の捜査機関の関与は許さないと言われていたが無視することに決めたのだ。

アフガニスタンの米軍内の麻薬および武器の横流しに関する捜査は、現地に派遣されたNCISの捜査官たちが解明していくだろう。この件に関しては米軍の問題であり、日本の捜査機関が関与すべきでない、というか関与できないと朝倉は判断した。麻薬が絡んでいることはあらかじめ予測できたが、わざわざアフガニスタンまで行ったのは、それを見極める必要があったからだ。

だが、アフガニスタンの捜査に重きが置かれる関係で、沖縄で起きた殺人事件をNCISに任せていては捜査が進展しないばかりか、迷宮入りにされかねない。そのため、ホテルにチェックインすると、〝特別強行捜査班〟の捜査本部としている一二〇六号室を訪ねたのだ。

「お疲れ様です。どうぞ」

中村が笑顔でドアを開けた。

国松と中村とはホテルのフロントで一旦別れている。

長旅というほどではないが、カンダハール空軍基地からホテルまで十時間以上掛かった。輸送機では横になっていたので疲れてはいないが、シャワーを浴びて着替えた。驚いたことに洗面所で服を脱ぐと、ズボンとシャツから砂がこぼれた。数日アフガニスタンにいただけで、砂塵に塗《まみ》れることに慣れてしまったようだ。

リビングスペースに国松と佐野と野口の三人が立っていた。佐野と野口は横浜で捜査をしていたが、朝倉が沖縄に戻ってくるというので、那覇に集合したのだ。

朝倉はガラステーブルを挟んで、彼らの対面の椅子に座った。

「ずいぶんと顔色が悪いようですが、交通事故にでも遭ったのですか？」

怪訝な表情で尋ねた佐野が正面のソファーに腰を下ろすと、国松も隣りに腰掛けた。

「まあ、そんなところです。それじゃ、私の方からアフガニスタンの捜査報告をしましょう」

朝倉は京介と組んで潜入捜査をし、カンダハール空軍基地にある倉庫で、ヘロインと横流し用の武器を発見したことを報告した。

「ヘロインと違法な武器のことは分かったのですが、朝倉さんがどうして怪我をされたのか分かりません」

野口が質問してきた。彼と中村は席がないため、ソファーの後ろに立っている。

「どうでもいいことだから、聞かなくてもいいだろう」

朝倉は苦笑した。

「それはだめでしょう。逆の立場なら、どうですか？」

佐野がおだやかな口調で言った。さすがに老練な刑事に言われると、口をつぐむわけにはいかない。確かに報告の義務を怠っている。

「実は、タリバンの兵士に拉致されて……」

朝倉は溜息交じりに話し始めた。

京介がトラックから落ちたことや岩山での交戦などは、端折《はしょ》って話したのだが、顔の傷の原因である拷問や救出される直前の待ち伏せ攻撃などは、正直に説明した。案の定、話が進むうちに四人の表情が険しくなった。

「傭兵が付いていたとはいえ、そんな大変な目に遭ったんですか。危険な場所へは、これから一人では行かないで、私を同行させてください」

話に興奮したのか知らないが、中村が真っ赤な顔をしている。

「馬鹿か。おまえが行ったら、足を引っ張って、二人とも生きて帰ってこられなかったぞ」

国松が右手をひらひらと振って見せた。

「俺とNCISの捜査官に先入観がなかったから、闇の倉庫を見つけられたんだと思う。現地の傭兵から聞いたんだが、中東の米軍基地では、麻薬が流通していることは周知の事実だったらしい。だが、それを闇ルートにかかわっていた司令部の幹部が隠していたようだ」

朝倉はあえて藤堂の名前は出さなかった。というのも、傭兵の名前や存在は知られると命が狙われるため、他言無用と彼から言われたからだ。朝倉が最初に報告を渋ったのも、一つは彼らの存在があったからで、仲間には悪いが米軍によって救出されたと説明した。

「沖縄の事件が発端で、アフガニスタンに駐留する米軍の麻薬と武器の密売が明るみに出たということですか。それにしても、米軍は対峙《たいじ》しているはずのタリバンからヘロインを購入することで、彼らに軍資金を払っているなんて、冗談みたいな話ですね」

佐野は苦笑いした。

「麻薬の流通経路は、NCISがいずれ解明するだろう。現段階では、推測になってしまうが、アフガニスタンの麻薬が米軍の輸送機で沖縄に運び込まれているというのが、今回の事件の一つの流れになっているはずだ。麻薬は沖縄経由で米国本土にまで行っているだろう。アフガニスタンで、世界のアヘンの八十パーセントが生産されている。当然、米軍人の麻薬組織からの流入が米国本土で増えれば、既存のメキシコからの麻薬を扱うカルテルやシンジケートを脅かすことになるだろう」

「沖縄の事件は、メキシコのカルテルのヒットマンと米軍の闇の組織の縄張り争いだった可能性があるということですね。だとすれば、我々は、どうしたらいいんですか？」

野口が戸惑い気味に尋ねてきた。

「米軍の麻薬組織にせよ、メキシコのカルテルにせよ、我々が手に負える相手ではないし、他国の麻薬捜査に日本の捜査機関が口を出すべきではない。だが、日本で起きた殺人事件を見過ごすことはできない。我々は、殺人犯の逮捕に向けて、粛々と捜査するだけだ。佐野さん、俺の留守中の捜査報告をお願いします」

朝倉は正面の佐野に言った。

「私と野口は、金田省吾の元の縄張りである横浜を徹底的に調べました。日本は、中国から台湾を経由する、いわゆる〝チャイニーズ覚醒剤〟が闇市場を席巻しており、金田も台湾ルートの覚醒剤を扱っていました。しかし、神奈川県警と警視庁の覚醒剤の取締りが厳しくなり、金田は金に困ってメキシコ産のコカインと大麻に手を出したようです。そのため、台湾マフィアとトラブルを起こし、龍神会を破門になったというのが、真相だったようです。県警はなかなか情報を流してくれませんので、いつもの情報屋と警視庁のパイプを使って調べました」

佐野は元暴力団員の情報屋を何人も使っている。また、彼は顔が広いので、組織犯罪対策部の知人から情報を得たのだろう。

「金田は、六年前からメキシコの麻薬組織と繋がっていたということですか？」

朝倉は小さく頷いた。

「当時、メキシコ産のコカインを扱う組織は小さく、金田が面倒を見たようですね。それで、龍神会と付き合っている台湾マフィアが反発し、利ざやが大きい覚醒剤の仕入れ先を失いたくない龍神会は、金田の小指を切断した上で横浜から追い出したのです」

佐野は丁寧に説明した。

「ひょっとして、金田は沖縄でメキシコの麻薬を扱っていたが、今度は逆に米軍のコカインにも手を出し、メキシコの麻薬組織を怒らせて殺害されたということも考えられるな。金で裏切る奴は、意志が弱い。そのため、何度でも人を裏切るものだ。そっちはどうなっている？」

朝倉は右手で太腿《ふともも》を叩くと、国松に顔を向けた。

「我々は殺害された米軍属のホセ・ペーニャの行きつけの店を調べました。国際通りの店も北谷町の宮城海岸沿いの店も、それ自体は麻薬の密売とはまったく関係ないようです。やはりペーニャが殺された日に二つの店に立ち寄ったのは、人と会うためですね。店の客に聞き込みを続けたところ、ペーニャとよく一緒にいた客が三人浮上しました。そのうちの二人が、マット・デヨングとオースティン・グレガーソンでした。もう一人も白人で米国人のようですが、それ以上の捜査は、我々には無理かと……」

国松は溜息交じりに言葉を切った。

「分かった。それじゃ、沖縄にメキシコの麻薬組織があるのか、四人で調べてもらえますか」

「県警に協力を求めた方がよさそうだな」

佐野は頷いた。殺人事件だけを純然と追うのなら、県警を出し抜くことはできない。彼に任せれば、筋を通してくれるだろう。

「頼みます。俺は三人目の男を調べます」

朝倉は早くも席を立った。

3

部屋に戻った朝倉は、ベッド脇の椅子に腰を落とすように座った。

仲間の顔を見て安心したせいだろうか、どっと疲れが襲ってきたのだ。

部屋の呼び出し音が鳴った。

ドアスコープで確かめることなく、ドアを開けた。

中村が買い物袋を提げてドア口に立っている。

「ありがとう」

朝倉が荷物を受け取ろうと右手を伸ばすと、

「冷たいことを言わないでください」

中村が部屋に滑り込むように入ってきた。

他の仲間に心配を掛けたくないので、中村に傷口の手当てをするための消毒液や包帯などを買ってくるように頼んでおいたのだ。

「自分で、出来る」

「何言っているんですか。椅子に座ってください。私は現役の自衛官で、応急処置の訓練も受けていますから」

中村は袋を抱え込んで譲らない。

「強情なやつだ」

苦笑した朝倉は、Tシャツを脱いでベッド脇の椅子に座った。鋼《はがね》のような筋肉は顔面と同じように何箇所も赤黒く腫れ上がり、数え切れないほどの擦り傷がある。

「なっ、なんですか。傷だらけじゃないですか。どれだけ拷問を受けたんですか？」

中村は朝倉の体を見て、絶句した。

「見た目ほど大した怪我じゃない。肩口の傷の消毒をして、ガーゼを替えたいだけだ」

拷問したサウードという男は、自分の拳を痛めないように拳に布を巻きつけていたので、集中的に攻撃された左脇腹以外は、腫れと痣《あざ》は残ったが大した怪我ではない。だが、左肩の銃創は消毒して清潔なガーゼに替えたいと思っている。基地の病院で翌日にしてもらう予定だったが、その前に帰って来たからだ。

朝倉は肩のガーゼをテープごと引き剝がした。縫合された傷が腫れて盛り上がっている。まだ傷口は塞がっていないのだ。

「これって、銃創じゃないですか。ちゃんとした病院で診《み》てもらった方がいいですよ」

中村がしかめっ面で言った。

「大丈夫だ。米軍の病院で処置してもらった。ガーゼを替えるだけでいいんだ。それに抗生物質は飲んでいる」

日本の病院に行けば、説明が面倒になるだけだ。米軍の病院では化膿《かのう》止めの抗生物質と消炎鎮痛剤を五日分もらっていた。昨日は酒を飲んでしまったが、今日からアルコールは控えようと思っている。

「分かりましたよ」

中村はぶつぶつ言いながらも、傷口を消毒し、新しいガーゼを医療用テープで留め、伸縮する包帯を患部に巻いた。

「なかなかうまいじゃないか」

朝倉は左肩を動かしてみた。肩は問題なく、稼働する。

「脇腹の包帯は替えなくていいんですか？」

「ヒビが入っている肋骨を固定してあるだけだ」

医療用の幅の広い包帯で巻いてあるので、市販の包帯では用をなさない。

「大怪我をして平気だなんて、朝倉さんの体は、一体なんでできているんでしょうかね。でも、こんなに怪我しているんじゃ、アルコールはだめですよね」

中村は買い物袋からジャックダニエルを出した。

「何を考えているんだ、まったく」

舌打ちした朝倉は、冷蔵庫の上の棚に置いてあるグラスを取った。ちょうど二つあるので、一つを中村に渡した。自分でも飲みたくて買ってきたのだろう。上司として付き合うのはあたりまえである。

「いいんですか？　抗生物質が効かなくなりますよ」

中村は困惑した表情で、朝倉と自分のグラスにウィスキーを注ぐ。

「だったら、ボトルは見せるなよ。たくさん飲まなきゃ大丈夫だ」

実は寝る前にホテルのバーで少し引っ掛けるつもりだった。昨夜も飲んでいるが、疲れを癒《いや》すために一人で静かな場所でクールダウンしたかったのだ。

「今回の事件ですが、米軍とかかわりがあるので、すぐに壁にぶちあたります。嫌になりますよ」

　中村は情けない表情でウィスキーを啜った。

「俺は米国人の知り合いはたくさんいるし、個人としての付き合いで彼らを否定することはない。だが、日米地位協定が物語るように日本を当然のように不平等に扱う米国政府に対して、どうしようもない怒りを感じる。沖縄に来てからは特に辺野古のことが気になっている。米国のために、美しい海を汚らしい土砂で埋め立てる行為を許してはいけないんだ」

「辺野古？」

　中村はきょとんとしている。唐突に辺野古のことを言ったので、首を傾げたのだろう。

「沖縄の米軍基地の多くは、戦争末期に米軍の戦車とブルドーザーによって住民を追い出して接収された土地に建てられている。米軍基地は、まさに敗戦の象徴なんだ。だが、戦後七十年以上も経ち、基地は少しずつだが、日本に返還されている。にもかかわらず、新たに基地を拡張するために辺野古の自然を破壊しようとしているんだぞ。これほどの愚行があると思うか？　辺野古は自分とは無関係だと思ったら大間違いだ。掛け替えのない日本の土地なんだ」

「私も自衛官ですが、日本は米国追随ではいけないと思っています。米国は中国と北朝鮮の侵略から日本を守ることを口実にしていますが、本来は自衛隊がそれを担うべきだと思っています。我が国の領土を簡単に米国に差し出す我が国政府を苦々しく思います。しかし、一体どうしたのですか？」

　熱く語り出した朝倉に中村は、戸惑っているようだ。

「すまない。アフガニスタンをこの目で見てきて、ショックを受けたんだ。農民は、農作物でなくケシを栽培している。タリバンから強制されている農家もあるが、そうでない農家もあるらしい。なぜなら、その方が儲かるからだ。だが、食料を生産しなければ、国は弱体化していき、貧困に追い打ちをかけることになる。そのきっかけを作ったのは、まぎれもなく米国だ。なぜならタリバンを作り出したのはＣＩＡであり、資金を出したのは米国政府だ。米国は、テロと闘っているというが、世界中に紛争の種を蒔《ま》き、その尻拭《しりぬぐ》いを自分でしているに過ぎない。そんな国のために日本も犠牲になっているのかと思うと、無性に腹が立つんだ」

　長きに渡る紛争のせいで、米軍基地の外は、首都カブールでさえ貧困に喘《あえ》いでいる。その現実を目の当たりにして、衝撃を受けた。

　また、脱出するためにタリバン兵を何人も殺害したことを自分の中で消化できないでいる。正当防衛だと正当化しようとは思わない。とはいえ、生きるためにはそうするほかなかった。その矛盾を体現しただけに、どうしようもない虚《むな》しさを覚えるのだ。

「おっしゃる通りだと思います」

中村はウィスキーを呷《あお》ると、自分のグラスに追加した。

「だからこそ、俺たちの捜査を日米地位協定で、うやむやにしちゃいけないんだ」

朝倉はグラスのウィスキーを一気に飲み干した。

4

翌朝、日の出前に目覚めた朝倉は、洗面所で顔を洗って自分の顔を改めて見た。腫れはほとんど引き、赤黒かった痣はどちらかというと黄色くなっている。治ってきている証拠だ。だが、まだ人前に堂々と出られるほどの顔色ではない。

サングラスを掛けた朝倉は、ホテルの駐車場に停めてあるプリウスに乗り込んだ。ブレーキペダルを踏んでパワーボタンを押し、車を始動させる。今日から活動できるように昨夜のうちにレンタカーを借りておいたのだ。

ギアをドライブに入れようとすると、仕事用のスマートフォンが鳴った。アフガニスタンでタリバンの民兵に奪われたので、昨日のうちに新たに購入したものだ。

「朝倉です」

首を捻りながらも朝倉は、番号が非通知の電話に出た。

——朝倉くん、私だ。

桂木の声である。

「すみません。ご心配おかけしました。電話を掛けるつもりでした」

アフガニスタンでは報告書を日報という形で後藤田にメールで送っていた。桂木は、今回の捜査は指揮官の当番ではないため、後藤田から報告を受けているはずだ。

——後藤田さんから報告を聞いて、驚いているよ。

アフガニスタンでの出来事は、昨夜、佐野らに説明したように少々端折って報告してある。それでも桂木にとってかなり衝撃的な内容には違いない。

「紛争地ですので、思いがけないことがあるものです」

朝倉は苦笑を漏らした。

——米国の国防総省から政府に直接連絡が入り、感謝と同時に部外秘を約束するように求められたそうだ。

「当然でしょうね。公になれば、アフガニスタンからの撤退を余儀なくされます」

朝倉は苦笑した。

——我が国としては、君の働きによって米国に貸しを作ったつもりだが、彼らはそうは思っていないらしい。もし、マスコミに情報が流れるようなことがあれば、尖閣《せんかく》諸島の領有権に関しては、中立の立場を取る可能性もあると脅されたらしい。

スマートフォンから桂木の溜息が聞こえた。

「米国お得意の恫喝《どうかつ》ですね。彼らは、竹島《たけしま》の領有権に関しても同じ手法で、韓国に不正占拠を許していますから」

サンフランシスコ講和条約では、日本が領有権を放棄した地域に竹島は含まれていない。当時は米国も日本の立場を取って韓国の領有権を否定していたが、朝鮮戦争が勃発し、韓国の重要度が増すと中立的な立場を取り、韓国の不正占拠を黙認した。

「――今後の捜査をどうするのか、改めて後藤田さんと打合せをするつもりだ。できれば、君も一度東京に戻って欲しい」

「了解しました。なるべく早く東京に戻ります」

朝倉は通話を切って、仕事用のスマートフォンを上着のポケットに仕舞うと、反対側のポケットから個人のスマートフォンを出した。紛失しないようにアフガニスタンには持参しなかったのだ。しばらく幸恵に電話を掛けるか迷ったが、結局、ポケットに戻した。彼女からも連絡がない以上、未練がましく電話をすべきではないだろう。だが、アフガニスタンで死にかけた時に彼女の顔が脳裏を過った。それで、気になっているのだ。

「行くか」

朝倉は自分に言い聞かせるように呟くと、車を発進させた。

三十分後、那覇の渋滞を抜け、朝倉はキャンプ・フォスターに到着した。

朝倉は基地内の政府機関ビルの前にある駐車場に車を停めた。何度も訪れているので、慣れたものである。NCIS沖縄支局長のマダックスに取り次いでもらうために受付に顔を出すと、顔見知りになった職員が、朝倉の顔を見て一瞬驚いたものの、内線電話で呼び出してくれた。

「負傷したと聞いていたが、仕事をしても大丈夫なのか？」

マダックスは朝倉を休憩室に招き、例の不味いコーヒーを出しながら尋ねてきた。

「たいした怪我じゃない」

朝倉は肩を竦め、コーヒーを断った。

「君の働きは、本部でも賞賛されているそうだ。君をアフガニスタンの捜査に同行させた私も、鼻が高いよ。もっとも、この先の捜査は我々が処理する。協力してもらったが、何の報償も出せなくて申し訳なく思っているよ」

マダックスは笑顔で言った。よほど機嫌がいいらしい。鼻歌交じりにコーヒーを飲んでいる。ちなみに朝倉のアフガニスタン行きを許可したのは、ハインズであって彼ではない。そもそもマダックスはそんな権限など持っていないのだ。

「米軍内の事件は、NCISで片付けてくれ。日本の捜査機関の出る幕はないからな」

朝倉は両手を横に振った。

「アフガニスタンルートの壊滅は、確実に行われるだろう。もっとも、公にはならないだろうがね。分かっているとは思うが、君も口を閉ざしたままにしておいてくれ」

マダックスは悪戯っぽく人差し指を唇に当ててみせた。

「正直言って、その話はもうどうでもいい。俺は国内で起きた殺人事件の捜査を進めたいだけだ。協力してくれ」

朝倉は本題に入った。アフガニスタンルートを解明することで、殺害された被害者の素性はさらに詳しく分かるだろう。だが、それだけでは犯人逮捕には繋がらない。

「まだ、捜査を続けるつもりか?」

マダックスは、眉間に皺を寄せた。やはり、アフガニスタンの事件捜査が進むことで、沖縄で起きた事件をうやむやにするつもりに違いない。米軍にメスを入れることになる捜査のきっかけとなった殺人事件など、もはやどうでもいいのだろう。

「被害者に日本人がいた。しかも、胴体も見つかっていない。犯人はまだ逮捕されていないんだぞ。少なくとも、これは我々のヤマだ」

眉を吊り上げた朝倉は、オッドアイを見開いた。

「たっ、確かにそうだ。日本人の被害者を調べるのなら、勝手にやってくれ」

マダックスは一瞬狼狽《うろた》えた。朝倉のオッドアイの眼光が鋭くなったことに驚いたらしい。

「勝手に? 犯人が他の四人の被害者と同一なら、協力するつもりはないのか?」

「誤解するな。君が日本人の被害者を強調するからそう言ったまでで、殺人事件の捜査は続けるつもりだ」

　取ってつけたように言いつくろったマダックスは、額にうっすらと汗を浮かべている。

「それなら協力してくれ。この男の身元を知りたい。白人男性だ。米軍人か軍属の可能性が高い」

　朝倉はスマートフォンを出して、男の顔写真を見せた。ペーニャともかかわりのある第三の男の写真で、国松が那覇市内のパブの近くにある防犯カメラの映像から取り出したものだ。

「分かった。画像データをくれ」

　マダックスは渋々頷いた。

5

　午後八時、国際通り。

　Tシャツにジーパンという軽装の朝倉と中村は、通りに面した〝REHAB〟が見える場所に佇んでいる。二人は観光客と違和感がないように振る舞い、通りを見張っているのだ。

　金曜日の夜で通行人が多いため、二人は街角の風景によく馴染んでいる。

「朝倉さん、その変装、見事ですよ」

隣りに立っている中村が、ペットボトルの水を飲みながら言った。

「別に変装したとは思っていない。おまえの助言に従ったまでだ」

朝倉はジャパンタイムズを読みながら答えた。国際通りは英字新聞がふさわしい街角である。背が高く体格のいい朝倉は、日本人には見えない。もっとも外国人の観光客というより、米軍人と思われるだろう。

「いやいや、何をおっしゃいますやら。まったくの別人ですよ。それにしても、朝倉さんって、意外といい男だったんですね」

中村は朝倉の顔をしげしげと見て、感慨深げに言う。

「余計なお世話だ」

朝倉は鼻先で笑った。

朝一でNCIS沖縄支局長のマダックスと打合せをした後、那覇に戻って仲間と合流し、改めて捜査方針を決めた。佐野と野口は、メキシコ系の麻薬グループについて調べるために午前十一時三十分発の日本航空機で再び東京に戻っている。二人は警視庁の組織犯罪対策部や厚生労働省の麻薬取締部から資料提供を受けて、捜査を進めるのだ。

また、国松と中村は那覇麻薬取締支所に協力を求めるために那覇第一地方合同庁舎に行き、資料の提供を受け、関係者からの聞き込みをしていた。朝倉はマダックスからの回答がないため、国松らと途中で合流し、行動をともにしている。

麻薬取締支所から戻り、午後六時過ぎに国際通りを通った際、中村から強引に雑貨店に誘われた。牧志交番の並びにあるTシャツやサングラスや帽子などを扱う賑やかな店で、カラーコンタクトレンズの専門店でもあった。中村は朝倉にカラーコンタクトレンズのショーケースを見せて、オッドアイを隠すために試してみないかという。この数日、国際通りを頻繁に通るので、気になっていたらしい。

はじめはまったく興味はなかったのだが、聞き込み捜査をする際に、伊達眼鏡をかけるよりは効果的だと言われてその気になった。実際、店員の勧めでブラウン系のカラーコンタクトレンズを装着してみると、オッドアイはまったく気にならなくなったので購入している。

十数年もオッドアイと付き合っているので今さら隠すつもりはないし、オッドアイであることに今では誇りすら感じている。だが、聞き込みや潜入捜査では目立ち過ぎるため、これまで損をしたことは何度もあった。場合にもよるが、捜査中は効果的と認めてカラーコンタクトレンズを装着していたのだ。中村の言うように、瞳を変えるだけで別人のように見えるから不思議である。

殺害された米軍属のホセ・ペーニャが、アフガニスタンで逮捕されたデヨングとグレガーソンの二人と国際通りや北谷町の宮城海岸沿いのバーで会っていたことは、国松と中村の捜査で分かっている。

この二人の他にもペーニャが、身元不明の白人男性と頻繁に会っていたことは判明していた。軍人か軍属と思われたが、現段階でマダックスから連絡がないところを見ると、民間人なのかもしれない。とすれば、ＮＣＩＳには頼らずに本人を見つけ出し、身元を確認する必要があった。

また、ペーニャのように米軍のアフガニスタンルートで麻薬を仕入れているようなら、その人物も命を狙われる可能性がある。事件解明の手掛かりであると同時に、早急に身柄を確保して安全を図る必要があるのだ。

――こちら国松、店内にスミスはいない。

国松からの無線連絡である。〝ＲＥＨＡＢ〟に客として潜入しているのだ。スミスとは、第三の白人男性のことで、名無しでは呼び辛いのでスミスという仮名を付けた。欧米でスミスはありふれた名前の代名詞で、日本で言えば鈴木や佐藤のようなものである。

国松と中村は客に怪しまれないように毎日交代で店に来ており、今では常連客のように扱われているそうだ。

「了解。こっちもそうだ。一時間ほどしたら、北谷町に行ってみようか」

第三の男はすぐに見つからないだろう。二つの店をたった三人で見張るのは、不可能であるため、中央警務隊に応援を頼んである。明日の午前中に三人応援が来ることになっていた。今日は切り上げてもかまわないのだが、夜がふける前に仕事を切り上げるのは気が引けるのだ。だからと言って、国松らに緊張感はない。朝倉も紛争国から帰ってきただけに開放感があった。

——了解。移動する時は連絡をくれ。この店は居心地がいいので、時間を忘れてしまうんだ。

店に入ってまだ数分だが、国松はすでにくつろいでいるに違いない。

「飲み過ぎるなよ」

苦笑した朝倉は、また英字新聞を広げた。

「朝倉さん」

しばらくして中村が軽く肩を叩いてきた。

「どうした？」

朝倉は新聞を広げたまま尋ねた。

「十時の方向です」

中村の言葉に従って左前方を見ると、監視カメラに映っていた男にそっくりの白人男性が歩いている。

「スミスか？」

朝倉は新聞を折り畳みながら中村に確認した。

「間違いありません。私は車を取ってきます」

中村は路地裏に消えた。

スミスは雑居ビルの階段を上っていく。

「こちら朝倉。国松、応答せよ。スミスがそっちに行くぞ」

——了解。

国松は小声で短く返答してきた。

6

朝倉を乗せたプリウスは、国道330号を経由し、国道58号線を走っていた。

先週の、バイクに乗るペーニャの尾行を再現しているようだ。〝REHAB〟を覗いたスミスは、国際通りでタクシーを拾った。国松によると、店内を見渡したスミスは、すぐに店から出て行ったらしい。ペーニャと同じで、誰かを探しているようだ。

タクシーは国体道路入口を過ぎたところで路地に左折する。

「やはり、北谷町に向かっているようだな」

助手席の朝倉は、鼻で笑った。まるでデジャブを見ていると思ったからだ。

「間違いないでしょう」

前回はペーニャを見失っているだけに、ハンドルを握る中村は真顔で答えた。ヘッドライトを消して交差点を左に曲がり、タクシーの百メートル後ろに付けている。狭い道なのでヘッドライトで尾行を気付かれてしまうからだ。

「スミスを尾行するだけでいいのだろうか？」

後部座席に座っている国松が、疑問を呈した。ペーニャのように殺害されることを心配しているのだろう。

「逮捕状も出てないんですよ。どうやって、拘束するんですか？」

中村が首を左右に振った。

「分かっている。だが、殺されては元も子もないぞ。泳がせるより、拘束して身元の確認をした方がいいんじゃないのか」

国松の言うことは正論である。

「タクシーのすぐ後ろに付けてくれ。俺が対処する」

二人の会話を黙って聞いていた朝倉は、中村に指示をした。

「体調は大丈夫ですか？」

中村は咎《とが》めるような口調で尋ねてきた。

「問題ない」

朝倉は心配げに見ている中村をあえて無視した。彼は朝倉の怪我の具合を知っているため、気遣っているのだろう。

数分後、タクシーは宮城海岸沿いの道路で停まった。洒落たバーがあるビルの前である。

二十メートル後ろで中村は車を停めた。

「ここで待機」

朝倉は車からすぐに降りると、急ぎ足でタクシーを追い越した。

中村が車を道の端に寄せると、車中の二人は頭を低くする。待機というより、監視モードに入ったのだ。彼らに細かい指示は不要である。

直後に料金を精算したスミスがタクシーを降りてきた。

朝倉はビルの外階段に向かおうとするスミスの前に立ち塞がった。肌の白さからして、アイルランド系なのかもしれない。年齢は三十代前半、身長は百八十三センチほどか。視線が合うので、朝倉と背は変わらないようだ。

「どけよ」

スミスは眉間に皺を寄せて凄《すご》んだ。

「粋がるなよ」

右眉を吊り上げた朝倉は、口角を僅かに上げた。

「どかねえと、痣だらけの顔に、痣を増やすことになるぞ」

スミスは人差し指で、朝倉の胸を突いた。

「争うつもりはない。おまえは、デヨングかグレガーソンが日本に戻ってきたと、誰かに言われたんじゃないのか？」

朝倉は一か八かの賭《か》けに出た。スミスの行動がペーニャとあまりにも似ている。彼がペーニャと同じ立場なら、仲間が次々と殺害されて不安なはずだ。デヨングかグレガーソンのどちらかと会えるのなら、必死に探すだろう。

「……何者だ？」

頬をぴくりと痙攣させたスミスは、朝倉を睨みつけた。図星だったらしい。見当はずれなら、首を捻るはずだ。

「二人ともカンダハール空軍基地にまだいる」

朝倉は表情を変えずに答えた。デヨングらが逮捕されたことは極秘事項になっているため、捜査関係者しか知らないことである。

「何で分かるんだ？　おまえは米兵か？」

スミスは小首を傾げた。

「俺は日本人の傭兵だ。一昨日までカンダハール空軍基地で、デヨング中尉の〝チヌーク〟を護衛する任務に就いていたが、テロリストの襲撃で負傷したので、昨日戻ってきたんだ」

「ほっ、本当か？」

スミスは改めて朝倉の顔の傷を見た。

「あっちでは、中尉のブツの調達も手伝っていたんだ。沖縄に戻ったら、ブツは来週にでも送ると仲間に伝えてくれと伝言を頼まれた。だが、名前を聞かされていたホセ・ペーニャやジョシュ・マギーとも連絡がつかない。だから、俺は仕方なく、名前を聞かされていないあんたが現れるのを待っていたんだ。あんたの特徴とよく行く店を教えられていたから、すぐ分かったよ」

朝倉はにやりとした。

「そういうことか。ホセとジョシュは、殺された」

スミスは首を左右に振って見せた。

「嘘だろう。冗談を言うな！」

わざと顔を引き攣らせた朝倉は、スミスの胸倉を摑んで引き寄せた。

「本当だ。手を離せよ。メキシコ野郎の仕業だろう。もう、沖縄の売人が五人も殺された。俺は奴らとは違うが、身の危険を感じている。だから、デヨングとグレガーソンが帰還したと聞いて情報が欲しくなり、彼らの行きつけの店を探し回っていたんだ」

スミスが朝倉の手を振り払った。朝倉の読みは当たったらしい。

「本当なのか？」

朝倉はスミスから離れる際に、彼のズボンのポケットに超小型の位置発信機を滑り込ませた。人手不足を補うには、これが一番である。

「うん！」

朝倉は両眼を見開いた。

海岸道路を猛スピードで白いバンが走ってきたのだ。

バンはスミスの背後に急ブレーキを掛けて停まり、スライドドアが荒々しく開けられた。

バラクラバを被った二人の男が車から飛び出し、朝倉とスミスに銃を向けた。

小さな破裂音。

「ぐっ！」

全身に電流が走り、体が硬直した。男たちが握っている銃は、銃型のスタンガンの〝テイザー銃〟である。ワイヤー針が発射されて体に刺さり、高電圧の電流が流れるというものだ。

三人目の男が車から現れ、スミスの後頭部を特殊警棒で殴りつけると、ワゴン車に二人掛かりで乗せた。

ワゴン車が発進し、〝テイザー銃〟のワイヤーが切断され、朝倉は思わず跪いた。

遅れてプリウスが、バンを追う。

――我々はワゴン車を追う。すまないが、タクシーで戻ってくれ。

国松からの無線である。

「頼んだ」

無線に応えた朝倉は、胸に刺さっているワイヤー針をむしり取った。

フェーズ9：弾薬庫地区

1

翌日の早朝、朝倉は、国道58号線を走るプリウスの助手席から窓の外を漫然と眺めていた。

昨夜、殺害された米軍属のホセ・ペーニャと繋がりがあったと見られる白人男性を北谷町まで尾行し、朝倉の咄嗟の思いつきで接触を試みた。だが、その最中にバンに乗った三人組の覆面の男たちに襲われ、白人男性が拉致されてしまったのだ。

国松らはすぐさまバンを追跡したが、相手は土地勘があるらしく読谷村《よみたんそん》の住宅街でまかれている。また、バンのナンバーは泥でわざと汚されて判別できなかったので、追跡されることを覚悟で襲撃してきたのだろう。

あの時、男に接触せずに尾行を続けていれば、三人組に襲われることはなかったかもしれない。もっとも、男はいずれ殺されることになったのだろうが、せめて身元の確認だけでもできればと悔やまれる。

それにしても、三人組は朝倉がいるにもかかわらず、どうして襲ってきたのかという謎が解けない。テイザー銃を持っていたからといって、リスクはあったはずだ。

「もうすぐ現場ですが、朝倉さん、聞いています？」

ハンドルを握る中村が尋ねてきた。

「悪い、考え事をしていたんだ」

朝倉は中村を見た。

「現場に戻る理由は、何ですか？　例の刑事の鉄則ですか？」

現場百遍と言いたいのだろう。

「確認したいことがある。すぐに済む」

腕組みをした朝倉は、そっけなく答えた。

車は海岸道路に出ると、昨日、スミスが拉致された場所で停まった。朝倉と中村が車から離れると、国松が欠伸をしながら車から降りてきた。昨夜、バンを見失った後も、真夜中まで探し回ったために疲れが残っているのだろう。

中央警務隊の応援が今日の午前中に来るはずだったが、捜査対象だった白人男性が行方不明となったため断っている。捜査員が増えたところで、手持ち無沙汰になるだけだからだ。

「確か、ここだったな」

朝倉はバーが入っているビルの外階段の前に立つと、しゃがんだ。時刻は午前七時になろうとしている。人通りはない。

「コンタクトを落としたんですか？」

中村は朝倉に合わせて、腰を屈《かが》めた。

「コンタクトは、懲《こ》りた。テイザー銃のＩＤを探しているんだ」

昨夜、スミスと呼んでいた白人の男に舐めた態度を取られた。やはり、朝倉にとってオッドアイは武器になるのだ。カラーコンタクトレンズを使うこともあるかもしれないが、普段は伊達眼鏡で充分だろう。

「テイザー銃のＩＤ？　何ですか、それは？」

中村が首を捻った。

「犯人が使っていたテイザー銃は、普及型のＸ２６だった。本体にワイヤー針と電極が仕込まれたカートリッジを先端に装塡《そうてん》して使うのは、旧型と同じ構造だ。だが、発射する際、カートリッジ内に入っている固有の識別ＩＤ番号を印刷した数ミリの紙チップが撒き散らされるんだ」

昨夜も紙チップを探したが、現場が暗かったため改めて探しに来たのだ。

「犯罪防止ということか」

端で聞いていた国松が、大きく頷いた。

「それもある。紙チップの識別ＩＤ番号で、使用した銃が特定できるんだ」

テイザー銃は、法執行機関だけでなく護身用に民間にも販売されているため、悪用を防ぐために紙チップが仕込まれているのだ。その他に、銃本体に使用された日付などを記録する機能を備えたモデルもある。

「なるほど、そういうことですか」

中村も納得したようだ。

「見当たらないな」

溜息を漏らした朝倉は、立ち上がった。周辺を見渡したが、紙チップは落ちていない。

「犯人が拾えるはずがないから、改造されたテイザー銃だったんですかね？」

中村は近くに停めたプリウスの下を覗きながら言った。

「可能性はあるな」

朝倉はプリウスの助手席のドアを開けながら答えた。

「テイザー銃は、インターネットでも購入ができると聞いたことがあります」

運転席に戻った中村が、プリウスのパワーボタンを押した。

「インターネットで購入する場合は、前歴など厳しく審査されるそうだ。それに日本では購入できない。そもそもテイザー銃は、グロックの二倍の一丁千ドルと高価なんだ、市場に出ている数も限られている」

朝倉は苦笑した。

「それなら、闇で販売されているのか」

後部座席に乗り込んだ国松が質問してきた。

「まさか。販売元のアクソン・エンタープライズは、法執行機関と取引をしている。信用問題にかかわるから、闇に流れるようなことは絶対ありえない」

朝倉はバックミラー越しに首を横に振った。

「それじゃ、犯人はどこで入手したんですかね」

車を発進させた中村は言った。

「沖縄という条件で言うのなら、米軍の警備部門や憲兵隊の保安部なんかが使っている。逆に言えば、それ以外は考え難い」

朝倉は自らの考えに頷いた。

「やっかいですね。また米軍ですか」

中村は溜息を漏らした。

「また、米軍だ」

朝倉も相槌を打った。ＮＣＩＳ沖縄支局長のマダックスは、未だに協力的ではない。捜査対象が保安部や憲兵隊だと言ったら、素直に協力するとは思えないのだ。

「我々は、何もできない」

国松が「我々」を強調して言った。国松と中村のことである。暗に朝倉からNCISに捜査協力を頼んで欲しいと言いたいのだろう。

「分かったよ」

両手を上げた朝倉は、大きな溜息を吐いた。

2

北谷町を出た朝倉らは、国道58号線を走っている。

片側三車線、中央分離帯にはヤシの木、道の両脇は低い有刺鉄線のフェンスに遮られてはいるが、地平線まで続くような緑の芝生が広がる。この一見、南国らしい景観は、嘉手納基地を横切っているに過ぎない。遮るものがない芝生が続くのは、滑走路があるからだ。

やがて国道は右に大きくカーブして東に向かう。

「昨日はこの先の交差点でいきなり住宅街に入られて、なんとか比謝川《ひじゃがわ》を渡るところまでは追跡したんですが、その先の読谷村の住宅街で振り切られました」

中村は赤信号で停まった交差点で左ウインカーを出した。

「昨夜のシミュレーションはしなくてもよさそうだ。このまま真《ま》っ直《す》ぐに進んでくれ」

朝倉は自分のスマートフォンを見ながら言った。

「まあ、バンを追って住宅街をぐるぐるしましたから、正確には再現できませんけど、追跡の大まかな道順なら分かりますよ」

中村はウインカーを戻して直進した。

「実は、スミスのズボンのポケットにGPS発信機を仕込んでおいたんだ」

朝倉が見ているのは、GPS発信機の信号を地図に表示するアプリである。

「なんで、昨日、それを言ってくれなかったんですか。それなら、追跡する必要はなかったじゃないですか。見失ってから、三時間も探したんですよ」

中村は大袈裟に嘆いた。

「故障したのか、あるいは、犯人が妨害電波を出していたのか、昨日は作動しなかったんだ。信号を受信できていたら、連絡したさ。だが、不思議なことに、今確認したら電波を出しているようだ」

朝倉は首を捻りながらもスマートフォンで位置を確認している。

「信号は、動いていますか？」

中村は朝倉のスマートフォンをちらりと見た。

「止まっている。嘉手納空軍基地の北側だ」

朝倉は右手を前に上げた。

嘉手納空軍基地の北に位置する米軍嘉手納弾薬庫地区。

弾薬庫地区は、読谷村、沖縄市、嘉手納町、恩納村《おんなそん》、うるま市にまたがる総面積約二十七・二平方キロメートルの広大な敷地の基地で、比謝川流域の重要な水源地となる敷地内は鬱蒼《うっそう》とした亜熱帯の緑に覆われている。

敷地内の道路に白いバンとBMWの3シリーズ・グランツーリスモが停まっていた。そこから五十メートルほど原生林に入った場所で、首と両腕にタトゥーを入れているヒスパニック系の二人の男たちが、地面にスコップで穴を掘っている。一人は身長百九十センチ、もう一人も百八十センチはありそうな大柄な男たちで、Tシャツを汗でぐっしょりと濡《ぬ》らしていた。

「バルド、アギーレ、さっさと埋めるんだ」

男たちの作業を見守っている中年の白人の男が、苛立ち気味に言った。傍らには黒い袋から出された白人の死体が転がっている。朝倉が北谷町で接触し、拉致された男である。

男たちは作業が見えないように原生林に分け入って作業をしているようだが、見咎める ような基地関係者は一キロ四方誰もいない。この基地は弾薬庫の管理と警備をする中隊が駐屯しているだけで、基地内は米兵とすれ違うこともほとんどないからだ。にもかかわらず、広大な敷地を必要とするのは、爆弾が誤爆した場合、半径数キロに渡って被害が及ぶからである。

「地面は柔らかいが、木の根が邪魔で簡単には掘れないんだ。そもそも、こんな朝早くから、重労働させることはないだろう」

バルドが、手を休めて白人の男を睨みつけた。

「死体をこれ以上放っておけば、車に死臭が染み付くだろう。だから、一晩中、エンジンをかけっぱなしにしてエアコンを効かせておいたんだ。俺は組織にとって重要人物なんだぞ。逆らうのか？」

白人の男はバルドを睨み返した。

「あんたのおかげでうまくいっていることは認める。だが、それに見合う報酬はもらっているはずだ。そもそも、重要人物かもしれないが、組織の幹部じゃない。俺たちに命令しないでくれ」

アギーレもスコップを地面に差し込んで、腕組みをした。

「おまえたちは、組織のヒットマンだろう。人を殺して、始末をするまでが仕事のはずだ。死体の処理は少なくとも私の仕事じゃない。しかも私の別宅に泊めて、死体の隠し場所まで提供しているんだぞ。それとも首なし死体のように、ドラム缶で灰になるまで燃やすのか？　文句を言われては、かなわない」

白人の男は、肩を竦めて見せた。さすがに二人の男から文句を言われると、強くは言えないのだろう。

「分かった。やるさ。だが、急かさないでくれ」

バルドが、首を左右に振って作業を再開した。

「そんなに深く掘る必要はないんだ。さっさと埋めてくれ。死体が見つかることはない。ここを調べられるようなことはないからな」

白人の男は苦笑を浮かべた。

数分後、五十センチほどの深さの穴を掘った男たちは、死体の肩と足を持って乱暴に穴に投げ込んだ。すると、死体のズボンのポケットから直径二センチほどのコインのようなものが、こぼれ落ちた。

「こっ、これは！」

白人の男はコイン状の物を拾うと、慌てて踏み壊した。

「どうしたんだ？」

バルドが尋ねた。

「GPS発信機だ」

白人の男は渋い表情で答えた。

「バンにはGPSジャミング装置（GPS電波遮断機）を搭載してあるんだろう？　いつでも、電源が入るようになっていると聞いたぞ」

バルドは、スコップで死体に土を掛けながら言った。

「ジャミング装置は、車から電源を取っている。エンジンを止めたら、電源も切れるんだぞ！」

白人の男は怒鳴りつけるように答えた。

「車を停めてから、二、三十分しか経っていないからバレないさ。それに、この場所を調べることはないと言っていたのは、あんただぞ。大丈夫なんだろう？」

アギーレも、スコップで穴を埋めながら言った。彼らは別に死体が見つかろうが、関係ないとでも言いたいのだろう。

「……多分、大丈夫だ。スコップをバンに積んだら、車は木陰に隠してくれ。ほとぼりが冷めるまで、使わないようにするんだ」

渋い表情になった白人の男は、慌ただしく指示した。

「用心深いな。だが、その用心深さが役に立っているから、文句は言えないか」

苦笑したバルドは、荷台にスコップを積むと、バンの運転席に乗り込んだ。もう一人の男はバンを隠すための大きな木の枝を拾いはじめた。息が合ったコンビである。

バルドがハンドルを切って、原生林にバンを突っ込ませて停めると、アギーレは、道路から見えないように木の枝で隠しはじめた。

「ここを早く出るぞ」

バンが茂みに隠されるのを確認した白人の男は、小走りにＢＭＷに向かった。

3

午後五時、腕を組んだ朝倉は、ホテルの自室の床に拡げた地図を睨んでいた。

スミスと呼んでいた白人男性が拉致された現場に行ったその足で、彼に取り付けたＧＰＳ発信機のシグナルを追ったのだが、地図上に表示された場所に到着する前にシグナルは消滅してしまった。仕方なく周辺を車で走り回ったが、白人男性を連れ去った白いバンすら発見できずに、昼近くに那覇に戻っている。

「ふーむ。分からん」

首を捻った朝倉は、天井を仰いだ。

スマートフォンを出して追跡アプリを立ち上げ、シグナルが消滅した位置を再度確認した。アプリには、リアルタイムに発信機の位置情報が確認できるだけでなく、動いた軌跡も後で調べることができる。嘉手納弾薬庫地区の南東部で午前七時二十三分に、シグナルが消えたことはアプリ上には記録されていた。また、シグナルが出現した時間は二十八分前と、同じ場所で移動はしていない。

これが事実とすれば、発信機は午前六時五十五分に弾薬庫地区で突然作動をはじめ、二十八分後に停止したのではないか。白人男性は弾薬庫に監禁されたのかもしれないが、殺されてその場所に埋められた可能性が高い。

嘉手納弾薬庫地区は、〝Kadena Ammunition Storage Area〟の英語表記を直訳したに過ぎないが、他の米軍基地と同様にゲートがあり、厳重に出入りはチェックされている。傍迷惑《はためいわく》な爆弾を処理する訓練はたまに行われるが、施設の性格上、基地を訪れる民間人もいないはずだ。そもそも許可が与えられるとも思えない。そういう意味では、侵入することは他の基地よりもハードルが高いといえる。犯人は、米軍関係者と見て間違いないだろう。

発信機が弾薬庫地区内で再起動したことが腑《ふ》に落ちない。白人男性は、拉致された直後に殺害され、GPS信号を遮断する袋に詰め込まれた。そして、袋から出して死体を埋めるまでの二十八分間だけ、信号が確認できたのかもしれない。発信機の信号が再び途絶えたのは、地中深く死体を埋めたのか故障したのかもしれない。

部屋の呼び鈴が鳴った。

ドアを開けると、缶コーヒーを両手に持った中村が入ってきた。

「どうした？　もう切り上げて来たのか？」

「まったく情報が集まりません。お手上げの状態です」

中村は朝倉に缶コーヒーを渡すと、窓際の床に置いてある地図の横に胡座をかいた。国松と中村は、那覇に戻ってからメキシコの麻薬組織についての捜査を再開している。朝倉はNCIS沖縄支局に第三の男にかんする情報提供を求めるために、キャンプ・フォスターに出向いていたが、結局待たされただけで得るものはなかった。

沖縄支局にNCISの職員は十人前後いるようだが、彼らの対応を見るにつけ殺人事件の捜査を続行しているとは思えない。そのため、白人男性が拉致されたことやテイザー銃についても沖縄支局に問い合わせを行っていないのが現状である。

缶コーヒーを手に朝倉は、地図を挟んで彼の向かいに座った。

「佐野さんも、手こずっているようだ。メキシコからの麻薬は確かに日本まで流れているらしいが、麻薬組織が乗り込んでくることはないらしい」

朝倉は缶コーヒーの蓋を開けた。

「例のシグナルの問題が、気になりまして」

中村は地図を見ながら言った。

最後にシグナルを確認した場所にチェックを入れてあるのだ。

「シグナルが、作動して消えた理由は、謎だな」

朝倉は缶コーヒーを飲みながら正直に答えた。

「犯人は死体を埋める際に、発信機を見つけて慌てて壊したんじゃないですか?」

中村も缶コーヒーのプルトップを開けて渋い表情で言った。

「そう考えるのが妥当だろう。だが、それまで作動していなかった理由が謎なんだ。いずれにせよ、あの白人の男は、信号が最後に確認された場所の近くに殺されて埋められたのだろう。まだ生きていて何処かに監禁されている可能性も捨てきれないがな」

朝倉は地図上のポイントを指先で叩いた。

「発信機を発見したとしたら、場所を移動するんじゃないですか？」

「可能性はなくもない。だが、たとえ、発信機で俺たちに場所が知れたとしても、犯人は日本の警察権が及ばないこの場所に死体を捨てるだろう。俺たちが、米軍基地内に入れないことは分かっているはずだ。裁判所に捜査令状の請求をしたところで、発行される可能性は百二十パーセントないからな」

「だとしたら、悔しいですね。ＮＣＩＳは、相変わらず非協力的なんですか？」

中村は恨めしそうに朝倉を見た。

「俺の力不足もあるが、連中は大きなヤマを抱えている。けちな麻薬の売人が殺されたことなど、かまっている暇はないのだろう」

マダックスは支局に不在で、対応してくれた部下のコールは、マダックスの許可がなければ捜査の進展は教えられないの一点ばりだった。そもそも、朝倉らがスミスと呼んでいた白人男性の情報もまだ摑めていないという。

また、アフガニスタンで捜査活動をしているブレグマンが、当分、本国に帰れなくなりそうだと、愚痴のようなメールを送ってきた。米軍を揺るがすような捜査をしているのだが、何かにつけて不自由な基地での生活を強いられているので嫌気がさしているのだろう。

「そういう意味では、けちな麻薬の売人が殺されたために捜査を続けているのも、なんだか馬鹿馬鹿しくなりますね」

中村はまたコーヒーを口にすると、顔をしかめた。

「人の死に、貴賤《きせん》をつけるつもりはないがな。……待てよ。あの時、スミスは、俺に『沖縄の売人が五人も殺された』と言っていたが、『俺はやつらとは違う』とも言っていた。あの男は売人じゃなかったのかもしれないな」

朝倉は白人男性との会話を反芻《はんすう》して首を捻った。

「麻薬組織で売人じゃないとしたら、どんな役割の仕事をしていたんでしょうか？」

「分からない。だが、スミスは切り札になると思っていただけに、俺たちの捜査が厳しくなったことは確かだ」

「なんとか、なりませんか？」

中村がすがるように見ている。

白人男性は、デヨングやグレガーソンから情報を得たいと言っていた。とすれば、二人の取り調べをしているNCISから事情を聞くほかない。もっとも、昨日のブレグマンからのメールでは、二人とも黙秘を貫いているそうだ。

朝倉の仕事用のスマートフォンが鳴った。

――ハロー、朝倉か？

「俺だ。タイミングがいいな。ちょうど電話をしようと思っていたところだ」

ブレグマンからの電話である。

――残念な知らせだ。デヨングとグレガーソンが死んだ。

「何！　どういうことだ」

――一時間前に二人を監禁していた建物が、爆弾テロで吹き飛んだんだ。二人の死体は先ほど発見した。死体と呼べる状態じゃなかったがな。

「副司令官は、どうした？」

――別の建物に拘束していたので、無事だ。だが、デヨングらの死は、いい見せしめになったはずだ。メリフィールド中佐の口はますます重くなるだろう。これで、捜査は大幅に遅れそうだよ。とりあえず君の耳に入れておこうと思ってね。

ブレグマンの溜息が聞こえた。米軍内の闇の組織を解明するために重要と思われた人物を二人も失ったのだ。彼の気持ちが痛いほど分かる。

「……連絡、ありがとう」

朝倉は通話を切ると、鋭い舌打ちをした。

4

午後五時四十分、プリウスのハンドルを握る朝倉は、キャンプ・フォスターの第5ゲートに到着した。

ホテルでブレグマンからデヨングとグレガーソンが死んだことを聞かされた朝倉は、車を飛ばしてきた。中村も同行させたかったが、エスコートなしで入場できるのは朝倉だけなので、仕方なく一人で来たのだ。

NCIS本部で発行してもらったアドバイザーのIDを見せると、警備員は小さく頷いて、ゲートバーを上げた。海兵隊基地では、NCISのエンブレムが印刷されたIDは、絶大な威力を発揮する。

基地内の舗装道路を走り、NCIS沖縄支局が入っている五階建てビルの前にある駐車場に車を停めた。昼間来た時と違って、車がたくさん停まっている。外出していた職員が、戻ったのだろう。

軍は階級社会のため、階級が上がるほど、車も高級化していく傾向がある。単純に収入の問題なのだろうが、文民捜査機関であるNCISでもそれは同じらしい。駐車場には、日本の大衆車もあれば、ベンツやアウディなどの高級外車も停めてある。朝倉はスマートフォンを出し、職員に見つからないように腕を下げた状態で車のナンバーが写るように写真を撮っていく。

ナンバープレートを撮り終えた朝倉は車に乗って東に一キロほど進み、商業エリアに出た。映画館やショッピングモールやファストフードなど、郊外型の店が立ち並ぶ。米軍基地内とは思えない風景である。

ショッピングモールの端に車を停めると、朝倉はいつもの伊達眼鏡をかけ、モールの近くにある米軍の車輌許可事務所が入っている建物に入った。駐屯する米軍人は、Yナンバーの申請などをこの事務所で行うため、日本の陸運局に行く必要はない。

「NCISの捜査官、俊暉・朝倉です。調べてもらいたいことがあるんだが、いいかな」

朝倉はカウンターに座っている制服を着た中年の白人の職員に、NCISのアドバイザーのIDをちらりと見せ、あえて、アドバイザーという言葉を省いて名乗った。相手が都合よくNCISの捜査官と勘違いすることを期待してのことである。

「面倒なことは、勘弁してくださいよ」

受付の男はNCISと言っただけで、IDもろくに見ないで嫌そうな顔をした。

「NCISも、嫌われたものだ。車両の持ち主を知りたいだけなんだがな」

朝倉は苦笑した。さきほど駐車場で撮影した車のナンバーから、持ち主を割り出そうと思っている。というのも、マダックスに直接会って話がしたいと言っても、居留守を使っているのか会ってくれない。そこで、彼の車を割り出し、駐車場で張り込みをしようと思っている。直接会って、改めて捜査協力するように直談判するつもりなのだ。

「NCISの車が通ると、電波が妨害されるという苦情が寄せられているんですよ。一部の捜査官の車に電波遮断機が搭載されているらしいけど、基地内だけでなく、基地の外でも使用するのは、やめて欲しいと何度も要請しているんだ、こっちは」

男性職員は語気を荒らげた。話しているうちに興奮したらしい。

「電波遮断機！　すっ、すまない。知らなかったんだ。私の方からもNCISの上層部にクレームを入れておくよ」

朝倉は大袈裟に肩を竦めて見せた。

「支局長から極秘捜査のためだと言われたが、捜査に関係ない米軍関係者からクレームが来ているんだ。問題が大きくならないうちに止めてくれないか」

「分かった。確かに非常識だと、私も思う。極秘捜査のためかもしれないが、個人的に付けているのだろう。私が独自に電波遮断機を搭載している車を発見して、本部の上層部に報告してみる。早急に手を打たないとまずいな。思い当たる車がある。今から読み上げる車のナンバーの持ち主を知りたい。調べてくれないか」

朝倉はスマートフォンを出して、駐車場で撮影した車のナンバーを次々と読み上げた。

「それは、施設課の車だ。……その番号は軍需品課の将校の車だね」

受付の職員は、朝倉が読み上げる番号をパソコンに入力し、瞬時に答えてくれる。高そうな車のナンバーを読み上げているが、意外と当たらない。NCISの沖縄支局が入っている五階建てのビルは、他の政府機関も使用しているためだが、高級車に乗っている連中は随分といるものだ。

「それは、NCISのダラス・コール特別捜査官の車だ」

コールはアウディa4に乗っているようだ。

「それじゃ、この番号は、どうかな」

朝倉は写真に写っている別の車のナンバープレートの数字を言った。

「そのナンバーは、NCISの支局長の車だ」

五台目でヒットした。

「タイラー・マダックスの車なんだな」

「間違いない」

職員はパソコンの画面を見ながら得意げに答えた。

マダックスは、BMWの3シリーズのグランツーリスモに乗っているらしい。新車なら七百万近くする車である。彼は支局に戻ったということだ。

「ありがとう」

朝倉は慌てて事務所を飛び出してプリウスに飛び乗ると、NCISの支局に向かった。

五階建てのビルの前にある駐車場の一番端に停めると、周囲を見渡した。グランツーリスモはまだ停められている。ナンバープレートを再度確認し、後ろのバンパーの下にGPS発信機を取り付けると、自分の車に戻った。

マダックスがビルから出て来たところを狙って、嘉手納弾薬庫地区の捜査を許可するように直談判するつもりだったが、作戦を変更したのだ。

朝倉はスマートフォンを出し、NCISの沖縄支局に電話を掛けた。

「スペシャル・ポリスの朝倉ですが、マダックス支局長に取り次いでもらえませんか」

――支局長は、外出中です。

数分待たされて、そっけない返事が返ってきた。また、居留守を使われたようだ。もっとも、想定内の反応である。

三十分後、マダックスが一人でビルから出て来た。

朝倉は頭を低くして外から見えないようにし、自分のスマートフォンの画面を見た。グランツーリスモに取り付けたGPS発信機は、正常に作動している。

マダックスは車に乗り込み、発進させた。スマートフォンの地図上の赤い点も動いた。

「よし！」

朝倉はプリウスで後を追う。ただし、基地内での追跡は目立つため、距離をとった。

グランツーリスモが検問を抜けて、第5ゲートから出ていく。朝倉も検問所でIDを見せてゲートを通過した。

グランツーリスモが第５ゲート前の交差点を右折し、国道58号線に入る。

「何！」

朝倉は声を上げた。地図上の赤いシグナルが消滅したのだ。マダックスの車には電波遮断機が搭載されているに違いない。朝倉の尾行に気が付いたのではなく、基地の外に出たら、装置のスイッチを入れるように常日頃から習慣付けているのだろう。

国道58号線に右折した朝倉は、アクセルを踏んで前を走る車を次々と追い越した。

シルバーのグランツーリスモが、三台前を走っている。

「見つけたぞ！」

朝倉は右拳を握りしめた。

5

午後九時三十分、朝倉はプリウスの運転席から、二十メートル先にある平屋の住宅を見つめていた。読谷村の南側、比謝川からほど近い場所にある一軒家を見張っているのだ。

キャンプ・フォスターを出たマダックスは、国道58号線で北に向かい、読谷村にあるブロック塀に囲まれた家に入った。家自体は古いが、敷地は百坪ほどあり、庭にはマダックスのグランツーリスモとは別にフォードのエクスプローラーが停められている。

マダックスは十分ほどで家を後にした。だが、朝倉は彼を追わず、そのまま家の見張りを続けることにした。彼が帰った後も、エクスプローラーは停められたままで家の明かりも点いているからだ。また、エクスプローラーが宜野湾市の事件現場で見た車と似ていることも気になったのだ。

周囲にも家はあるが、住宅街といえるほど家は密集しておらず、少し離れたところにはトウモロコシ畑などがある田舎の風情のある場所であった。そもそもマダックスの自宅は、キャンプ・フォスター内にあると聞いていた。周辺はリゾート地でもないので、別荘というわけでもなさそうだ。どちらかといえば、隠れ家という雰囲気である。

ヘッドライトを消したアクアが、目の前に停まった。

二人の男が車から降りてくると、朝倉の車の後部座席に乗り込んできた。国松と中村である。

「ご苦労さん。応援は、どうした？」

朝倉は振り返って二人を労った。中央警務隊の三人だけでなく、佐野と野口も招喚している。週末で沖縄行きの民間機のチケットは取れなかったが、航空自衛隊の便があったため、五人を急遽輸送機で移動させたのだ。

「お疲れ様です。そろそろ、那覇空港に着陸すると思いますよ。到着次第、北井《きたい》さんから連絡がくる予定です。これで、怖いものなしですね」

中村が弁当とペットボトルのお茶を渡してきた。彼らを呼び寄せるついでに弁当を買ってくるように頼んでおいた。国道沿いには、二十四時間営業のローカルな弁当屋があるので便利なのだ。ちなみに中央警務隊の三人の応援は、北井英明《ひであき》一等陸曹と彼の部下である。彼は優秀な捜査官で、朝倉とは何度も仕事をしており、適任なのだ。

また、中村が言った「怖いものなし」というのは、北井が朝倉ら三人の拳銃を持参しているからである。朝倉が何度も襲撃されているため、後藤田班長から銃の携帯を命じられたのだ。

「うまそうだ」

弁当のパッケージを開けた朝倉は、思わずにんまりとした。ご飯の上に、これでもかというほど惣菜《そうざい》が載せられた沖縄らしい弁当である。沖縄には独特の弁当文化があり、ご飯の上に焼肉やコロッケや天ぷらなどの惣菜をご飯が見えなくなるほど載せた、ボリューミーで、しかもリーズナブルな弁当が定番である。

「食べながら、聞いてください」

国松は改まった言葉遣いで切り出した。

「あの家の持ち主は、比嘉清美《ひがきよみ》という地元の方ですが、三年前から米国人に家を貸しているそうです。比嘉さんは、現在、北谷町在住の娘さんと一緒に住まわれており、米国人との賃貸契約は不動産業者がしたので、詳しくは知らないそうです。借り手は明日不動産業者に改めて確認します。近所の住民の話では、いかつい外国人がたまに使っているそうです。怪しいですね」

国松は淡々と報告した。彼らには応援だけでなく、見張っている家の持ち主などを調べるように頼んであった。しっかりと聞き込みをしてきたようだ。

「やはり、そうだったか。このあたりは人口密集地じゃない。隠れ家として使うには、都合がいい場所だな」

朝倉はご飯を頬張りながら頷いた。

「昨日、我々が読谷村で白いバンにまかれたのは、犯人がこの辺の地理に詳しいからだと思います。あの家は、拉致犯のアジトに違いありませんよ」

中村は身を乗り出して言った。

「可能性は高い。とりあえず、どんな奴が隠れているのか、見届ける必要がある。もっとも、あの家を家宅捜査してテイザー銃が出てきても、立証は難しいだろうがな」

朝倉は弁当を食べながら首を横に振った。白人男性を拉致した三人の犯人はいずれも覆面をしており、北谷町の拉致現場からは犯人の遺留品も発見されていない。家の中の人物が特定できたとしても、犯人と結びつかなければ、何の罪にも問えないのだ。

「とすれば、スミスの行方が重要になりますね」

腕組みをした中村が、唸るように言った。

「死体かもしれないがな」

朝倉はふんと鼻息を漏らした。

「最悪、死体だったら、嘉手納弾薬庫地区に埋められているんですよね」

国松が頭を抱えた。

「正直言って、マダックスに弾薬庫地区の捜査を要請するつもりだった」

朝倉は頭を掻いた。

キャンプ・フォスターの車輌事務所で電波遮断機の話を聞いた時、朝倉はマダックスが怪しいと直感し、彼を尾行することに決めた。殺人事件への非協力的な彼の態度も腑に落ちないと思っていたが、単に米軍の闇組織の捜査で忙しいからだと朝倉は自分に言い聞かせ、彼を疑うことはなかった。だが、テイザー銃や電波遮断機など、拉致犯人との接点を感じたのだ。

「我々は手詰まりだが、何か手はないのかな」

国松は例によって朝倉しかいないと言っているのだ。

「分かっている」

弁当を食べ終わった朝倉は、車の外に出た。外気温は、二十六度まで下がっている。だが、曇っているせいか湿気を感じ、涼しいというほどではない。

腕時計で時間を確認した朝倉は、スマートフォンでハインズに国際電話を掛けた。国松らの前で話せなくもないが、気を遣いたくないので外に出たのだ。

「朝倉だ。起きていたか？」

——最近は、忙しくて朝のジョギングができていないが、五時には起きている。家を出たところだよ。

バージニア州は朝の八時半だが、ハインズは元気な声で答えた。

「今、電話は大丈夫か？」

——大丈夫だ。運転しながら話を聞くよ。

「実は、NCIS沖縄支局長のマダックスだが、不審な動きをしている」

——マダックスが？　彼は勤続二十二年の真面目《まじめ》な男だが。

ハインズが戸惑っている様子が目に浮かぶ。

「彼は車に電波遮断機を取り付けて、尾行や盗聴を防止しているようだ」

——電波遮断機！　……過剰ではあるが、身の安全を図るためだろう。

ハインズの声が少し高くなった。多少は驚いたようだ。

「実は、米軍の麻薬組織に関係している男を、俺は追っていた。だが、昨日、俺の目の前で拉致されたんだ」

朝倉は昨日の事件を詳しく話した。

――確かにＮＣＩＳ沖縄支局にも、捜査官用のテイザー銃が数丁常備されているし、使用には支局長の許可がいる。だが、犯人がテイザー銃を使ったことと、電波遮断機を搭載したバンに乗っていたからって、マダックスを疑う理由にはならないよ。

ハインズの笑い声が聞こえる。ここまでなら、笑って済ませられるだろう。

「実は夕方、マダックスを尾行したら、隠れ家らしき場所に彼は行ったのだ。今も、見張っているが、そこは怪しい外国人が出入りしているらしい。昨日、バンを見失った場所から遠くない。しかも、宜野湾市で俺を狙撃した犯人が乗っていた車と同じ型の車が置いてある」

――そうなのか？

ハインズの声音が変わった。少しは、朝倉の話を聞く気になったらしい。

「マダックスは沖縄で起きた殺人事件の捜査に消極的だ。決め手となるのは拉致された男だろう。マダックスには内緒で嘉手納弾薬庫地区の捜査をさせてくれ。そこに手掛かりが必ずあるはずだ」

あえて死体とは言わなかった。生きている可能性もまだ捨てきれないからだ。

――マダックスが、犯人グループとかかわりがあると決まったわけじゃない。極秘で捜査するということは、彼を外したことになる。彼が事件とかかわりがなかったら後々面倒だ。それに彼はかりにも支局長なんだ、弾薬庫地区の責任者に捜査の請求をした時点で、マダックスに確認の連絡が行ってしまうだろう。支局長はそれなりに権力を持っている。彼に知られずに捜査することは、意外と難しいんだ。

ハインズはまだ渋っている。身内を疑いたくないのだろう。

「それじゃ、拉致された男の画像を送る。本部で調べてくれないか」

マダックスは調べたと言いながら、何もしていない可能性もあるはずだ。

——私のスマートフォンに送ってくれないか。車のナビゲーションシステムで見ることができるんだ。

米国の捜査員が使っている車のナビゲーションシステムは、スマートフォンだけでなく本部のサーバーと繋がっていると聞いたことがある。

「分かった。監視カメラの映像だが、割と綺麗に映っている」

朝倉は映像から切り取った写真を直接ハインズのスマートフォンに送った。

「なっ！」

ハインズの叫び声の後、放送事故のように突然音声が途絶えた。よほど驚いたらしい。

「男を知っているのか？」

朝倉は、苛立ち気味に催促した。

——本部に行ったら、改めて連絡する。

ハインズから通話を切られた。

「何なんだ、まったく」

舌打ちした朝倉は、スマートフォンをポケットに捻じ込んだ。

6

国道３３０号線と国道81号線が交差する石平《いしんだ》交差点の西の角に、サムズ・カフェというステーキとシーフードのローカルなレストランがある。

交差点の西側の道は、キャンプ・フォスターのゲートに通じる引き込み道路になっており、サムズ・カフェは実質的に基地の敷地内にあるようなものだ。そのため、地元住民だけでなく、基地関係者の常連が多い。

店内のインテリアは、一九五〇年から六〇年代の古き良き時代の米国を再現したカフェスタイルで、懐かしいオールディーズのＢＧＭが流れている。

古いエレキギターが飾られた壁際の席に、マダックスとコールが、向かい合わせに食事をしていた。時刻は午後十時を過ぎている。店の営業時間は、午後五時から午後十一時半までで、この時間でもステーキなどボリュームのある夕食を食べている客は大勢いた。

「さすがにこの時間に、肉の塊は食えなくなったな」

リブロースステーキをうまそうに頬張るコールを見て、マダックスは首を小さく横に振り、海老《えび》のバターソテーをフォークで刺した。

「私は肉しか食べないので、たまにシーフードを食べると、胸焼けしますよ」

コールは口の中の肉を、グラスに入ったオリオン・アサヒビールで流し込んだ。

「アフガニスタンの件は、買い付け担当の二人の将校が組織の人間に爆殺されたらしい。だが、現地の責任者である副司令官が今も拘束されている。もう一踏ん張りすれば、組織は解体できるはずだ。だが、やっかいなのは、ジャパニーズ・スペシャル・ポリスだ」

マダックスはI・W・ハーパーのグラスを手に、渋い表情になった。スペシャル・ポリスとは、朝倉のことらしい。

「〝グッチーロ〟のヒットマンを呼び寄せたのは、正解でしたね。もっとも、リスクを伴うことは分かっていましたが、我々が処理すれば何の問題もなかったはずです。なんで、あのポリスは、執拗に事件にくらいついてくるんですか？　そもそも日本のポリスにアドバイザーのIDを与えて、基地への出入りを自由にさせるなんて、本部はいったい何を考えているんですかね」

コールは空になったグラスを、襟に二本のラインが入った白いセーラーシャツ姿のウェイトレスに見せて、ビールの追加をした。従業員の男性は横縞のTシャツ、女性はセーラーシャツと古《いにしえ》の海軍をイメージした制服を着ている。

「私の権限で極秘のファイルを調べたところ、あの男は、過去に少なくとも二度も米軍にかかわる事件を解決している。今回のＩＤは、ハインズ本部副局長が、局長の許可を得て発行したようだ。日本の警察官が、一人で捜査したところで、何もできないと私は高をくくっていたが、間違いだったらしい。現にアフガニスタンの捜査を進展させたのは、あの男のようだ」

「それが、本当なら、我々はあの男の働きに感謝するべきですね」

コールは肩を竦めて見せた。

「確かに恩恵は受けたと言えよう。だが、今は、それが仇《あだ》になっている。実は、レディックの死体にＧＰＳ発信機が取り付けてあった。弾薬庫地区で私が見つけて破壊したが、あそこに埋めたことは知られてしまった可能性がある」

マダックスは小声で言った。

「えっ、本当ですか？　でも、一体誰が？」

「朝倉に決まっているだろう。あの男が、レディックと一緒にいるところを襲ったんだ。レディックの口から何か漏れることを恐れてことを急いだ。その時、あいつは、レディックに発信機を装着したに違いない」

マダックスは眉間に皺を寄せて、朝倉の名前を出した。

「レディックは、組織の連絡係をしていましたからね。我々が組織の情報を得るために、あの男を密かに追っていましたから、先に殺しておくべきでした。今後も組織の情報を得ようと、生かしておいたのが、まずかったですね。日本のポリスが、第三の男としてレディックの写真を持ってきた時は、少々驚きましたが、まさか本人を見つけ出して発信機まで取り付けるとは……」

コールは両眼を見開いて、言葉を失ったらしい。

「感心している場合じゃない。あの男のスペシャルという肩書きは、伊達じゃなかったようだ。調べてみると、防衛省の中央警務隊と警視庁で選び抜かれたポリスで構成された特別チームのリーダーらしい。このまま野放しにしておけば、我々が危うくなる。例の女は、どうした？」

「私が台湾に一緒に行って、運び屋に仕立てました。チーズを運んだだけですが、覚醒剤を運んだと信じています。携帯電話を渡して、監視下に置いています。一週間前に沖縄に戻っていますが、どうしますか？」

コールが狡《ずる》そうな顔で尋ねてきた。

「女の自由を奪うことだな。最悪の場合は、朝倉を手懐《てなず》けるのに使えるはずだ」

「了解しました。任せてください。それにしても、あの男を監視していた甲斐《かい》がありましたね。まさか、彼女が沖縄にいたとは思いませんでしたよ」

コールは何度も頷いて見せた。

「女を押さえれば、なんとかなる。朝倉が出すぎた真似をすれば殺すんだ」

マダックスは鼻先で笑った。

「弾薬庫地区が調べられることはありませんか？」

コールは上目遣いで聞いた。死体のことがよほど気になるのだろう。

「望むところだ。手は打ってある」

マダックスはニヤリと笑って鼻息を漏らした。

フェーズ10：原生林の死体

1

翌日の朝、朝倉は恩納村にある琉球村を一人で訪れていた。

古民家が移築された園内は、昔の沖縄の生活が再現され、エイサーショーや島唄のライブが行われるなど、「まるごと沖縄体験」を謳《うた》うテーマパークである。

午前九時二十分、開園間もないが、日曜日だけにそこそこの人出はある。

「暑いなあ」

今朝は朝からよく晴れており、気温はすでに三十度近くまで上がっている。

Tシャツにジーパンは昨日までと同じスタイルだが、今日は腰に銃を隠し持っているため、麻のジャケットを着ていた。後藤田から、常に銃を携帯するように命令が出ているからだ。

「中央広場を抜けて、この先か」

園内のパンフレットを片手に移動し、広場を通って古民家の脇を歩いていると、数十メートル先に〝ポーポー屋〟という東屋《あずまや》のような売店を見つけた。〝ポーポー〟とは、水で溶いた小麦粉をクレープのように薄く焼いて、油味噌《みそ》やソースを塗った沖縄の菓子である。

店先の看板に菓子とソフトドリンクのメニューが書かれた看板があった。

「生サトウキビジュース」

ブルーシールのアイスクリームか悩んだが、喉が渇いているので、ジュースを頼んだ。それにごつい男が、一人でアイスクリームを食べている絵はいただけない。

「はい、どうぞ」

「ありがとう」

朝倉は薄茶色のジュースにクラッシュアイスが入ったグラスを受け取ると、店先の長椅子に腰を掛けた。

「そのまま前を向いていて。私はサンドラ・パーク」

金髪の白人女性が朝倉に背を向ける形で長椅子の反対側から座り、アイスクリームを舐めながら話しかけてきた。

「初対面の俺を人混みの中から、よく見つけたな」

朝倉はさりげなく、サトウキビジュースを一口飲んだ。黒糖のしっかりとしたコクがあるものの冷えているせいか、あっさりとしている。喉の渇きを癒すには正解であった。昨夜、朝倉が拉致された男の写真をハインズに送ったところ、時間と場所だけ教えられて男の相棒に会うように指示されたのだ。

驚いたことに男はマイケル・レディックという名の米国麻薬取締局の特別捜査官で、米軍の麻薬組織に潜入捜査をしていたというのだ。ハインズは米軍内の麻薬組織のことは麻薬取締局から密かに情報を得ていたという。だが、潜入捜査をしている関係で、局内の部下に話すこともできず、また、局長からも沖縄での潜入捜査を黙認するように命令されていたそうだ。レディックが沖縄で潜入捜査していたことを知っていたのは、局長とハインズだけだったということらしい。

「迷わなかったわ。目印は、大男のオッドアイと聞いたから」

ハインズからは相棒とだけ聞かされていたが、女だとは聞いていなかった。サンドラは、レディックのサポートをしていたらしい。朝倉はなるべく顔を曝《さら》け出《だ》すように、眼鏡も掛けていなかった。相手が誰かも教えられずに、接触を待つようにハインズから言われていたのだ。

「レディックは、アフガニスタンの捜査が進んでいることを知らなかったようだ」

朝倉は前を向いたまま話した。

「捜査情報を、私は把握していた。だけど、彼はアジトで仕事をしていたから、情報を伝えることができなかった。電話ももちろん、下手にスマートフォンにメールを入れると証拠を残すから、いつも特殊な手段で私と情報を交換していたの。それが、仇になったわ。彼と最後に会ったのは、あなただけなの。詳しく状況を教えて」

サンドラは感情を入れずに淡々と話す。歳《とし》は三十代半ばだろうか、ちらりと横顔を見ただけなので定かではないが、一見観光客に見える普通の女である。潜入捜査をするだけにベテランなのだろう。

「あの男が特別捜査官なら、完璧だったな。俺も見破れなかった」

苦笑した朝倉は、レディックが拉致された前後のことを話した。

「GPS発信機は、嘉手納弾薬庫地区で最後に確認されたのね。弾薬庫に監禁されているのかしら」

サンドラの声のトーンが落ちた。

「発信機は見つかって破壊されたのだろう。位置は原生林の中だ。建物の中ではない。発信機だけ森に捨てられ、レディックが弾薬庫で今も生きているのなら、必ず俺が助け出してやる。だが、安易な希望は持たないことだ」

朝倉は冷たく言った。希望を持てば、後でより大きな悲しみを味わうことになる。

「……どうやって探すつもり？」

サンドラは戸惑い気味に尋ねてきた。相棒が行方不明ということもあるが、サポート役としての責任を感じているのだろう。

「麻薬組織に知られてもいいのなら、NCISの本部から特別捜査官を派遣してもらい、正式に捜査をしてもらうまでだ。というのも沖縄支局は誰が組織に通じているか分からないから、彼らは使えない。だが、本部から派遣してもらうのなら、捜査は早くても明後日以降だ。それに、派遣されたことがバレたら、仮にレディックが生きていたとしても殺される可能性もある」

朝倉はあえて支局長が怪しいとは言わなかった。支局長が信用できない以上、支局の捜査官は誰も使えないのだ。

「NCISは、海軍で唯一の犯罪捜査機関なのよ。彼らが捜査しないで、誰がするの？それとも、私に彼のことを諦めろと言いたいの？」

サンドラは感情的になったらしく、朝倉を睨みつけている。

「俺がさっき言ったことを、聞いていなかったのか？」

朝倉はちらりと彼女を見て鼻先で笑った。気の強そうな顔をしているが、まだ若い。三十代前半というところか。

「えっ！　助けると言ってくれたけど、冗談でしょう」

サンドラは、慌てて前を向いた。

「二言はない。装備を整えて、潜入する」

米軍基地に潜入し、自分の目で確かめるしか方法はないと思っている。

「ばっ、馬鹿を言わないで。敷地内には銃を持った警備兵が必ずいる。見つかったら、撃ち殺されるわよ。そもそも日本の捜査官が、そこまでできるはずがないじゃない」

落ち着けとでも言いたいのか、サンドラは低い声で説教がましく言った。

「俺は臆病なんだ。見つかるようなドジは踏まない。それより、頼んだものを持ってきたか？」

朝倉は鼻先で笑うと、サトウキビジュースを飲み干した。

「もちろんよ」

首を左右に振ったサンドラは、肩から提げているポーチの中からビニール袋に入ったUSBメモリを渡してきた。

「レディックが素手で触ったんだな？」

朝倉はジャケットのポケットにさり気なくビニール袋を仕舞うと、問いただした。

「彼が使っていたノートパソコンに挿さっていたのを、わざわざ手袋をはめて抜き、ビニール袋に入れてきたから、私の指紋も匂いも付いていないはずよ」

「上出来だ」

にやりとした朝倉はベンチから離れた。

2

午後八時、ホテルクイーン那覇、一二〇六号室。

「警備兵は、県道74号線沿いの正面ゲートから二百メートルの西北に位置する建物に、空軍第十八弾薬中隊は、ゲートから八百メートル北の建物に駐屯している。それから、兵舎はここと、ここだ。人員の内訳は、警備兵が二個小隊で五十名、弾薬中隊が百五十名、合わせて二百名、このうち警備で即応できるのは、一個小隊二十五名と思われる」

リビングスペースのテーブルには嘉手納弾薬庫地区の地図が置かれ、朝倉が施設の説明をしている。

朝倉と対面のソファーには国松と中村が座り、神妙に聞いていた。

読谷村の家の見張りをしている佐野と野口には、応援で駆けつけた北井と彼の部下である内田《うちだ》雄也《ゆうや》二等陸曹と原口《はらぐち》康彦《やすひこ》二等陸曹の三人を送り込んである。見張っている家の借り手は、不動産業者に問い合わせたところ、朝倉の睨んだ通り、マダックスであった。

ちなみに内田と原口は、昨年の防衛省絡みの捜査で北井が率いるチームに参加しているので、朝倉とも初対面ではない。

「どこから情報を得たんですか。これは、機密情報ですよね」

弾薬庫地区の詳細を聞かされた国松は、腕組みをして唸っている。

「機密情報には違いないが、タネを明かせば、敷地内に自衛隊と米軍が共用する火薬類貯蔵施設がある。そこで、後藤田班長から、自衛隊が知りうるだけの情報を得て、足りない部分は、ＮＣＩＳからもらったんだ」

朝倉は頭を掻いて笑った。

「弾薬庫地区の施設はよく分かりましたが、潜入捜査で見つかれば、日米間の国際問題になりますよね」

国松は怪訝な表情で、朝倉を見た。

「もちろんフェンスを乗り越えて侵入すれば、不法侵入になる。堂々と入ればいいんだ。俺は形式上だが、君らは現役の自衛官だろう。自衛隊が使用している貯蔵施設に行くのであれば、問題はない。すでに陸自から米軍に明日の午後に貯蔵施設に弾薬を移送すると、打診してある」

「なるほど、自衛隊の任務で弾薬庫地区に入るのですか。それじゃ、消えたＧＰＳ発信機とその貯蔵施設との位置関係はどうなっていますか？」

小さく頷いたものの国松はまだ納得しないのか、質問を入れてくる。

「貯蔵庫は正面ゲートから北に二・八キロ、発信機の位置は北東に一・三キロ、二つのポイントの最短距離は一・七キロ、とはいえその間は原生林なので、現実的には基地の道路を使うことになるはずだ。距離は、二・六キロだ」

朝倉は地図に記入してある赤い丸を指差しながら、淡々と答えた。

「二・六キロですか。途中で見つかる可能性はないのですか？　そもそも、ＧＰＳ発信機が確認された場所に着けたとしても、死体はどうやって見つけるんですか？」

国松は矢継ぎ早に質問してきた。それだけ心配なのだろう。

「まだ、死体と決めつけるな。生きている可能性も考えて、急いでいるんだ。捜査は巡回パトロールがない、夜間にする。俺が施設に隠れ、夜間に暗視ゴーグルを装着して、捜索するんだ。それに、秘密兵器を持参するつもりだ」

朝倉は勿体《もったい》ぶって咳払いした。

「死体発見装置みたいな秘密兵器でもあるんですか？」

国松は肩を竦めて見せた。

「そんなところだ。だが、使いこなすには、俺の訓練が必要になる。実は、今日も三時間ほど訓練を受けてきた。明日も訓練を受けてから捜査に臨むことになる。君らは、弾薬と俺を施設に運び込み、俺を残してそのまま基地から出てもらえばいい。明後日の朝、逆の手順で俺を回収してくれ。陸自の那覇駐屯地から、嘉手納弾薬庫地区に爆薬の搬入と搬出という訓練を行うと米軍には伝えてある。訓練と言っても地味なものだ。怪しまれる心配はない」

読谷村の見張りに佐野と野口を残し、国松と中村を中心にした中央警務隊の捜査官が朝倉のサポートをすることに決めている。

「ちょっと、待ってください。フェンスを乗り越えないだけで隠れて行動するのなら、結局、不法侵入と同じですよ。万が一、見つかったらどうするんですか？　そもそもＮＣＩＳの協力は得られないのですか」

中村は横から右手を激しく振って身を乗り出してきた。

「本来なら、ＮＣＩＳの沖縄支局の捜査官を使うべきところだが、今の沖縄支局は、誰も信用できない。それどころか、麻薬組織と通じている可能性すらあるんだ。彼らに捜査を知らせたら、証拠隠滅を図られる。それに、俺には、これがある」

朝倉は二人にＮＣＩＳのアドバイザーＩＤを見せた。

「確かに身分は保証されるかもしれないが、今度は米軍から違法捜査を問われますよ。警備兵に撃たれなくても、拘束される可能性は捨てきれません」

国松は首を左右に振った。

「実は、今回の作戦をＮＣＩＳ本部に打診してある。もし、警備兵が銃を使って、負傷した場合は、俺の自己責任となるが、拘留された場合は、ＮＣＩＳの正式な捜査だったとし、俺の身柄を保証してもらうことになっている。抵抗しなければ、米兵も無闇には撃ってこない。だから俺は銃を置いていくつもりだ」

ハインズは沖縄支局が機能していないため、仕方なく朝倉の作戦を認めた上で、局長の許可も得ている。また、本部から応援を一チーム送ることも約束してくれた。朝倉が弾薬庫内で何か手掛かりを見つけたら、捜査をするためである。本来なら、NCISの応援部隊を待った上で、捜査に入るべきだが、万が一にも麻薬捜査官のレディックが生きているとしたら、一刻を争う事態になるため、朝倉はあえて無謀な作戦に出るのだ。

「そこまで、用意してあるのなら、止めても無駄ということですね」

国松はわざとらしく、大きな溜息を吐いて見せた。

「そういうことだ。無謀だとは分かっている。だが、処罰を恐れて捜査もせず、救える命も諦めるというのなら、職務放棄と同じだ。そうは思わないか?」

我が身を惜しんでは国を守れないと自衛官時代に叩き込まれたが、我が身を犠牲にするというのではなく、捜査官として職務を果たしたいだけだ。

「しかし、本当に大丈夫なんだろうか?」

国松はまだ心配しているようだ。彼は朝倉が警備兵に拘束されて、日米問題に発展するのを恐れているのだろう。

「俺は、あらゆる事態に対処する覚悟はある。俺を信じろ」

敢えて言うのなら、米軍に拘束されることも覚悟の上なのだ。もっとも最悪の事態も想定して拘束された場合は、個人の意思で行ったことにするように作戦実行前に桂木と後藤田の二人にメールで送るつもりだ。

組織には迷惑は掛けられないが、日本が真の独立国であることを証明するには、日米地位協定に捉われずに米軍が相手でも正義を貫く必要があったという内容のものである。

また、朝倉が国松らに言った秘密兵器というのは警察犬のことで、県警から借り受ける際、朝倉は米軍に対する覚悟を話し、説き伏せていた。


沖縄県警本部会議室、午前十時四十分。

「なっ、何を考えているんですか。米軍基地を捜査令状もなしに警察犬を使って捜査するって、無茶苦茶なことを言わんでくれ。それとも、私をからかっているのですか？」

県警の宮城は真っ赤な顔をして言った。朝倉は無謀とも言える捜査計画を正直に話したのだ。拒否してくることは、想定内である。

「無理を承知で聞いている。人間じゃ、匂いを追って人を探すことは不可能だ。県警は、管轄下で起きた事件を野放しにするつもりか！」

朝倉は会議室の机を叩いた。

一時間ほど前に米国麻薬捜査官であるサンドラ・パークと会ってきた朝倉は、彼女に拉致されたレディックの持ち物を借りた足で、宮城を訪ねたのだ。

「日米地位協定で、我々が縛られていることは知っているでしょう。それに警察犬は通常、ハンドラと呼ばれる調教師役の警察官と組んで捜査をするものです。警察犬だけ貸してくれと言われても、無理ですよ」

一瞬たじろいだ宮城は、両手を激しく振って見せた。

「分かっている。以前、警視庁の訓練所を見学したことがある。今日と明日の二日間で、パートナーとなる警察犬と訓練をさせてくれ。それで、だめなら諦める」

「たった二日の訓練で、ものになるかどうか」

宮城が今度は首を左右に振って、溜息を漏らした。

「人の命が掛かっている。本当は、今日にでも捜査をしたいくらいだ。早い方がもちろんいいんだが、ギリギリ明日の夕方までになんとかしたい」

「正直言って、県警の警察犬は優秀です。あなたの命令でも聞くでしょう。でも、もし、米兵に見つかったらどうするんですか？　日米問題になりますよ。それに警察犬は、道具じゃない。貸し借りできるものじゃないんですよ。射殺されたら、責任を取ってもらえますか？」

「最悪の状態は、望むところだ。俺が米軍に拘束される覚悟はできている。日米地位協定に背く俺の行動で、一石を投じるつもりだ。だが、預かった警察犬は俺の命にかえても守ってみせる」

朝倉は宮城を睨みつけた。

「米軍に一泡ふかせるのですか。……分かりました」

両眼を見開いた宮城は、大きく頷いた。

一時間後、県警本部長を説得した宮城は、朝倉を糸満《いとまん》市にある県警の直轄警察犬訓練所に案内している。


「死ぬつもりですか？」

国松は「俺を信じろ」と言った朝倉を見て、生唾を飲み込んだ。

「覚悟はあるが、死ぬつもりはない。だからこそ、俺をサポートしてくれ。すでに準備は進めている。君らに揃えて欲しいものもある」

朝倉は国松と中村を交互に見た。

「了解！」

中村が先に返事をすると、国松も頷いて見せた。

3

翌日午後五時四十分、県道74号を左折した陸自の73式小型トラックと六輪二トントラックである73式大型トラックが、嘉手納弾薬倉庫地区の正面ゲートに停まった。

「IDを確認させてくれ」

ゲートのボックスから出てきた警備の米兵が、軽く敬礼して先頭の73式小型トラックの助手席を覗いて英語で尋ねてきた。

「我々は後続車の警備を担当している警務隊です。第五十一普通科連隊の予備弾薬を共用貯蔵施設に保管に来ました」

助手席の国松は、なんとか英語で答えると、身分証明書を渡した。中央警務隊が地方の部隊の警備をするのは怪しまれるため、那覇に駐屯する第一三六地区警務隊の身分証明書を急遽作成したが、台紙は本物なので、偽物に見えるはずはない。

「要請は受けている。あそこに停まっているハンヴィーで弾薬庫まで案内する。後ろに付いて従ってくれ」

警備兵は二台の車を簡単に調べると、数十メートル先の駐車場に停まっている軍用四駆のハンヴィーを指差した。

「了解しました」

国松が返事をすると、ハンドルを握る中村が車を進めた。後続の73式大型トラックには、北井と内田と原口の三人が乗っており、荷台には爆薬と記された大きな木箱が積まれている。朝倉と沖縄県警から借り受けた警察犬である黒い雌のシェパードの〝エマ号〟が隠れていた。

　ハンヴィーを先頭に三台の車は、ゲートから二・八キロ北に進み、原生林に囲まれた半地下の倉庫に到着した。弾薬庫だけに爆発時の外壁の強度を考えて半地下にしているのだろう。しかも上部は盛り土がされて芝生が植えてあり、強度を保つと同時に上空から識別し難い構造になっている。

　先頭のハンヴィーは緩いスロープの下にある弾薬庫のシャッターの前で停まった。助手席から降りた兵士が、シャッターの脇にある出入口のドアの鍵を開けて中に入ると、すぐにシャッターは開いた。

　ハンヴィーの運転席の窓から米兵が腕だけ出し、車を弾薬庫に入れるように合図を送ってきた。

「進めてくれ」

　国松は右手を前に振った。中村が73式小型トラックを前進させると、73式大型トラックが続いて弾薬庫に進入する。

「驚きましたね。中はこんなに広いんですか?」

　中村はハンヴィーの後ろに車を停めると、目を丸くして首を振った。

　弾薬庫の出入口から先は、外見の二倍の広さがある空間が広がっているのだ。

「感心している場合か。仕事だ、仕事」

　国松は助手席から降りると、73式大型トラックの後ろに駆け寄った。遅れて中村も配置に就く。二人とも警務官の制服を着て、腰の帯革《ガンベルト》に9ミリ拳銃と警棒を挿している。元々、警務隊の仕事の一つに警備があるので、二人の動きに無駄はなく、それらしく見える。

原口を運転席に残して大型トラックから北井と内田が降りてきた。先導したハンヴィーからも二人の米兵がのんびりとした様子で降りてくると、腕組みをしてハンヴィーにもたれ掛かった。

「フォークリフトを借りていいか?」

中村が流暢な英語で米兵に尋ね、彼らがオーケーと右手を上げると、北井は出入口近くに置いてあるフォークリフトに乗り込んだ。自衛官は積極的に各種免許の取得をする傾向がある。技術を身につけることは、隊員のスキルアップに繋がることもあるが、退官後の再就職で困らないためだ。北井も大型一種免許だけでなく、フォークリフトの免許も持っている。

北井は軽いハンドルさばきで、フォークリフトのフォークを大型トラックの荷台に積まれている荷物の下のパレットに差し込んで木箱を引き寄せた。「予備弾薬」と日本語と英語の表記がされた紙が貼り付けられた木箱のサイズは、縦横一・二メートル、奥行き一・八メートルある。

「どうせ、訓練で明日には引き取るんだろう。だったら、その辺に適当に置いてくれ」

米兵は欠伸をしながら出入口近くの壁際を指差した。彼らには「予備弾薬」の搬入と搬出の訓練だと伝えてある。そのため、米兵に緊張感はまったくないのだ。

「オーケー！」

北井は木箱を出入口近くの壁際にそっと置いた。

「グッジョッブ！　撤収してくれ。ムーブ、ムーブ！」

作業を見守っていた米兵は、まるで部下を扱うように国松らに号令を掛けた。所詮国松ら自衛官を下に見ているのだろう。

「撤収！」

苦笑を浮かべた国松は北井らに指示をすると、自ら車に乗り込み、73式小型トラックと73式大型トラックは、慌ただしく弾薬庫を出た。

「俺たちは、兵舎に戻る。君らは、すまないが、すぐにゲートに向かってくれ」

弾薬庫の施錠を確認した米兵はそう言うと、国松らを残して西の方角に立ち去った。さっさと基地から出ろということである。たった二・八キロだが、送り出すのが面倒なようだ。

「こちら、サラディーン01、ボニート、応答願います」

国松は耳に捻じ込んであるブルートゥースイヤホンを右の人差し指で軽く叩いて通話モードにし、無線連絡した。

――こちらボニート、感度良好。

朝倉からの応答が、イヤホンから明瞭に聞こえる。スクランブルをかけた電波が傍受されるとは思えないが、潜入捜査のため、コードネームを使用しているのだ。今回は、魚の名前で統一しており、朝倉は鰹《かつお》、国松ら中央警務隊は鰯《いわし》で、国松を筆頭に番号を振っている。

「エスコートの米兵は、立ち去った。我々も弾薬庫地区から撤収する。問題はないか?」

国松は弾薬庫の周囲を見渡して言った。

――問題ない。俺たちは落ち着いている。

俺たちとは〝エマ号〟のことである。

木箱の中は、隙間から光が差し込むが、弾薬庫内は真っ暗なため、国松は〝エマ号〟が動揺していないか心配だったのだ。

「安心した。だが、決して無理はしないでくれ。発見されたら大ごとになるからな」

国松は溜息を殺し、弾薬庫のシャッターを見つめた。

――分かっている。予定通り、日が暮れるまでここから出るつもりはない。サポートを頼んだぞ。

朝倉の声は落ち着いている。〝エマ号〟の鳴き声は聞こえないので、問題はないようだ。

予備弾薬と記載された木箱に、迷彩の戦闘服を着た朝倉は、小型のタクティカルバッグを腹の上に載せて膝を折って仰向けになっており、リードを付けていない〝エマ号〟は伏せの状態でじっとしているはずだ。

「無事に任務をこなせるように祈ります。サポートは任せてください」

国松は無線連絡を終えると、中村に車を出すように合図をした。

4

弾薬庫の暗闇の中、壁際に座っていた朝倉は両眼を見開いた。

二時間ほど前に木箱から抜け出している。顔面をフェイスペイントで黒く塗り潰し、携帯食料を食べて体力を温存するためにじっとしていた。日はとうに暮れているが、警備兵の最後の巡回パトロールが、午後八時から九時の間まで行われるために弾薬庫から出ないようにしていたのだ。

傍らには警察犬の〝エマ号〟が伏せの状態でじっとしていた。木箱の中では舌を出して辛《つら》そうだったが、木箱から出て水と餌《えさ》を与えたところ落ち着きを取り戻している。

朝倉は、昨日と今日の二日間で合計六時間の訓練を〝エマ号〟と行っていた。非常に優秀な犬で、朝倉の命令を忠実に実行するだけでなく、ハンドラーとしての朝倉をサポートしようとする。正規のハンドラーでない朝倉と行動することを、周囲では不安視していたが、今のところ問題はなさそうだ。

朝倉は左手首のミリタリーウォッチで時間を確認した。さすがにアフガニスタンの民兵から奪った腕時計は処分し、那覇市内で購入したのだ。

蓄光性塗料が塗られた針が、午後九時六分を示している。ポケットからLEDライトを出して点灯させ、小型のタクティカルバッグを開けて中を確認した。暗視ゴーグル、虫除《むしよ》けスプレーに救急セットにタオル、五百ミリリットルのペットボトルが四本、それに証拠品を入れるための大小のビニール袋などである。水は〝エマ号〟の分も必要なので、余分に持ってきた。

バッグの外側のベルトには、折り畳みスコップが固定されている。迷彩戦闘服に陸自で採用されている防弾チョッキ3型を着ているが、武器は一切携帯していない。たとえナイフでも所持しているところを発見されたら、日米問題になる恐れがあるからだ。

ハインズからもNCISが身分を保証するには、武器の不携帯が条件だと念を押されている。〝エマ号〟を無事に県警に送り返す必要もあるため、警備兵に発見された時点で、ホールドアップを決めていた。

暗視ゴーグルを頭に装着した朝倉は、立ち上がった。〝エマ号〟は尻尾《しっぽ》を振っているが、伏せの状態で待機している。

「立て」

命じると、〝エマ号〟は立ち上がって朝倉の左脇に寄り添う。英語の方が犬にとって命令が分かりやすいという理由で盲導犬などは、英語が使用されるのだが、警察犬は日本語で訓練を受けている。

朝倉は出入口の前に立つと、LEDライトを消して暗視ゴーグルの電源を入れ、ドアノブの鍵を開けた。

ドアを開けると、埃臭い弾薬庫にひんやりとした新鮮な空気が流れ込んできた。気温は二十四度ほどか。弾薬庫地区は比謝川の水源地である原生林で覆われているため、気温が二、三度下がるのだろう。

ポケットから携帯型のGPSナビゲーションを出した。すでに、破壊されたと思われるGPS発信機の緯度経度は入力してある。スマートフォンでも同じような機能はあるが、アプリでは正確性に欠けるため、登山でも使える精密な機器を持ってきたのだ。

マイケル・レディックに付けておいたGPS発信機が最後に確認された場所を、作戦上〝ラッキー・ポイント〟と名付けた。死体に限らず、物証を見つけて捜査がドラスティックに展開するように願ってのことだ。

「行くぞ」

星空の下、朝倉は闇の中をゆっくりと歩きはじめた。〝エマ号〟は、朝倉の左側面をしっかりと前を向き、歩調を合わせて進んでいる。犬の目は色を感じる錐体《すいたい》細胞は少ないが、微弱な光でも反応する桿体《かんたい》細胞が多いため、夜間でも目は見えるのだ。

　敷地内に建てられている弾薬庫は広範囲にわたり、しかもばらばらに建てられているため、弾薬庫を繋ぐ道路は、迷路のように曲がりくねっていた。朝倉が出発した、自衛隊が米軍と共用している弾薬庫から〝ラッキー・ポイント〟までは、南東の方角に二・六キロほど歩くことになる。

　樹木が左右からせり出す街灯もない舗装道路が、暗闇の向こうへと続く。原生林を切り開いた道路だけに、森の奥から生き物の鳴き声が聞こえてくる。

「止まれ、座れ」

　二キロ近く何事もなく進み、道が大きくカーブする手前で、朝倉は立ち止まってGPSナビゲーションで位置を確認する。頬をくすぐるような微風が心地よく、原生林の香りがするため、夜道の散歩という感じだ。〝エマ号〟の足取りも軽かった。緊張した様子はなく、時折、尻尾を振っている。

　〝ラッキー・ポイント〟まで直線距離で二百八十メートル、道路をこのまま辿れば、残り六百七十メートルほどのところで立ち止まった。

　急ぐ訳でもないし、四百メートルの距離を惜しんでいるわけでもないが、〝エマ号〟が鼻をひくひくさせ、なんとなく落ち着きがないように見えるのが気になるのだ。ここまでは順調に進んできたので、森の動物に反応しているわけではなさそうだ。犬の嗅覚《きゅうかく》は、人間の百万倍から一億倍あるという。ひょっとすると、この先何かあると予知しているのかもしれない。

朝倉はポケットからビニール袋に入ったUSBを出し、〝エマ号〟に匂いを嗅がせた。拉致されたレディックが使用していたものである。

「行くぞ」

朝倉は道路から外れ、リュウキュウマツやブナ科のスダジイ、シダ植物のヒカゲヘゴなどの亜熱帯の植物が鬱蒼と生い茂る原生林に足を踏み入れた。先ほどまで聞こえていた森の生き物たちのざわめきが、静かになった。朝倉と〝エマ号〟に警戒しているのだろう。

「止まれ」

さらに二百メートルほど進んだところで朝倉は小声で〝エマ号〟に命じ、GPSナビゲーションで位置を確認した。〝ラッキー・ポイント〟は、八十メートルほど南西の方角である。だが、朝倉はその周囲にありえないものを発見した。白い線が木々の間に張り巡らされているのだ。暗視ゴーグルで見えるということは、赤外線ということだ。GPS発信機を破壊した者が、赤外線警報装置を仕掛けたに違いない。

警報装置に気が付かずに赤外線に触れれば、銃を持った警備兵が駆けつけてくるのだろう。だが、一番近くの兵舎から急行するにしても時間が掛かるはずだ。とすれば、近くに兵士が潜んでいる可能性がある。〝エマ号〟は、この危険を察知していたのだろう。

「エマ、行くぞ。こっちだ」

朝倉は危険を回避すべく西の方角に進んだ。

百メートルほど進むと、森が開けて道路に出た。

「どうした？」

〝エマ号〟が突然、南に向かって走り始めたのだ。

百メートルほど進んだところで、〝エマ号〟は草むらの周りを忙しなく匂いを嗅いでいる。

「これは……！」

朝倉は、右眉を吊り上げた。道路のすぐ傍の藪《やぶ》の中に、木の枝で巧妙に隠してある車を発見したのだ。しかも、車種はバンで、レディックを連れ去った車と似ていた。〝ラッキー・ポイント〟までは、百メートルほどと近い場所である。

バンの後部ナンバープレートを見ると、泥で汚されている。追跡したバンと同じである。覆っている枝を取り除いて運転席を覗いた。車の鍵が入れられたままになっている。乗り捨てたのではなく、ほとぼりが冷めたら使うつもりなのだろう。次いで後部ドアを開けた。

〝エマ号〟が勢いよく後部座席に乗り込み、低い声で唸った。荷台には先端が汚れたスコップが二本とジッパーの付いた袋が無造作に載せられていた。

「これか？」

袋を持ち上げると、〝エマ号〟は尻尾を振って見せた。どうやらレディックの死体を入れていた袋と埋める時に使ったスコップのようだ。

耳元で空気が擦れるヒュンという甲高い音がした。

朝倉は横に飛んで近くの藪に転がり込んだ。

すぐ近くの木の幹が、弾《はじ》けた。銃声は聞こえなかったが、銃撃されたのだ。しかも、マズルフラッシュは少なくとも二箇所で見えた。サプレッサーを装着した銃を持った敵が、複数いるということである。

「くそっ。エマ、こっちだ」

舌打ちした朝倉は〝エマ号〟を呼び寄せ、匍匐前進で原生林の奥へと進んだ。

5

警備兵に見つかった時点で安全を図るためにホールドアップを決めていたが、警告もなく射撃された時点でそれは無意味だと分かっている。しかも、サプレッサーを装着した銃を使っているということは明らかに殺意があり、見つかれば死は免れない。

使用されている銃は、暗視スコープが装着されたＭ４と思われるが、特殊部隊でもない警備兵がサプレッサーを使うはずがない。また、銃撃音を消すのは、基地の米兵にも気付かれないようにしているということだ。

「メイデー、メイデー。こちら、ボニート。銃撃された。応答願います」

朝倉は耳のブルートゥースイヤホンをタップし、無線連絡した。

——こちら、サラディーン01、怪我はないですか？

国松から間髪《かんはつ》を入れずに返答があった。国松ら中央警務隊は、弾薬庫地区の七百メートル南東に位置する陸上自衛隊の白川分屯地《しらかわぶんとんち》で待機していたのだ。朝倉はGPS発信機を携帯しており、国松らは朝倉の位置を把握していた。そのため、弾薬庫を抜け出すときも、朝倉は国松らに連絡をせずに行動を開始したのだ。

「大丈夫だ。脱出する。Dポイントに向かう」

あらかじめ四つの脱出ポイントを決めてあった。むろん朝倉はその場所に行って、自分の目で確かめてある。フェンスを抜けて脱出するのは、あくまでも非常事態の場合だけだが、その場合は重大な危険が予想される。他人に任せられるものではないのだ。

ちなみにDポイントは、弾薬庫地区の東端で、沖縄市霊園が近くにある場所である。駐屯地にも近いため、何かと都合がよかった。朝倉は一旦北に向かって進んで迂回し、敵をまいたら東に向かうつもりだ。

「こちらも、向かいます。十分以内に到着します」

国松は腕時計を見て言った。

「頼んだぞ」

朝倉はGPSナビゲーションを見ながら原生林を進んだ。

「敵は何名ですか？」

国松は朝倉と無線連絡を取りながらも、右手を振り上げて部下に出発の合図を送り、73式小型トラックの助手席に乗り込んだ。すかさず運転席で待機していた中村が、車を出した。北井らが乗った73式大型トラックも、すぐ後ろに続く。

——少なくとも二名だ。サプレッサーを装備している。

銃撃されたにもかかわらず、朝倉は淡々と返事をしてくる。

「了解です」

無線連絡を終えた国松の顔は、青ざめていた。米軍基地で朝倉が狙撃されたと連絡を受けたのだ。しかも狙撃兵は、サプレッサーを使用しているという。狙撃しているのは、駐屯している警備兵ではないのかもしれない。異常としか言えない事態が発生したのだ。

国松はウィンドウを下げ、左手を大きく振った。

分屯地の正門が、駐屯している警務隊の隊員によって開けられた。第十五旅団隷下部隊と西部方面総監直轄部隊、防衛大臣直轄部隊が駐屯している基地だが、事前に分屯地司令に中央警務隊が指揮する夜間訓練を行うと知らせてある。この分屯地の警務隊にも、密かにサポートさせていたのだ。

二台の車は、県道26号線から県道74号線とは反対の北に向かう路地に入った。脱出ポイントまでは三キロほどだが、朝倉の到着前に現場に着いて、準備をしなければならない。

「全員に告ぐ。我々の行動如何《いかん》により、日米関係の悪化を招く恐れがある。だが、現段階で最優先事項は、ボニートの救出である。何事にも躊躇するな！　だが、銃は決して使うな。サラディーン０３、１７Ｘはまだか？」

国松は無線で声を張り上げると、腰の９ミリ拳銃の感触を確かめるように触った。米兵がフェンス越しに銃撃しようものなら、一人で応戦するつもりである。部下には一切の銃の使用はさせるつもりはない。米兵相手にたとえ正当防衛でも銃で反撃すれば、米国に追随する日本では厳罰は免れないからである。退官させられるどころか、犯罪者として米軍に引き渡される可能性もあるのだ。

――こちらサラディーン０３、１７Ｘの準備はできましたが、ロックフィッシュに直接指示してください。

後続のトラックに乗る北井からの連絡である。

朝倉の要請で、特殊作戦群が使用する１７Ｘというコードネームを持つ偵察ドローンを取り寄せてあった。赤外線カメラを装備しており、上空から監視活動ができ、パソコンの地形図上に敵の位置を示す優れものである。

ロックフィッシュ（オコゼ）とは、偵察ドローンを操縦する特殊作戦群隊員の佐々木《ささき》准陸尉のことである。高価な機械で操縦にも技術がいるため、機器だけ借りることはできなかったのだ。

「こちら、サラディーン01。ロックフィッシュ、応答願います」

――こちら、ロックフィッシュ。

「17Xの発射を要請します」

国松は佐々木の方が、階級が上のため、丁寧に要求した。

――座標を確認したが、米軍基地の真上じゃないか。可能性は聞いていたが……。

佐々木の声は、こもっている。かなり戸惑っているようだ。朝倉からは、米軍基地上空を偵察する可能性もあるとあらかじめ打診してあった。だが、まさか、朝倉が基地に潜入し、それを支援することまでは聞かされていないと言いたいのだろう。

「責任は、私が一切を引き受けます。お願いします！」

――しかし、17Xが米軍に撃ち落とされたら、大変なことになる。

「最優先事項は、人命救助です。敵が米国だから恐れるのですか！」

国松は声を荒らげた。

――黙れ！　我々は、何ものをも恐れない！

佐々木の怒声が、ブルートゥースイヤホンを震わせた。彼らは、死を恐れない厳しい訓練を日常的に受けている。国松の言葉に腹を立てたらしい。もっとも、それを計算の上で挑発したのだ。

――こちらサラディーン03、17X、離陸。繰り返す、17X、離陸。

北井から連絡が入った。ドローンが荷台から飛び立ったようだ。

73式大型トラックの荷台には、テーブルと椅子が置かれて作戦司令室のようになっていた。

佐々木が専用のコントローラーでドローンを操縦し、北井がパソコンでドローンから送られてくる映像を監視する。

「あとは、無事を祈るだけか」

国松は大きな息を吐き出した。

6

朝倉と〝エマ号〟は、原生林を北に向かって走っていた。

敵は二人かと思ったが、現時点で確認できただけで四人いる。しかも暗視ゴーグルを装着しているらしく、執拗に追ってくる。走って体温が高くなり熱を放出しているだけに、暗闇の森の中だろうと朝倉を簡単に見出《みいだ》せるのだろう。

視界が開けた。

原生林を抜けて道路に出たのだ。

「エマ、行くぞ！」

朝倉は東に向かって走った。この道路を進めば、比謝川水系与那原川《よなばる》に建設された倉敷《くらしき》ダムに出る。その途中にフェンスで遮られているが、舗装されていない外部の小道と繋がっている場所があった。そこがDポイントなのだ。小道は原生林を流れる比謝川の支流や小さな池の縁《ふち》を通り、四百メートルほど先の沖縄市霊園のすぐ脇に出る。国松らは霊園のすぐ近くに車を停めて徒歩で弾薬庫地区に近づき、待機しているはずだ。

彼らは朝倉の指示で、二つの脱出ポイントのフェンスをあらかじめ切断していた。四つの脱出ポイントのうちAとBは、弾薬庫地区の西側で、Cポイントは弾薬庫地区の南東にある知花《ちばな》ゴルフコースに近い場所である。そのため、〝ラッキー・ポイント〟に近い、CとDポイントに脱出口を作ってあったのだ。

そのころ暗視ゴーグルを装着した国松と中村と北井の三人は、原生林の中を抜ける未舗装の道をDポイントに向かって走っていた。車両は沖縄市霊園の西側の道路に停めてある。車はすぐに出せるように内田が73式小型トラックに、原口が大型トラックの運転席で待機しており、佐々木は荷台でドローンの操縦と監視作業を続けていた。

「こちらサラディーン01、ボニートはこちらに向かっていますか？」

国松は無線で佐々木に尋ねた。朝倉より到着が遅れないか焦っているのだ。

――ボニートは、Dポイントまで二百メートル。急げ！　四人の敵兵が迫っている。

監視映像を見ている佐々木からの無線である。

「まずいぞ。急げ！」

国松は曲がりくねった道を走りきり、弾薬庫地区のフェンスの前で立ち止まると、敷地内を窺った。この場所なら、あらかじめフェンスを切断しても気付かれる恐れもなく、民間人に見咎められることもないからだ。

中村が手袋をした手で、フェンスの端を摑んで斜め上に引っ張った。縦に一メートル切断してある。中村が持ち上げた金網の端を北井が針金を巻きつけて固定した。

朝倉は猛然と走った。道がカーブしたところで、フェンスに三角の穴が空いており、中村が外から手を振っている。

「エマ、行け！」

朝倉は〝エマ号〟の背中を押してフェンスの外に出した。すかさず北井が〝エマ号〟の首輪にリードを取り付けた。〝エマ号〟が中村と北井にも慣れるように、彼らには首輪にリードを繋げる練習を事前にさせていたのだ。

銃声。

足元に土煙が上がった。

「急いで！」

中村が叫ぶ。

激しい銃声。

すぐ近くで銃撃戦が行われている。

「どういうことだ！」

朝倉は振り返って、銃声のする方角を見た。

「国松さんですよ。さっき、フェンスに沿って西の方角に走って行きました」

中村が答えた。国松は追手の行く手を阻むために行ったに違いない。

「北井、銃を貸せ。エマ号を連れて車まで戻れ」

朝倉はフェンスの外に出ると、北井から銃を受け取った。

「了解！　行くぞ、エマ」

北井は〝エマ号〟を連れて東の暗闇に走り去った。走り出す前に、〝エマ号〟が一瞬振り返った。朝倉のことを心配しているに違いない。二日間だが、今では彼女の気持ちが手に取るように分かる。白川分屯地には、県警の宮城と〝エマ号〟のハンドラーである警察官が待機しており、彼女の帰りを待っていた。まずは、〝エマ号〟を無事に送り返したことで、胸を撫《な》で下ろすことができる。

「こちら、ボニート、脱出した。サラディーン01、撤収せよ」

朝倉は無線で国松を呼び出した。

――サラディーン01。……足を負傷した。……動けない。

国松の苦しそうな声が、イヤホンから聞こえてきた。

「何！　中村！」

朝倉と中村はフェンスに沿って走った。

国松は大きな木の幹に寄り掛かっている。太腿を撃たれたようだ。

銃声。

朝倉の脇を数発の銃弾が抜けていく。

フェンスの内側から銃撃されたのだ。

「援護射撃をしろ！」

中村を木陰に引っ張りこんだ朝倉は、国松を軽々と担いで原生林に分け入り、安全な場所に国松を下ろした。

「サラディーン02、撤収せよ」

朝倉は原生林の外側の木陰から、フェンスの中に向けて銃撃しながら中村を後退させた。

「死ぬかと思いましたよ」

必死に走って帰ってきた中村は息を切らして言った。

「国松を担いで車まで戻れるな」

「もちろんですが、朝倉さんは、どうされるつもりですか？」

中村は不安げな顔をしている。

「やり残したことがある」

9ミリ拳銃に新しいマガジンを装塡すると、朝倉は東に向かって走った。小道に出ると、反対側の藪の下を覗き、暗視ゴーグルと9ミリ拳銃を小道の脇に置いた。草むらの向こうは、比謝川の支流が流れている。朝倉は川に飛び込んで体をクールダウンし、川底の泥を体に塗りつけると、川から上がった。これで、敵の暗視ゴーグルでは識別し辛くなったはずだ。

小道に置いた暗視ゴーグルを装着すると、再びフェンスの穴から弾薬庫地区に戻った。銃撃はない。作戦はうまくいったようだ。だが、体温で服の上に塗った泥まで温められるのも時間の問題である。

「こちらボニート、敵の位置を教えてくれ」

――四時の方角に一人、一時の方角に一人、十一時の方角に一人、もう一人は少し離れて十時の方角です。一番近いのは、四時の方角で、およそ二十メートル。

佐々木は特戦群の隊員だけに、朝倉の意図を分かっている。

９ミリ拳銃を構えながら右の藪を掻き分けて進むと、暗視ゴーグルを装着し、ＳＰＣ（ボディーアーマー）を着た米兵が中腰で銃を構えていた。

朝倉は９ミリ拳銃をベルトに差し込むと、音も立てずに背後から近寄り、米兵の首に腕を巻きつけて一挙に絞め落とした。同じ体勢で首の骨を折ることもできるが、ここは戦場ではない。殺さずに気絶させるだけで充分だ。朝倉は、兵士のホルスターからグロック１７Ｃを抜いた。

マガジンがグリップからはみ出している。十九発の銃弾が収められるロングタイプだ。それに比べて自衛隊で支給されている９ミリ拳銃の装弾数は、たったの九発である。戦場ではいくら替えのマガジンがあっても足りなくなるだろう。

――敵の位置は変わっていません。そこから十二時の方角、十五メートル先に一人います。

佐々木から連絡が入った。朝倉が一人倒したことをドローンのカメラで確認したようだ。さきほど一時の方角にいた兵士だろう。

グロックを構えた朝倉は、やや右に向かって進む。

数メートル先に米兵が見えた。男は周囲を警戒して、銃を左右に動かしている。

Ｍ４の銃口が朝倉の方に向いた。男の肩がピクリと動く。

――やばい！

朝倉は横に飛んだ。

Ｍ４が火を噴いた。泥パックの効果は、すでに失せていたらしい。地面に転がった朝倉は、男の太腿目掛けて銃弾を浴びせ、膝をついた男の顎を蹴り上げて昏倒させた。

「残りの敵の位置を教えろ」

手短に聞いた。

――はっ、はい。二人とも動きました。三時の方角に一人、距離三十メートル、十一時の方角に四十メートル、こっちは距離が開いています。それにしても、あんな接近戦をするとは……。

佐々木は絶句したようだ。監視映像では、目の前で銃撃が行われたように映ったに違いない。

朝倉は数メートル後退すると、右の方角に向かって原生林を進んだ。途中で敵の姿を発見したが、兵士の背後を取るべく、そのまま十メートル歩き、方向を変えた。

音もなく背後から近付いた朝倉は、男の首に腕を絡ませてグロックを男のこめかみに当てた。

「死にたくなかったら、動くな。銃を下ろせ」

「わっ、分かった」

男はＭ４を足元に落とした。

「おまえは、警備兵だな。だが、誰の命令で俺を襲撃した?」

朝倉は銃口を男の顎の下に押し当てた。

「ヒンチだ。ヒンチ曹長からサプレッサーを支給され、金ももらったんだ。特別夜間警備だと言われ、不法侵入者がいたら殺せと命じられたんだ」

男は声を震わせて答えた。

激しい銃声。

「くっ!」

男の頭と体に数発の銃弾が命中し、朝倉の右肩にも当たった。防弾チョッキ3型の隙間に当たったのだ。

朝倉は男とともにその場に崩れる。

――ボニート! 大丈夫ですか!

佐々木が声を張り上げている。

「撃たれた。敵はどこだ?」

朝倉の右半身が撃たれた男の下敷きになっていた。男は百キロ前後あるに違いない。負傷したこともあるが、男が重すぎて身動きが取れない。

――五時の方角から、急速に接近!

佐々木が叫んだ。

銃を構えた男が近付いてきた。

右手のグロックは、重石《おもし》になっている兵士の背中の下である。抜こうとしても、何かに引っかかっていた。

「ぐっ！」

背中を蹴られた。

「おまえが、日本のスペシャル・ポリスか。米軍基地まで調べに来るとは、図々しいにもほどがあるぜ」

男は朝倉の正面に回り、銃を突きつけて覗き込んできた。他の連中と違い、事情を知っているようだ。

「貴様がヒンチだな。仲間を金で雇ったらしいが、おまえは誰に雇われたんだ？」

朝倉は腕を動かすのをやめて尋ねた。

「どうでもいいだろう、そんなこと。ただ、その人物から、メッセージを頼まれた。もっとも、おまえを生け捕りにしたらの話だがな。俺は、任務に忠実なんだ。だから、殺す前に聞かせてやる。『出すぎた真似をすれば、女を殺す』そうだ」

男は薄笑いを浮かべて言った。否定しないところを見ると、この男がヒンチなのだろう。

「メッセージはそれだけか？」

「ああ、それだけだ。覚悟はできているようだな」

ヒンチはＭ４の銃口を朝倉の頭に向けた。

朝倉は体を捻って覆い被さっている男の脇からグロックを握った右手を突き出し、連射した。

銃弾はヒンチの胸と顔面に当たった。

体を起こした朝倉は、上になっている男を転がして抜け出した。

「やれやれ」

頭を振った朝倉は、タクティカルバッグからタオルを出し、グロックに付いた指紋を綺麗に拭き取ると男に握らせた。こんな連中のために日米問題に発展させる必要はないのだ。馬鹿な警備兵が撃ち合ったことにすればいい。

――ボニート、応答せよ。こちら、サラディーン０２、応援に行きます。許可をください。

中村が痺れを切らしたらしい。

「待っていろ。今、出て行く」

朝倉は左手で撃たれた右肩を押さえながら歩き出した。


午後十時十分、那覇。

幸恵はゆいレールの高架橋が見える五差路の角にある美栄橋《みえばし》公園に一人佇んでいる。

ゆいレールの県庁前駅から百二十メートルほどの場所であるが、国際通りから離れていることもあり、この時間は人通りが絶えていた。幸恵は、二十分ほどまえにライアン・オルソンから手渡された携帯電話機で呼び出されたのだ。

数日前、幸恵は家族や友人に危害を加えると脅されて台湾に渡り、まんまと麻薬の運び屋に仕立てられてしまった。その日のうちに台湾から沖縄に戻っているが、翌日は体調が優れず会社を休んでいる。朝倉に相談して対処してもらおうかと思ったが、電話を掛ける勇気がなかった。というか、迷惑を掛けたくなかったのだ。

だが、このままではまた犯罪に加担させられると思い、今度連絡があればオルソンに会って直接話をつけるつもりだった。もっとも、簡単に話を聞いてもらえる相手ではないので、幸恵はジャケットのポケットに忍ばせてあるスマートフォンで音声録音するつもりである。恐喝を受けている証拠を握り、その足で警察署に駆け込んで保護してもらうのだ。

目の前にアウディが停まり、運転席から白人男性が降りてきた。台北桃園国際空港で会った男である。どうやら、この男性がオルソンのようだ。

「乗れ」

男は助手席のドアを開けて乗るように、英語で命じてきた。

「嫌です。お話があれば、ここでしてください」

幸恵も英語で答え、ポケットのスマートフォンの画面をタッチして録音を開始した。

「君に選択する権利はないのだ。それとも、ここで死にますか?」

男はポケットから銃を出すと、幸恵の胸に銃口を押し当てた。

「わっ、分かったから、乱暴しないで」

幸恵は震える声で答えると、後部座席に乗り込んだ。

フェーズ11：正義の代償

1

沖縄市、陸自白川分屯地、午後十時五十分。

広大な敷地を誇る嘉手納空軍基地と弾薬庫地区の東にほど近い、猫の額ほどの駐屯地である。

医務室のベッドに横になっていた朝倉は、ふと目を開けた。

右肩に当たった銃弾は、八針縫う程度の引っ掻き傷を作っただけですんだ。防弾チョッキの肩のベルトの外側に当たった。もし内側なら頸動脈に命中していたかもしれない。

半身を起こして腕時計を見ると、担ぎ込まれてから一時間ほど経っている。治療を受けた後、いつの間にか眠っていたらしい。

隣りのベッドには国松も寝かされている。銃弾が右太腿を貫通したが、命に別状はなく、全治三週間といったところだろう。

「なんで、私が命がけで君を逃がしたのに、また、弾薬庫地区に戻ったんだ？」

寝ているのかと思ったら、国松は目を閉じたまま尋ねてきた。

「〝ラッキー・ポイント〟の近くに、例のバンを発見したんだ。荷台に、死体袋と死体を埋めたと思われるスコップも載せてあった。〝エマ号〟が探し当てたから、レディックの死体が入れられていたに違いない。殺人を裏付ける重要な証拠品になるはずだ。あの車を調べればNCISの本部から来た連中も、真剣に捜査をすると思ったからだ。だが、弾薬庫地区で派手な銃撃戦があり、死人も出た。間違いなく捜査はされ、バンも証拠として採用されるだろう。レディックの死体も発見されるはずだ。結果オーライだろう」

バンに車の鍵が挿さったままになっていたので、車を動かすことはできた。車を基地外へ出すことも、NCISのハインズに連絡が取れれば可能だったはずだ。それが弾薬庫地区に戻った理由の一つである。だが、一番の理由は国松が撃たれたことで、銃撃してきた兵士らに堪忍袋の緒が切れたからだ。

「あのバンが、隠されていたのか。結局、基地から持ち出せなかったから、証拠はすべてNCISに持って行かれてしまうな」

国松は大きな溜息を吐いた。

嘉手納弾薬庫地区を脱出した朝倉は、すぐさまハインズに報告している。ハインズはこの重大性から、在日米軍司令部と連絡を取った。司令部はただちに弾薬庫地区を閉鎖し、駐屯している兵士全員に外出禁止令を出している。

明日、NCIS本部から派遣された特別捜査チームが、直接捜査に当たることになっていた。また、朝倉の要請でNCISの沖縄支局は捜査から外されている。容疑が固まれば、彼らも拘束されるだろう。

「今回の事件は、米国の闇を俺たちが暴いた。それだけの話かもしれない」

朝倉はアフガニスタンでの様々な出来事を思い出しながら言った。

アフガニスタンに駐留する米兵の多くは、当然のことではあるが、軍の命令に従って現地の住民を銃で統制している。もっとも、住民を差別し、迫害するような連中はごく少数である。だが、アフガニスタンに限らず、イラク、シリアなど中東に展開されている米軍は、それらの国の情勢とは関係なく、米国政府の勝手な思惑で駐留している。

9・11米国同時多発テロを契機にしたイラク侵攻は、当時の米国大統領であるブッシュが提唱した大量破壊兵器があるという嘘の情報をきっかけにはじまった。だが、本当の理由は、中東の石油利権欲しさであったのだ。世界中に展開する米軍は、正義ではなく政治で動いている。その矛盾を餌に米軍内には様々な闇が形成されるのだ。

「迷惑な話だ。自衛官の私が言うのもなんだが、米軍が駐留しているから、いろいろな問題が起きる。正直言って、日本は自衛隊だけで守れるようにしたいものだ」

国松は興奮気味に言った。

「米軍がいるから、中国や北朝鮮から日本は守られていると、政府は国民に信じ込ませようとしている。だから、辺野古の海を埋め立ててまで、米軍を駐留させようとしているんだ。だが、当の米国でさえ、それはやり過ぎだと思っている。それを知らないのは、日本の国民だけだ」

朝倉は鼻先で笑った。

駐留米軍に対する負担費用は、防衛省の発表では二十九年度予算額として、一千九百六十二億円である。これに米軍に基地や倉庫などの施設を提供するための賃借料一千億円を足したものが、本来の駐留米軍への負担額なのだ。この約三千億円を安いと見るのか、高いと見るのかは見方によって変わるだろう。だが、現実的には、米国政府はこうした費用で米軍の負担を軽減し、国力を維持しているのは事実である。

「今回の事件は、我々の骨折り損で終わるのか」

「特別捜査強行班は、警察と警務隊のハイブリッド捜査機関だ。俺たちだから、かかわれたんだ。損得じゃないだろう」

朝倉は笑うと、ベッドから足を下ろして座り、両腕を上げてゆっくりと動かしてみた。右肩を新たに負傷したせいか、左脇腹の怪我の痛みが、心なしか軽くなったような気がする。痛みが分散されたのかもしれないが、単に気のせいだろう。

「たいしたものだ。それだけ身体中に傷を負っても、恨み言を言わないのか。だからこそ、チームの仲間は君に付いていくんだ。私なんぞは、足を撃たれただけでしばらく休暇をもらいたいと思っていたんだがね」

国松は苦笑を浮かべている。

「M４に９ミリ拳銃で応戦するような無茶を、これからは、しないことだな」

装弾数九発のハンドガンで、アサルトカービンの敵に反撃するのは、勝負にならない。朝倉への攻撃を一瞬遅らせたかもしれないが、あまりにも無謀である。命が助かっただけでも幸運と思うべきだろう。

「いやいや、君には言われたくない」

両眼を見開いた国松が体を起こした。

「俺の場合は、厳しい訓練で得た銃の腕と格闘技、それに戦略的な知識などを併せ持った高い攻撃力を持っている。敵を倒す自信があってのことだ。無茶とは言わない」

鼻先で笑った朝倉は、ベッドを下りてタクティカルシューズを履くと、ベッド脇のステンレスのワゴンの上に置いてあった自分のスマートフォンを手に取った。

分屯地に残っているのは、負傷した朝倉と国松だけで、中村や北井など中央警務隊の四人のメンバーは、読谷村で見張りを続けている佐野らと合流している。捜査はまだ継続中なのだ。

「俺だ」

朝倉は見張りに就いている中村に電話をした。

——連絡しようと思っていたところです。今、緊迫しています。

中村は妙なことを言い出した。

「ちゃんと説明しろ」

——それが、たった今、アジトに女性と思われる人物が、連れ込まれました。

「思われるとは、どういうことだ？」

——頭から黒い布を被せられていたので、よく分からないのです。ただ、華奢《きゃしゃ》な体なので、女性かもしれないと判断しただけです。佐野さんは、仲間割れなら静観するが、もし、拉致されたのなら、那覇署に応援を要請する必要があると言っています。

「佐野さんに代わってくれ」

朝倉は電話を掛けながら、医務室を出た。

2

白塗りの73式小型トラックが、サイレンを鳴らしながら県道74号線を疾走している。

朝倉は身動《みじろ》ぎもせずに、助手席に座っていた。

ついさきほど読谷村で見張りをしている佐野から現場の状況を聞き、すぐさま白川分屯地の警務隊にパトカーを出してもらったのだ。

電話を掛ける直前に、読谷村のアジトにアウディa4が入り、白人男性が黒い袋を被せた女性と思われる人物を家の中に連れ込んだというのだ。佐野らにはマダックスの写真は見せてあるので、白人男性は彼ではなかったらしい。だが、車種がアウディa4なので、ナンバーを確かめてもらったところ、部下のコールの車だということは分かっている。

朝倉が気になっているのは、佐野らが目撃したアジトに連れ込まれた人物である。弾薬庫地区で襲撃してきた米軍曹長が、雇い主からのメッセージとして「出すぎた真似をすれば、女を殺す」と言われた。女とは幸恵のことに違いない。とすれば、アジトに連れて行かれたのは、彼女という可能性があるのだ。

「サイレンを消してくれ」

朝倉は運転する警務官に言った。夜間で混んでいないこともあるが、考え事をするのにサイレンの音はうるさいだけだ。現場に急行しなければならないのだが、もし、幸恵が拉致されていた場合は、どう対処したらいいのか考えねばならない。

「はい！」

緊張した面持ちで返事をした警務官は、サイレンのスイッチを切った。

白川分屯地の警務官は、夜間訓練として朝倉ら特別強行捜査班に協力していた。もっとも彼らは夜中に出動する朝倉らを駐屯地で送迎するだけだったのだが、帰ってきた時点で朝倉と国松が銃で撃たれていたのだ。彼らには緘口令が敷かれている。特別強行捜査班が、訓練ではなく、極秘の捜査中に狙撃されたことは明白なのだ。彼らが動揺するのも当然であった。

「右折します」

警務官はスピードを落とし、県道74号線と国道58号線の三叉路を右に曲がった。交差点は一見、三叉路に見えるが、終戦直後に建設された米国式のロータリー交差点があった場所である。現在も上空から見れば、巨大なロータリーの形は残されているが、交通量の増加で機能しなくなったため、信号機をつけて三叉路にしたのだ。

「左折します」

ちらりと朝倉を見た警務官は、大湾《おおわん》の交差点で国道58号線から県道16号線に入った。何か言いたそうだが、朝倉は無視している。捜査については、一切彼らには教えられないからだ。

やがてパトカーは読谷村の住宅街を抜けて、畑がある寂れた場所に出た。

「ここで停めてくれ」

「あの、お気をつけて」

警務官が敬礼をしてきた。

「ありがとう」

苦笑を浮かべた朝倉は、軽く敬礼を返して車を降りた。

朝倉は全力で走り、二百メートル先の民家の前に停めてあるアクアの後部座席に乗り込んだ。

「ご苦労さん。見張りは、内田くんと原口くんが就いている」

助手席の佐野が、振り向いた。運転席には野口が座っている。

アジトはここから百五十メートルほど離れた場所にあった。アクアだけでなく中村が乗ってきたプリウスも停車させているが、捜査協力を頼んだ民家の前なので、違和感はない。また、機材を積んだ73式大型トラックは、さらに百メートル離れた空き地に停めてある。

「変わりは、ありませんか？」

「人が連れ込まれてから、三十分経過したが、人の出入りはない。黒布を被せられていたのは、君と付き合っていた彼女という可能性があるんだな」

佐野は渋い表情になった。電話では詳しく話せなかったが、可能性があるとだけ伝えてある。

「その件は、後ほどお話しします。報告が遅れたことは先に謝ります。まずは、アジトに連れ込まれた人物を特定し、救出します。いいですか？」

朝倉は佐野に有無を言わせなかった。一課で佐野は現場の事実上のトップである部長刑事としてだけでなく、指導教官のような役割もしていた。頭が上がらない存在だが、今はそんなことを言っている場合ではないのだ。

「むっ、むろんだ。指揮をしてくれ。だが、県警の応援を要請しなくていいんですか？」


佐野は朝倉の迫力にたじろぎ、言葉遣いを改めた。

「ＮＣＩＳの捜査官が中にいる以上、県警が動けば後で面倒なことになります。我々だけで対処するほかありません。いざとなれば、私が一人で対処したことにすれば、トラブルは最小限に抑えられます」

ハインズは、ＮＣＩＳの協力者として朝倉の身分を保証すると言っていた。つまり、ＮＣＩＳの捜査官を逮捕できるのは、朝倉だけなのだ。

「確かに……」

佐野はまだ渋い表情をしている。

「突入は、私と中央警務隊の四人で行います」

北井は先発の朝倉らの拳銃だけでなく、捜査や突入に至るまでの場面を想定して、様々な機材を持ち込んでいる。また、北井が連れてきた二人は、中央警務隊でも選《え》りすぐりの捜査官であった。中村も含めて四人の警務官は警視庁の特殊部隊（ＳＡＴ）並みの訓練を受けているので、朝倉が指揮をすれば、強行突入も可能である。

「分かった。私と野口は、サポートに回る」

佐野は大きく頷いた。

特別強行捜査班が見張っている家のリビングには、ＮＣＩＳ沖縄支局のダラス・コールと二人のヒスパニック系の男、そして奥の壁際に椅子に縛り付けられてぐったりとしている幸恵の姿があった。

「その女を使って男を誘き出すと聞いたが、結局、どうするんだ？　男を始末した後も、女を帰すわけはないよな」

背の高いヒスパニック系の男が、煙草の煙を吐き出しながら尋ねた。嘉手納弾薬庫地区で麻薬捜査官のレディックを埋めたバルドという男である。

「殺す前に俺たちの自由にさせてくれ。なかなかの美形だ」

バルドの仲間であるアギーレが幸恵に近付き、手に持っているコンバットナイフの刃先で彼女の頬を触ると長い舌をトカゲのように出して笑った。

「二人とも女に近づくな。ボスの指示待ちだ」

コールは苛立っていた。宿泊しているホテルから幸恵を呼び出して拉致したものの、マダックスと連絡が取れないのだ。

「偉そうに言うな。どうせ、その女を殺して、俺たちにまた始末をさせるつもりなんだろう？　殺すのもいいだろう。埋めるのも、やってやるよ。だがな、俺たちには、それなりにルールがあるんだ。なあ、アギーレ」

バルドは顔をにやつかせた。

「女も首を切断するのか？」

コールが肩を竦めて見せた。

「馬鹿な。あれは、クッチーロに害を為す男を見せしめにする儀式のようなものだ。生首を汚い麻袋に入れることで地獄に落とし、胴体をドラム缶で焼いて灰にすることで、来世の復活も許さないという意味を持つんだ。だが、女は、神に捧げる供物《くもつ》だ。だから、毒でも入っていたら、神への冒瀆《ぼうとく》になる。だからこそ、俺たちヒットマンは、その味見をしなければならないんだ」

アギーレが、バルドと目を合わせて頷いてみせた。

「本気で言っているとしたら、どうかしている。要は、女を犯したいだけなんだろう」

コールは鼻先で笑った。

「なんだと、おまえの首も麻袋に詰めてやろうか！」

バルドがコールの胸ぐらを摑んだ。

「じょ、冗談だ。好きにしてくれ。だが、殺すタイミングは、ボスの指示があってからだ」

コールはバルドを突き放すと、右の人差し指を立てた。

3

午後十一時五分、読谷村。

　空き地に停められた73式大型トラックの幌付き荷台で、朝倉は装備を整えていた。防弾チョッキ3型を着た朝倉は、9ミリ拳銃をホルスターに入れ、コンバットナイフを太腿に巻きつけたシースに差し込んだ。ベルトには他に特殊警棒とスタングレネード（閃《せん》光弾《こうだん》）と手錠ホルダーが取り付けてあり、両手には陸自で支給されているナックルガードが付いた防刃手袋をはめた。これで、アサルトカービンがあれば完璧なのだが、贅沢《ぜいたく》は言えない。

　朝倉の前には中村、北井、内田、原口の四人が、朝倉と同じ装備を身につけ、それぞれが最終チェックをしていた。

「犯人の中にNCISの捜査官がいる。また人質もいるため、犯人が銃を構えない限り、発砲はするな。内視鏡で室内を確認後、スタングレネードで、犯人の動きを止めてから突入する。侵入口は、玄関と裏口の二方向から行い、北井と内田と原口は玄関から、俺と中村は裏口のドアを突き破って突入する。また、北井を除く四人は特殊警棒で犯人を制圧、北井は拳銃を構えて援護すること」

朝倉は簡単に計画を説明した。対テロの訓練を受けてきた者なら、これで充分である。

「我々は、拳銃をホルスターから抜かずに、特殊警棒を手にして突入するんですね」

頷いていた中村が、念を押してきた。

「そうだ。だが、突入前に内視鏡で室内を観察し、人質と思われた人物が安全と思われる場合は撤収し、監視活動に戻る。突入の理由は、現行犯逮捕、あくまでも人質が危険にさらされているという条件があってのことだ。この機会を逃せば、明日到着するＮＣＩＳ本部から派遣されたチームに、捜査権を渡すことになる。俺たちに明日はないが、突入は、あくまでも慎重に行う。以上。質問は？」

拉致された者が彼らの仲間だった場合、突入すれば、違法捜査を厳しく問われ、最悪の場合、特別強行捜査班は解体まで追い込まれるだろう。朝倉は逸る気持ちを抑えて、行動しなければならないのだ。

「ありません」

中村が真っ先に返事をすると、残りの三人も頷いて見せた。

「行くぞ」

朝倉は荷台から飛び降りると、見張りをしているアジトのブロック塀まで一気に走った。傷の痛みは、薄れている。アドレナリンが体内で大量に放出されているのだろう。

中村らも朝倉のすぐ横に付いている。

朝倉は北井にハンドシグナルで玄関を示すと、ブロック塀に沿って家の裏側に回った。先に行かせた中村が、身軽にブロック塀を乗り越える。朝倉も続いたが、さすがに脇腹と右肩に激痛が走った。

——こちらサラディーン03、配置に着きました。内視鏡を挿入します。

北井のチームが玄関に着いたようだ。

裏口前で腰を落とした中村も肩から下げていたタクティカルポーチから、内視鏡とタブレットPCを出している。

「ボニート、了解」

朝倉は裏口のドアの前にいる中村の肩を叩いて合図した。

中村が直径4ミリの内視鏡をドアの隙間から差し込むと、接続されているタブレットPCの画面に内部の様子が映り込んだ。キッチンらしいが、誰もいない。

——こちらサラディーン03、廊下の向こうにドアがあるため、内部を見ることができません。

北井のチームも肝心の犯人や人質を確認することができないらしい。

「サラディーン03、待機せよ」

朝倉は中村もその場に待機させると、壁伝いにリビングの窓の下まで移動した。窓には遮光カーテンが掛けられており、室内を見ることはできない。

窓ガラスに吸盤集音マイクを取り付ける。市販品だが、ブルートゥースで接続できる優れものだ。朝倉は集音マイクの電源を入れ、別のブルートゥースイヤホンを右耳に入れて集音マイクとペアレントした。

――やめて、お願い、助けて！

右のイヤホンから聞き覚えのある女の悲鳴が聞こえる。

朝倉の顔がみるみる紅潮し、憤怒《ふんぬ》の表情になった。

「全員に告ぐ、その場に待機！　家の外に出てくる者を拘束しろ！」

朝倉は特殊警棒を勢いよく振って先端を伸ばすと、助走をつけて走り、リビングの窓に飛び込んだ。窓ガラスを突き破った朝倉はリビングの床に転がり、すぐさま立ち上がると部屋を見渡し、すぐ傍らに立っていた背の高い男の脇腹を特殊警棒で叩き、崩れた男の後頭部に肘打ちを叩き込んで昏倒させた。

「なっ！」

壁際のソファーから別のヒスパニック系の男が慌てて立ち上がり、コンバットナイフを握りしめた。ソファーには、上半身を裸にされた幸恵が口から血を流してぐったりとしている。顔面を殴られたらしい。

「誰かと思えば、スペシャル・ポリスじゃないか。玄関をノックするのが礼儀だろう」

男は舌を出してナイフの刃先を舐めた。話しながら朝倉を観察しているのだ。しかもナイフを使いなれている手つきである。殺しのプロに違いない。

男は間合いを詰めると、いきなりナイフを突き出してきた。

咄嗟に避けたが、僅かに左頬を切った。男は朝倉のオッドアイを見て、死角があることに気付いたらしい。

「さすがだ、よく避けたな」

男はにやりとすると、目にも留まらぬ速さでナイフを突き入れてくる。

――こちらサラディーン02、ボニート、応答せよ。どうなっていますか！

――こちらサラディーン03、命令してください！

窓ガラスが割れる音で、仲間は動揺している。朝倉は幸恵の悲鳴を聞いたが、犯罪行為が行われているかを目視したわけではない。単独で突入したのは、オフサイドになった場合、その責任を仲間に押し付けたくないからだ。

「待機だ！」

朝倉はナイフを必死に避けながらも、仲間に待機を命じた。現時点で突入を命じないのは、この男を半殺しの目にあわせるところを仲間に見せないためだ。

「往生際が、悪いぜ」

男は左手をポケットに突っ込むと別のナイフを握りしめ、左右のナイフを繰り出す。

朝倉は左手で男の右手首を摑み、左手のナイフを特殊警棒で叩き落とすと、男の左半月板に蹴りを入れて跪かせた。

「おまえは、殺す！」

悪鬼のごとき形相になった朝倉は、特殊警棒を男の右腕に振り下ろした。

「ぎゃー！」

男はけたたましい悲鳴を上げた。腕の骨が折れて、皮膚を破って突き出している。

背後で金属音。

「むっ！」

咄嗟に朝倉は斜め前に飛んだ。直後に数発の銃弾が空を切る。銃のスライドを引いて、初弾を込める音に朝倉は反応したのだ。

膝立ちになった朝倉は、銃を抜いて構えた。足元に腕を折った男が、額を撃たれて倒れている。しかも、最初に倒した男の後頭部も撃ち抜かれていた。二人とも即死だろう。

「撃つな。私は、君を助けたんだぞ！」

コールが右手に持ったグロックを天井に向け、左手も上げて見せた。朝倉が突入した際、姿はなかった。トイレにでも入っていたのだろう。

「どういうつもりだ？」

朝倉は銃をコールに向けたまま立ち上がった。

「私が潜入捜査をしていたら、君が突然現れたんだ。驚いたよ。銃を私に向けないでくれ。

私は米国の特別捜査官だぞ」

コールは鼻を鳴らして笑ってみせた。

「ヒットマンを殺して、証拠隠滅を図ったつもりか？　女性を拉致して、連れ込むところを撮影してある。言い逃れはできない」

佐野をはじめとした見張りは、夜間は望遠レンズが付いた赤外線カメラで撮影している。コールの姿も撮れているはずだ。

「なっ！」

コールの顔がみるみるうちに青ざめる。

「突入！」

朝倉の命令で玄関と裏口から、中村と内田、原口、北井の四人が次々と雪崩れ込んできた。

「コールを殺人の現行犯で逮捕しろ！」

目の前で人を殺したのだ。ＮＣＩＳの特別捜査官だろうと、気を遣う必要はなくなった。

「動くな！」

北井がコールの頭に銃口を向け、内田が銃を取り上げると、中村と原口がコールを押さえ込んで手錠を掛けた。

ふっと息を吐き出した朝倉は、銃をホルスターに仕舞って振り返った。

「だめだ！」

叫んだ朝倉は幸恵の右手首を摑み、彼女が握っていたガラスの破片を取り上げた。左手首を切ろうとしていたのだ。

「死なせて、お願い……」

幸恵は床に手を突いて嗚咽《おえつ》した。彼女は男に乱暴されたことで、自殺を考えたのだろう。

「俺が、それを許すと思うか？」

朝倉は優しく言うと、幸恵の体を引き寄せた。

「だって……」

幸恵は泣きながら抱きついてきた。

「我々は先に撤収します」

中村が遠慮がちに言うと、どこから見つけてきたのか朝倉の肩にバスタオルを掛けた。気の利く男である。

幸恵の体をバスタオルで覆って室内を見ると、誰もいなかった。

苦笑した朝倉は幸恵を抱き上げ、両腕で抱えた。足元に窓ガラスの破片が散乱して、危ないからだ。

「帰ろう」

幸恵は小さく頷くと、朝倉の首に腕を絡ませた。

フェーズ12：K島にて

朝倉は南西の強風に煽《あお》られながらも、紺碧《こんぺき》の水平線を見つめている。

昨日の九月七日に気象庁は、マーシャル諸島沖で台風二十二号が発生したと発表した。昨日に続きよく晴れているが、風が強いのは、早くも台風の影響を受けているのかもしれない。

視線を少し右にずらすと、背負崎《せおいざき》から港に続く美しい海岸線に白波が立っているのが見える。朝倉は一年振りにK島に戻り、島を一望できる展望台に登ってみたのだ。

四年前、警視庁一課からこの島の駐在所勤務を命じられたのが、まだ昨日のことのように思い出される。赴任して二日目にこの展望台に来ているが、風光明媚《めいび》な眺望を愛《め》でる気持ちのゆとりは当時なかった。今ならこの美しい景色をありのまま受け入れることができる。

「海が輝いている」

幸恵が朝倉の左腕に両腕を絡ませながら、より添ってきた。

二ヶ月前、彼女は沖縄でコールに拉致され、〝クッチーノ〟のヒットマンに乱暴されか

って いたのだ。朝倉が助け出したものの心の傷は大きく、数日後に旅行代理店を退職し、K島に帰っていたのだ。

二人のヒットマンを殺害したコールは、日本の警察に引き渡されることはなく、NCISに逮捕された。彼は正当防衛を主張していたが、受け入れられるはずもなく、連続殺人事件の殺人罪の重要参考人として扱われ、宜野湾市の住宅街で朝倉に発砲した殺人未遂でも罪に問われている。現場に残された弾丸とコールの銃の線状痕が一致したからだ。数々の証拠を突きつけられたコールは司法取引を申し出て、生首殺人事件の主犯がマダックスであったと証言。その後、三人目の生首の身元も判明した。

〝クッチーロ〟のヒットマンを呼び寄せたマダックスは、米軍の麻薬組織の幹部に捜査の目がいくように生首を捨てたのだとコールは聞かされていたらしい。まるで正義を行うためと聞こえるが、マダックスとコールの口座に送金元不明の多額の金が振り込まれており、苦しい言い訳に過ぎない。捜査は今後も続けられ、彼の嘘も暴かれるだろう。

タリバンから麻薬を買い取るアフガニスタンの組織は、朝倉の捜査がきっかけで壊滅に追い込まれていた。組織の幹部だったメリフィールド中佐も、司法取引に応じる姿勢を見せているので、全容が解明されるのも時間の問題だろう。

マダックスはコールが幸恵を拉致する直前に偽名でオーストラリアに向けて出国しており、今現在も行方は知れていない。おそらく逮捕を恐れ、〝クッチーロ〟の庇護《ひご》を受けるためにいずれはメキシコに行くのだろう。

アフガニスタンと沖縄の闇の組織は壊滅し、捜査の手は米国本土に伸びている。だが、組織は国防総省にまで広がっていた可能性もあり、予断は許さない状況のようだ。だが、捜査が米国本土に移った以上、朝倉にはかかわりのないことである。

今回の捜査で米軍は自浄作用が期待されると注目を浴びているらしい。だが、一番得をしたのは、メキシコの麻薬カルテルの〝クッチーロ〟である。米軍から流れる麻薬による値崩れと縄張りが守れたからである。

朝倉をはじめとした仲間の活躍で、〝特別強行捜査班〟は日米両政府から賞賛を受けた。もっとも、今回も真実の多くが世間に知られることなく、闇に葬られるだろう。気を良くした政府は、組織を拡大するために班ではなく、局に格上げすることを検討しているようだ。朝倉にとって仕事がしやすい環境になるなら歓迎するが、過度の期待もしない。

「また、気難しい顔をしているわよ」

幸恵が朝倉の顔を見上げていた。

「地顔だからな、勘弁してくれ」

景色を見ながら事件を頭の中で反芻していた朝倉は苦笑した。

沖縄の事件の処理をするため、ＮＣＩＳ本部から派遣された捜査官に一ヶ月近く付き合わされた。その間も朝倉は毎日欠かさずに電話とメールで幸恵と連絡を取っていた。傷ついた彼女の力になりたかったからである。

八月の初旬にNCISの捜査から解放された朝倉は、K島に来て彼女に再会している。彼女への思いが、単純に同情ではなく、愛情なのか自分の気持ちを確かめたかったからだ。だが、確かめるまでもなく、朝倉と幸恵は会うなり互いを抱きしめていた。言葉はいらなかった。心は通じていたからである。

「そろそろ行きましょう。タクシーの運転手さんも待ちくたびれているわ」

幸恵は朝倉の手を引っ張った。

空港でタクシーに乗ったのだが、あまりにも天気がいいので、彼女の実家に行く前にどうしても展望台からの景色を見てみたかったのだ。

「そうだな」

頷いた朝倉は、幸恵と一緒に煉瓦敷きの遊歩道を下りはじめた。

タクシーの運転手は、遊歩道下の駐車場に停めてある車にもたれかかり、呑気《のんき》に煙草をふかしている。この島の人間は、時間に追われることはない。時の流れに身を委ねたゆったりとした過ごし方を知っているからだ。

「お父さんに、なんて言うのか、決めた？」

幸恵が悪戯っぽく聞いてきた。

「むろんだ。『本日はお日柄もよく、皆様にお集まりいただき、まことにありがとうございます』に決まっているだろう」

朝倉はわざと歌舞伎調に言ってみた。

「えっ、冗談でしょう。というか、そんな古臭い口上はいらないから、単刀直入に言ってね。後ろで聞いているお爺《じい》ちゃんが癇癪《かんしゃく》起こすわよ」

お爺ちゃんとは、漁師をしている安曇清武《あずみきよたけ》のことである。駐在勤務をしていた朝倉を随分と可愛がってくれたが、昔気質《むかしかたぎ》の漁師で気が短い。

「分かった。『お嬢ちゃんを頂戴』にするか」

朝倉は右手を前に突き出した。結婚の許しを請う挨拶にやって来たのだ。

「私は、犬や猫じゃないから」

幸恵は腕をツネってきた。

「ぜんぜん痛くない」

朝倉は大いに笑った。これまで仕事一筋に打ち込んできたのは、ある意味幸せになることを恐れていたからかもしれない。だが、守るべきものもなければ、強くなれないことを朝倉は今回の捜査で知った。アフガニスタンの砂漠で砂塵を見て追手に気付いた時、絶望感を味わう中、幸恵を思い出して生き抜こうと思ったからだ。

「走るぞ！」

朝倉は幸恵の手を取り、遊歩道を駆け下りた。

この作品はフィクションで、実在する個人、団体等とは一切関係ありません。

『砂塵の掟　オッドアイ』二〇一九年二月　中央公論新社刊

中公文庫

砂塵《さじん》の掟《おきて》

——オッドアイ

2021年1月25日　初版発行

著　者　渡《わた》辺《なべ》裕《ひろ》之《ゆき》

発行者　松田陽三

発行所　中央公論新社

〒100-8152　東京都千代田区大手町1-7-1

電話　販売 03-5299-1730　編集 03-5299-1890

URL http://www.chuko.co.jp/

DTP　ハンズ・ミケ

印　刷　大日本印刷

製　本　大日本印刷

Published by CHUOKORON-SHINSHA, INC.

Printed in Japan　ISBN978-4-12-207024-0 C1193